3

Der dritte Band der New-York-Times- und USA-Today-Bestseller-Autorin Emma Hart – noch frecher, noch heißer!

*** Liebe mich, wenn du dich traust! ***

Was würdest du tun, wenn du dich in den besten Freund deines großen Bruders verliebt hast, der in dir immer nur die kleine nervige Schwester sah? Was, wenn er dir seine Hilfe anbietet, weil du den Tod deines Bruder nicht verkraftet hast? Was, wenn es plötzlich mehr als eine Schwärmerei ist? Was, wenn aus dem Knistern ein Feuer wird?

Kyle kann den Tod seines besten Freundes nicht vergessen. Seine Freunde Braden, Aston, Megan und Maddie sind ahnungslos. Als Kyle bei einem Besuch in seiner Heimatstadt auf Roxy, die kleine Schwester seines verstorbenen Freundes, trifft, kommen alte Erinnerungen hoch. Roxy selbst verarbeitet das Trauma auf ihre ganz eigene Art: mit Partys, Affären und Alkohol. Kyle kann nicht mit ansehen, wie sich das Mädchen selbst zerstört. Jetzt kommen sich die beiden gefährlich nah …

Emma Hart schreibt nachts und am liebsten über Magie, Küsse und heiße Typen mit schwarzem Humor. Sie ist gern und viel beschäftigt – außer die Beschäftigung hat mit dem Abwasch zu tun, obwohl ihr dabei oft die besten Ideen kommen.

Weitere Informationen, auch zu E-Book-Ausgaben, finden Sie bei www.fischerverlage.de

Emma Hart

Love Games 3 –
Mit dem Feuer spielt man nicht

Roman

Aus dem Amerikanischen von
Tanja Hamer

FISCHER Taschenbuch

MIX
Papier aus verantwortungsvollen Quellen
FSC® C083411
www.fsc.org

Erschienen bei FISCHER Taschenbuch
Frankfurt am Main, März 2015

Die amerikanische Originalausgabe erschien 2014
unter dem Titel ›Worth the Risk‹
im Verlag Hodder & Stoughton

Satz: Pinkuin Satz und Datentechnik, Berlin
Druck und Bindung: CPI books GmbH, Leck
Printed in Germany
ISBN 978-3-596-03327-0

Love Games 3 –
Mit dem Feuer spielt man nicht

1. Kapitel

Roxy

Es ist jetzt sechs Monate her.

Und genauso fühlt es sich an. Wie eine kleine Ewigkeit. 26 Wochen. 182 Tage. 62 974 Minuten. Oder noch genauer: 15 552 000 Sekunden.

So lange ist es her, seit ich meinen Bruder das letzte Mal gesehen habe. Andererseits erinnere ich mich an den Tag seines Todes, als wäre es gestern gewesen. Ich sehe alles so deutlich vor mir, als würde ich einen Film anschauen. Die aufblendenden Scheinwerfer, das Quietschen der Reifen, das Auto, das ins Schleudern kommt. Mein eigenes ohrenbetäubendes Schreien, als ich mit ansehen muss, wie der Wagen vor uns in einen Baum kracht.

Mich überkommen Schuldgefühle. Weil ich ihn nicht gezwungen habe, in Selenas Auto einzusteigen statt in Stus. Ja, das ist fast genauso schlimm wie die Erinnerung selbst – zu wissen, dass ich es hätte verhindern können, wenn ich mich ausnahmsweise mal durchgesetzt hätte.

Sechs Monate und es tut immer noch genauso weh wie am ersten Tag. Ich vermisse ihn so schmerzhaft. Außerdem weiß ich jetzt, dass derjenige, der gesagt hat, die Zeit heilt alle Wunden, ein riesengroßer Lügner ist. Nichts ist geheilt; *ich* bin nicht geheilt. Ich bin zerbrochen, mein Herz ist in Stücke gerissen. Ich fühle mich allein mit meiner Trauer und nicht in der Lage, mit jemandem über meine Gefühle zu sprechen.

Also tue ich es auch nicht. Ich versuche es nicht mal. Und ich fühle mittlerweile nichts mehr, denn ich verdränge es. Ich weiß, dass die Gefühle noch da sind, aber ich weigere mich, sie an die Oberfläche kommen zu lassen.

Wenn ich das nicht täte, könnte mich nichts mehr am Leben halten. In dieser Nacht habe ich nämlich nicht nur meinen Bruder verloren – sondern auch einen Teil meiner Seele.

Der Wodka brennt in meiner Kehle, ehe er sich als ein warmer Pool in meinem Magen sammelt. Ich genieße das Gefühl, so lange es währt. Es wird schnell wieder vorbeigehen, dieser kurze Funken von Glück. Ich betrachte die Flasche und frage mich, wie viel ich noch trinken kann, ehe mich Selena findet.

Sie kann sich bestimmt denken, wohin ich verschwunden bin … An einen Ort, wo sie mich nicht beaufsichtigen kann.

»Wie viele davon hattest du?«, höre ich da auch schon Selenas Stimme, die gegen den Lärm der Musik ankämpft.

Mist. Ich seufze. »Zwei.«

»So ein Quatsch, Roxy.« Meine beste Freundin baut sich vor mir auf und stemmt die Hände in die Hüfte. »Wie viele?«

»Vier«, lüge ich weiter. »Ich schwör's.«

Sie mustert mich mit ihren braunen Augen und betrachtet dann die Flasche vor mir auf dem Tisch. »Hmmm. Na gut.«

»Vertraust du mir etwa nicht, Leney?« Ich grinse breit.

Sie zieht die Augenbrauen hoch. »Ungefähr so wie ich meiner kleinen Schwester vertraue, wenn es um meine Make-up-Tasche geht.«

»Autsch.« Ich verziehe gequält das Gesicht. »Das tut weh.«

Selena schnaubt. »Erspar mir das Theater, Roxy. Du weißt, ich vertraue dir immer – außer, wenn es darum geht, was du dir in den Körper pumpst.«

»Das ist doch nur Wodka.«

»Und das andere?«

»Ich hab keine Ahnung, wovon du redest.«

»Wenn du meinst, ich hätte nicht gesehen, wie du dich mit Layla davongestohlen hast, irrst du.«

»Also, bitte.« Ich streiche mir die Haare aus dem Gesicht und gieße noch einen Drink ein. »Ich hab wirklich nix gemacht.«

»Schau mich an«, verlangt Selena.

»Willst du mich verarschen?« Ich stelle krachend die Flasche auf dem Tisch ab.

»Wenn du nichts genommen hast, dann drehst du dich jetzt um und schaust mir in die Augen.«

Fick dich. »Na gut.« Ich drehe mich um. »Siehst du? Ich hab nichts genommen.« *Heute. Bisher.*

»Okay, ich glaube dir. Dieses Mal.« Sie seufzt und nimmt das Glas, das ich ihr hinstrecke. »Ich mach mir doch nur Sorgen –«

»Ja, ja, ich weiß schon Bescheid.« Ich nehme einen Schluck aus der Flasche. »Du machst dir Sorgen, weil ich zu viel trinke, angeblich Drogen nehme und die falschen Beziehungen habe. Meine Mom hat mir schon 'nen Vortrag gehalten. *Mal wieder.*«

»Okay, als deine beste Freundin muss ich dir jetzt sagen, dass das, was du als Beziehungen bezeichnest, kaum dieses Wort verdient.«

»Wohl.« Ich lasse die Augen über den überfüllten Raum gleiten. »Auch wenn sie kurz sind, haben sie alle Zutaten einer Beziehung: Anziehung, Lust und gegenseitiges Verständnis dafür, was erwartet wird. In diesem Fall ist die Erwartung, dass es nicht über die eine Nacht hinausgeht. Hey – wenn sie Glück haben, verrat ich sogar meinen Namen.«

Selena schüttelt den Kopf, und ich lache.

»Was? Ich geh vielleicht an die Grenzen, aber ich bin immer vorsichtig. Ich seh zu, dass ich sicher nach Hause komme, wenn ich was trinke, und ich mache es nur geschützt.«

»Du bist manchmal ganz schön bescheuert.«

»Wahrscheinlich. Aber wenigstens bin ich mir dessen bewusst.« Ich grinse.

Sie fährt mit dem Zeigefinger über den Rand des Glases in ihrer Hand. »Was meinst du, würde *er* sagen, wenn er dich so sehen würde? Wenn er wüsste, was du dir antust?«

Ich erstarre in der Bewegung, es läuft mir kalt den Rücken runter. »Ich tue mir gar nichts an! Und ich werde ganz sicher heute Abend nicht über ihn reden, Leney.«

Ich leere energisch mein Glas, das mehr Wodka als Red Bull enthält. Dann drücke ich mich am Tisch hoch. Mein Blick fixiert einen breitschultrigen Typ mit kurzem, hellbraunem Haar in der Mitte der Tanzfläche. Zielstrebig taumele ich in seine Richtung.

Fuck, Selena sollte doch wissen, dass sie meinen Bruder nicht erwähnen darf.

Jemand packt mich am Arm, dreht mich zu sich um. Ich schaue überrascht auf.

»Olly.« Meine Hand liegt an seiner Brust. »Kann ich dir helfen?«

Er schielt auf meinen Ausschnitt. »Warum nicht. Yeah!«

Ich streiche ihm mit der Hand über die Wange, er neigt den Kopf, so dass seine Lippen meinen Daumen berühren.

»Süßer, du hast den rhetorischen Teil der Frage verpasst.« Ich lächle zuckersüß. »Vielleicht ein anderes Mal.«

»Du bist so ein Luder, Roxy Hughes.«

»Ich? Niemals.« Ich werfe ihm einen Blick über die Schulter zu und zwinkere.

Ich komme nur etwa fünf Schritte weiter, ehe ich wieder an eine Brust gezogen werde. Ich hebe den Blick und schaue in hellblaue Augen, die mir nicht bekannt vorkommen. *Wow!* Das passiert einem auch nicht oft in Verity Point.

»Hallo auch«, sage ich etwas atemlos.

»Hi«, erwidert er, und sein Blick wandert über meinen Körper. »Ich hatte einen furchtbaren Abend, also tu mir den Gefallen und sei allein hier.«

Okay, das ist ungefähr der blödeste Anmachspruch ever, und normalerweise würde ich den Typ jetzt eiskalt abservieren. Aber ich wäre schon arg bescheuert, einen so heißen Unbekannten davonkommen zu lassen. Ich taxiere seine braunen Haare, seine markanten Gesichtszüge, die breiten Schultern und muskulösen Oberarme.

»Ich war allein hier.« Ich schnicke mir die Haare über die Schulter und lege ihm die Hand an die Hüfte. »Jetzt bin ich mit dir hier. Was sagst du dazu?«

Seine Lippen kräuseln sich zu einem Lächeln, und er legt den Arm um mich. »Das klingt ziemlich gut.«

Die Menge verschluckt uns, meine Abschlussklasse wird zu einer wabernden Masse aus sich aneinanderreibenden Körpern. Die Mischung aus zu viel Alkohol, dem Hämmern der Bässe und dem muskulösen Männerkörper an meiner Seite macht mich schwindelig. Ich lasse einfach los.

Mein Körper bewegt sich im Einklang mit dem Typ. Seine Hand fährt meinen Rücken hinab, umfasst meinen Arsch. Ich schiebe das Becken nach vorn und während wir uns bewegen, spüre ich, wie er härter wird. Und größer. *Verdammt groß.* Seine wachsende Erektion drückt sich gegen meine Hüfte, und ich widerstehe dem Drang, die Party auf der Stelle mit ihm zu verlassen.

Zwei von drei ist nicht schlecht an einem Abend. Und da Selena sich eigenmächtig zu meiner Aufpasserin berufen hat, wird wohl dieser Typ heute die Droge meiner Wahl sein.

Bitte, Gott, lass ihn wissen, was er tut im Bett. Bitte.

Er senkt den Kopf, und unsere Lippen berühren sich. Sein

Mund ist warm und fordernd, und er verliert keine Zeit, seine Zunge zwischen meine Lippen zu schieben. Meine Hand krallt sich in seinen Nacken, ich ziehe ihn näher. Unsere Zungen treffen sich und vollführen einen wilden Tanz. Ich spüre, wie sich in meinem Unterkörper die vertraute Wärme ausbreitet, als ich mir vorstelle, was er sonst noch mit seiner Zunge machen könnte. Unwillkürlich schiebe ich die Hüfte noch stärker vor.

Seine Lippen wandern über mein Kinn bis zu meinem Ohr. »Wie heißt du?«

Ich lache. »Das musst du doch nicht wirklich wissen, oder?«

»Gute Antwort.« Er lächelt in meine Haare, seine Hand gleitet über meine Seite und dann zum Oberschenkel. Seine Finger schieben sich unter meinen Rocksaum, die Berührung kitzelt auf meiner nackten Haut. »Wenn das so ist – ich habe ein Zimmer in dem B 'n' B hier gleich um die Ecke.«

»Solang wir den Hintereingang nehmen«, entgegne ich. »Die Pension gehört meiner Tante.« Und das wäre doch eine super Geschichte fürs nächste Familienessen.

»Eine Frau, die Risiken eingeht«, murmelt er und schaut mich an. »Das gefällt mir.«

Ich blinzle zu ihm hoch. »Das ist garantiert nicht das Einzige, was dir an mir gefällt.«

Er grinst wie eine Katze, die gerade ein Schälchen mit Milch bekommen hat, und schiebt mich in Richtung Flur. »Lass uns abhauen.«

»Gib mir eine Minute.«

Ich finde Selena in der Küche und tippe ihr auf die Schulter. »Hey, ich bin dann mal weg.«

»Was ...« Ihr Blick fällt über meine Schulter. »Oh, verstehe. Na dann. Aber schreib mir später mal, okay?«

Ich verdrehe die Augen. »O Mann, Leney! Wenn's sein

muss … Dann schreib ich dir, dass ich nicht erwürgt und in den Fluss geworfen worden bin.«

»Fick dich, Roxy.« Sie schüttelt den Kopf. »Wer ist es diesmal?«

Ich verziehe das Gesicht zu einem Grinsen. »Keinen blassen Schimmer.«

Ich ignoriere das Pochen in meinem Kopf, als ich mich früher als sonst aus dem Haus schleiche. Im Nachhinein betrachtet war die Idee, eine halbe Flasche Jack Daniels mit … wie auch immer er hieß … zu trinken, wahrscheinlich nicht die beste. Eigentlich kann ich das *wahrscheinlich* auch streichen. Es war definitiv nicht die beste Idee. Nicht, wenn ich jetzt schon weiß, dass meine Mutter mir wieder eine Standpauke halten wird. Dieselbe Art von Standpauke, die mir auch meine Tante gehalten hätte, wenn ich nicht mitten in der Nacht aus dem B'n'B getürmt wäre.

Verity Point ist wie ausgestorben. Um acht Uhr morgens liegen noch alle in ihren Betten und schlummern friedlich. Wenn heute nicht Samstag wäre, würde ich dasselbe tun. Ich würde mich in meine Kissen kuscheln – und vermutlich von Albträumen geplagt werden.

Meine Füße sind genauso schwer wie mein Kopf, als ich mich die Straße entlangschleppe. Als das große eiserne Friedhofstor in Sicht kommt, wird mein Gang noch zögerlicher. Es ist sinnlos. Meine Füße und ich wissen beide, dass ich durch das Tor gehen werde, den Kieselweg entlang bis zu Cams Grab, wo ich dann wie jeden Samstagmorgen sitze. So wie jeden Samstag seit seiner Beerdigung.

Und ich tue genau das. Der Pfad ist von Bäumen gesäumt, die ihre schweren Äste über mir ausbreiten und mich vor der frühen Sommersonne schützen. Der kurze Gang bringt mir immer Herzschmerz, und trotzdem habe ich das Gefühl, Cam könnte jeden Moment hinter einem Baum hervortreten und mir sagen, dass alles nur ein Scherz war.

Ich wünsche mir so, dass er das tut. Ich wünsche es mir genauso intensiv, wie ich mir früher gewünscht habe, dass er aufhört, mich wie ein kleines Kind zu behandeln. Ich wünsche es mir mit jeder Pore meines Körpers. Ich wünsche mir, dass ich eines Tages aufwache, um festzustellen, dass alles nur ein furchtbarer Traum war.

Aber ich weiß, dass das nicht passieren wird … Genauso wenig, wie er je aufgehört hat, mich wie die Sechsjährige zu behandeln, für die er mich am liebsten noch gehalten hätte. Ich schlucke schwer und biege um eine Ecke, dann bleibe ich abrupt stehen.

Zum allerersten Mal bin ich um diese Zeit nicht allein hier.

Kyle.

Natürlich ist er hier. Ich wusste, dass er gestern Abend heimfahren wollte – und dass er zuerst zu Cam gehen würde, hätte ich mir denken können. Er ist vor dem Grabstein in die Hocke gegangen, das Gesicht in den Händen vergraben, die braunen Haare fallen ihm über die Finger. Ich kann den Schmerz fast riechen, der von ihm ausgeht. Er legt sich auf mein Gemüt, verstärkt meinen eigenen Kummer. Ich? Ich kann schon irgendwie damit umgehen, Cam verloren zu haben, aber ich kann nicht damit umgehen, Kyle genauso leiden zu sehen.

Ich war nicht der einzige Mensch, der in dieser Nacht einen Teil von sich selbst verloren hat.

Mein Herz macht bei seinem Anblick einen Sprung, der schon fast körperlich wehtut. Und es ist falsch. Es ist einfach falsch, aber eine automatische Reaktion auf ihn. Diese Reaktion ruft er schon seit vier Jahren hervor – allerdings weiß das keiner, und es ändert auch nichts. Ich bin einfach Cams kleine Schwester, und das werde ich immer sein. Das habe ich inzwischen akzeptiert. Ich wünschte nur, meine Gefühle würden sich auch endlich danach richten und nicht immer so hochkochen, wenn ich Kyle sehe. So wie auch jetzt wieder. Wobei dieses Mal eine Spur Wut in das Gefühl der Anziehung gemischt ist.

Wut auf ihn, weil er nicht hier war. Er war nicht hier, als Cam im Krankenhaus gestorben ist, und er war nicht da, als sie ihn in dieses verdammte Loch hinabgelassen haben. Er wäre in diesen Momenten der einzige Mensch gewesen, der mir hätte helfen können, mit dem Tod meines Bruders umzugehen ... Aber er war nicht da. Ich habe ihn gebraucht, und er war am anderen Ende der Küste.

»Roxy.«

Ich blinzle die Tränen weg. »Du warst nicht hier«, sage ich leise.

Kyle steht auf und fährt sich mit der Hand durch die braunen Haare. »Ich weiß. Ich wünschte ... Es war einfach ...« Er senkt den Blick auf den Grabstein und seufzt. »Wie geht es dir?« Er schaut mich an.

»Ich vermute, du fragst mich das nicht ernsthaft.« Ich gehe auf das Grab zu und starre die dunkle Inschrift auf dem grauen Marmor an.

Cameron John Hughes.

Mein Blick ruht auf seinem Namen. Das Datum und die Lobschrift darunter, in der steht, wie toll er war, brauche ich nicht zu lesen. Ich weiß das alles selbst, und sein Todestag ist mir auf ewig ins Gedächtnis gebrannt. *10. Januar.*

»Rox ...«

Ich schüttle den Kopf. »Lass gut sein. Ich brauch dein Mitgefühl nicht mehr, Kyle. Es kommt sechs Monate zu spät.«

»Ich war damals gerade erst wieder zurückgeflogen. Ich hatte kein Geld für einen weiteren Flug.«

»Wir hätten ihn dir doch bezahlt. Mom und Dad hätten dir das Ticket besorgt. Das wusstest du.« Ich lasse mich neben dem Stein im Schneidersitz nieder.

»Sie hatten gerade ihren Sohn verloren. Ich hätte nicht gewollt, dass sie das tun.« Er setzt sich neben mich auf den Boden und schlingt die Arme um die Knie. Genauso hat Cam auch immer dagesessen.

Ich starre das Gras an. »Ich hätte dich auch abgeholt. Das weißt du. Ich wäre die ganze Nacht gefahren, wenn es hätte sein müssen.«

»Roxy, du kannst doch kaum nach Portland fahren, ohne Panik zu bekommen.«

»Ich hätte es für Cam getan«, erwidere ich leise. »Er hätte gewollt, dass du da bist.«

Kyle seufzt und lässt den Kopf auf die Arme sinken. »Scheiße, ich weiß. Ich hätte da sein sollen. Ich wette, er sucht mich jetzt als Geist heim, weil ich nicht für dich da war.«

Ich lache traurig. »Du solltest nicht für mich da sein. Du hättest das für dich tun sollen. Ich weiß doch, dass du dir das nie verzeihen wirst.« Ich zupfe ein paar Grashalme aus und zerreibe sie zwischen den Fingern.

»Ich werde mir nie verzeihen, dass ich es nicht geschafft habe, ihn zu überreden, mit mir nach Berkeley zu kommen. Wenn er das getan hätte, wäre das alles nie passiert.«

»Ich werde mir nie verzeihen, dass ich ihn habe in das Auto steigen lassen. Wir wussten alle, dass Stu was getrunken hatte. Wenn Cam mit mir und Selena gefahren wäre, würde er noch leben.«

»O Mann, Rox! Das ist nicht deine Schuld. Cam war stur wie ein Ochse. Er hat immer alles gemacht, wie er wollte.«

Ich betrachte ihn eingehend. Er hat dunkle Ringe unter den braunen Augen, und er sieht trauriger aus, als ich es je bei ihm gesehen habe. Davon abgesehen ist er attraktiv wie immer. Seine Haut ist etwas gebräunter von seinem Leben in Kalifornien, aber seine Figur ist so schlank wie zu Schulzeiten.

»Und wieso sollte es dann deine Schuld sein?«, entgegne ich.

Unsere Blicke treffen sich, und seine Mundwinkel zucken. »Eins zu null für dich, Roxanne.«

»Nenn mich nicht Roxanne.« Ich stupse ihn mit dem Ellenbogen an. »Du weißt genau, dass ich das hasse.«

»Ich weiß. Deshalb mache ich es doch.« Er lacht leise. »Weißt du, was mir Sorgen macht, jetzt wo Cam nicht mehr da ist?«

»Dass du niemanden zum Scheißebauen hast?«

»Auch ... Aber hauptsächlich, dass keiner auf dich aufpasst.«

»Ich brauch aber niemanden, der auf mich aufpasst, vielen Dank.«

»Brauchst du wohl. Oder jemanden, der auf die Jungs aufpasst, die um dich rumschwirren.«

Mein Blick ist wieder auf Cams Namen gerichtet. »Was ich mit den Jungs mache, ist ja wohl nicht deine Sache.«

Er schnaubt. »Ist es doch, wenn ich derjenige bin, der sie dir vom Hals hält.«

Ich schüttle den Kopf, ein bitteres Lachen bleibt mir im Hals stecken. Ich stehe auf. »Du bist nicht mein Bruder, Kyle. Davon hatte ich nur einen.« Ich küsse meine Finger und drücke sie auf den Grabstein, bevor ich mich abwende.

»Aber ich habe ihm versprochen, auf dich aufzupassen, wenn ihm jemals was zustoßen sollte.«

Ich halte inne. »Ich brauch keinen Aufpasser. Kapier's endlich! Ich bin kein Kind mehr.«

Er lacht. »Das weiß ich, Rox. Glaub mir, Mädchen, ich weiß, dass du kein Kind mehr bist. In dem anderen Punkt würde ich dir allerdings widersprechen.«

»Da gibt es nichts zu widersprechen.« Ich drehe mich wieder zu ihm um und verschränke die Arme vor der Brust.

»Da hab ich aber was anderes gehört.« Sein Blick ist durchdringend. »Es gibt einige Leute, die der Meinung sind, dass du sehr wohl einen Aufpasser gebrauchen kannst.«

»Unfassbar. Diese Scheißstadt ist echt unfassbar. Du bist jetzt – was? Seit zwölf Stunden wieder da? Und schon ist das Geschwätz der Leute zu dir durchgedrungen.« Ich lache jetzt doch und schüttle verwundert den Kopf. »Ich kann es nur wiederholen: Egal, was die Leute sagen, ich brauche keinen Aufpasser. Aus was für einem Grund auch immer – du warst nicht für mich da, als ich dich gebraucht hätte, Kyle. Also musst du jetzt auch nicht den Besorgten spielen!«

»Es geht nicht immer nur um dich.« Er steht auf und geht auf mich zu. »Es überrascht dich vielleicht, aber obwohl ich auf dem College war, hab ich doch jedes Wochenende mit deinen Eltern telefoniert. Aber das hast du vermutlich nicht mitgekriegt, weil du mit deiner Verwandlung zum bösen Mädchen beschäftigt warst.« Sein Blick taxiert mich. »Du sagst, ich war nicht für dich da, aber ich war für deine Mom da, als du es nicht warst.«

»Untersteh dich!«

»Was zu tun? Dir die Wahrheit zu sagen?« Er zieht die Augenbrauen hoch. »Das tut sonst niemand, stimmt's?«

Ich schweige.

»Das hab ich mir gedacht. Du denkst vielleicht, ich wäre nicht für dich da gewesen, Rox, aber ich war es. Jeden Tag. Ich musste dafür nicht hier sein.« Seine Stimme wird weicher, und er streicht mir eine Strähne aus dem Gesicht. »Du hast es nur nie bemerkt.«

Ich lasse die Arme fallen und schlucke schwer. Ich spüre einen Kloß im Hals, kämpfe aber tapfer gegen die Tränen. »Das ist Quatsch.« Ich weiche zurück und zeige auf den Boden. »Du warst nicht *hier*. Du warst nicht an dem Ort, an dem du hättest sein sollen, als es wichtig war!«

»Geh nach Hause.« Kyle sieht mir fest in die Augen. »Geh nach Hause und schlaf deinen Kater aus. Wir sehen uns später, wenn du dich wieder beruhigt hast.«

Ich fahre ihn an, die Hände in die Hüfte gestemmt: »Was fällt dir ein ... Denk dran, du bist nicht mein Bruder!«

»Ich weiß. Aber ich bin das Nächste dazu, was du hast.«

Das ist das Problem. Und so wird es immer sein.

Ich weiß nicht, was mich wütender macht – dass er zurückgekommen ist und mir solche Sachen sagt oder dass er in mir immer noch Cams kleine Schwester sieht. Insgeheim hatte ich die winzige Hoffnung, dass er zurückkommen und mehr in mir sehen würde. Dass er mich nicht auf diese brüderliche Art anschauen würde, wie er es immer getan hat.

Aber dieser Wunsch ist total bescheuert, das weiß ich auch.

Ich wische mir heiße, wütende Tränen von den Wangen und stapfe davon. Kyle ist vielleicht für den Sommer heimgekommen, aber das gibt ihm nicht das Recht, sich als meinen großen Beschützer aufzuspielen. Es gibt ihm zu gar nichts das Recht.

Fick dich, Kyle.

2. Kapitel

Kyle

Sie ist nicht dasselbe Mädchen, das sie Anfang des Jahres war, als ich weggegangen bin.

Nein. Roxy Hughes hat sich wirklich verändert. Das süße, leise Mädchen, das ich gekannt habe, ist verschwunden. Sie ist nun ein anderer Mensch. Ein mir fremder Mensch.

Ich wollte es nicht glauben, was mir die anderen über sie erzählten, bis ich es heute Morgen selbst gesehen habe. Ich konnte nicht glauben, dass meine kleine, süße Roxy zu diesem gleichgültigen, selbstzerstörerischen Wesen werden könnte. Doch jetzt fällt es mir nicht mehr schwer, mir vorzustellen, wie sie sich jedes Wochenende volllaufen lässt und was auch immer mit irgendwelchen Fremden tut.

Fuck. Was ist bloß mit ihr passiert? Es hätte so viele Möglichkeiten gegeben, mit Cams Tod umzugehen, und sie wählt genau diese? Selbstzerstörung?

Ich schüttle den Kopf. Mein Blick fällt auf das gerahmte Foto über dem Kamin. Es zeigt mich, Cam und Roxy vor einem Jahr, aufgenommen nach dem letzten Footballspiel unseres Highschool-Teams. Cam und ich grinsen über beide Ohren, weil wir das Spiel gewonnen haben, die Helme unter den Arm geklemmt. Roxy steht zwischen uns, ihre schwarzen Haare fallen ihr über eine Schulter, und ihre blauen Augen strahlen fröhlich.

Mich überkommt ein heftiges Gefühl von Einsamkeit. Ich bin kaum einen Tag zu Hause, aber ich kann es spüren. Das riesige Loch, das Cam hinterlassen hat. Es ist so, als hätte Verity Point einen Teil der Stadt verloren. Sie hat die Seele einer jeden Party verloren, ihren größten Witzbold und Klassenclown. Denn so war Cam; der Typ, der jeden zum Lachen bringen konnte – einfach so. Der Verlust wiegt schwer: Ich habe meinen besten Freund verloren, meinen Verbündeten und meinen Bruder. Mir ein Bein abzuhacken wäre wohl weniger schmerzhaft, als zu Hause zu sein und zu wissen, dass er nicht da ist. Zu wissen, dass er nie wieder da sein wird.

Die Haustür wird aufgeschlossen, ich starre immer noch das Bild an.

»Alles klar, mein Sohn?«, fragt Dad, als er das Wohnzimmer betritt.

»Es ist einfach nicht dasselbe, stimmt's?«, murmele ich, ohne mich zu ihm umzudrehen. »Ohne ihn hier. Es fühlt sich so anders an.«

Er seufzt und wirft seine Jacke über die Stuhllehne, ehe er sich neben mir niederlässt. Scamp, unser Terrier, kommt auf mich zugehüpft und wedelt freudig mit dem Schwanz. Ich kraule ihm geistesabwesend den Kopf.

»Ja. Es ist anders, seit er gestorben ist. Alles ist so still. Es war schlimm genug, als du gegangen bist – da fehlte schon die eine Hälfte des dynamischen Duos, das wir insgeheim alle liebgewonnen hatten, egal wie oft ihr uns auch Streiche gespielt habt.«

Ich muss lächeln.

»Als du zum College bist, hast du hier eine Lücke hinterlassen ... Aber Cam? Cams Tod ist so endgültig und hat einen Canyon gerissen. Es gibt nicht einen Menschen in dieser Stadt, der ihn nicht vermisst.«

»Das musst du mir nicht sagen, Dad. Alle liebten Cam. Er war der Goldjunge.«

Dad nickt. »Roxy hat es am schwersten getroffen.«

»Ja … Ich hab sie vorhin gesehen.« Ich reibe mir übers Gesicht.

»Das war doch bestimmt lustig«, erwidert er trocken.

»Ungefähr so lustig wie Abschlussprüfungen. Sie war irgendwann total pissig. Ich schätze, sie wird von allen mit Samthandschuhen angefasst, stimmt's?«

»Richtig geschätzt.« Dad lehnt sich in die Sofakissen zurück. »Am Anfang hat es einfach niemand übers Herz gebracht, ihr irgendwas auszuschlagen oder zu verbieten. Alle dachten, ihr Verhalten wäre normal in so einer Situation. Aber es wurde immer schlimmer. Als Ray und Myra endlich gemerkt haben, wie schlimm es wirklich ist, war es bereits zu spät. Ich hab letzte Woche mit Ray gesprochen, und er ist absolut ratlos. Sie hört auf niemanden mehr.«

»Das hättet ihr euch doch denken können. Roxy war zwar schon immer das süßeste Mädchen aller Zeiten, aber sie war auch stets verdammt dickköpfig. Wenn man ihr gesagt hat, dass sie unrecht hat, musste sie mit allen Mitteln beweisen, dass sie doch recht hat. Wenn ihr etwas verboten wurde, konnte man sicher sein, dass sie es erst recht tut –« Ich halte inne. »Was ist mit Selena? Sie hat es doch sicher auch versucht.«

»Jedes Wochenende aufs Neue, meinte Ray. Aber sie stößt an ihre Grenzen. Selena hat es mittlerweile darauf reduziert zu schauen, dass Roxy sicher nach Hause kommt. Jedenfalls sagt sie das. Wenn man den Gerüchten glaubt, geht Roxy normalerweise nicht direkt nach Hause, wenn du weißt, was ich meine.«

Ich presse die Kiefer aufeinander. Das zu hören macht mich wütend und bringt meinen Beschützerinstinkt voll zutage. Der Gedanke, dass Roxy mit irgendwelchen x-beliebigen Typen ins Bett steigt, wenn sie betrunken ist …

»Lass mich raten, heute Abend ist wieder eine Party?« Ich schaue meinen Dad fragend an.

»Auch wenn keine wäre, Roxy würde mit Sicherheit eine finden.«

Ich stehe auf und ziehe mein Handy aus der Hosentasche. Im Adressbuch suche ich nach Si, meinem engsten Freund nach Cam. Ich schicke ihm eine Nachricht und frage, ob er weiß, wo Roxy heute Abend sein wird. Mein Dad schaut mich mitfühlend an.

»Ich weiß, du hast Cam immer versprochen …«, setzt er an.

»Ich schulde ihm das, Dad. Ich war die letzten sechs Monate nicht hier, aber jetzt bin ich es. Und ich muss versuchen, sie aus der Scheiße zu holen, in die sie sich manövriert hat.«

Mein Handy vibriert, Si hat geantwortet. Ich überfliege die Nachricht, in der er mir den Ort der heutigen Party nennt.

»Alles klar. Wenn ihr irgendjemand Vernunft beibringen kann, dann bist es sicherlich du.«

»Ich werde es zumindest versuchen.«

Und ich will auf keinen Fall mit ansehen, wie sie sich zugrunde richtet.

Das Football-Programm der Universität von Miami tut Si offenbar gut. Seit ich ihn an Weihnachten gesehen habe, scheint er einen Zentner pure Muskelmasse zugelegt zu haben. Allerdings war er schon immer unser Top-Linebacker – verdammt, er war der beste Spieler unserer Highschool-Mannschaft.

»Hätte nie gedacht, dass ich es mal erlebe, dass Selena eine Party in ihrem Haus schmeißt«, murmele ich.

Si schnaubt, während wir durch die offene Haustür gehen. »Dreimal darfst du raten, wer sie dazu überredet hat.«

Mir reicht einmal raten, auch wenn ich wünschte, es wäre anders. »Ist es echt so schlimm mit ihr?«

»Du wirst es ja selbst sehen.« Si schiebt sich durch eine Gruppe gackernder Mädchen, um zum Kühlschrank zu gelangen. Er holt zwei Bier raus und reicht mir eins.

»Na toll«, erwidere ich trocken und lehne mich an die Kühlschranktür. Ich schaue mich in der großen Küche um, auf der Suche nach ihren rabenschwarzen Haaren. »Mann, wie viele Leute hat Selena denn eingeladen?«

»Zu viele. Dank –«

»Roxy«, ergänze ich.

»… und dank einer Party vor einem Monat. Selena hat mir erzählt, Roxy hätte sich dort einen Typen geangelt, und offenbar hat sie dadurch jetzt einen Fanclub. Die sind wohl alle hier heute Abend.«

»Aha, und deshalb bist du wohl hier. Spielst Wachmann, was?«

»Logo. Als würde ich meine Cousine mit einem Haufen fremder Typen allein lassen. Ich bin eh schockiert, dass sie mit Roxy zu einer Party außerhalb von Verity gefahren ist.« Si nimmt einen Schluck aus der Flasche und schaut mich zweifelnd an. »Sonst wär ich heute auch nicht gekommen. Selena ist zu sensibel für das alles.«

»Mmm.«

Ich bemerke einen schwarzen Haarschopf in der anderen Ecke der Küche. Meine Muskeln spannen sich an, als ich mit ansehe, wie sie sich provokativ die Haare über die Schultern wirft. Das Lächeln auf Roxys Gesicht ist anders als das, was ich vorher gesehen habe. Es hat schon fast etwas Raubtierhaftes, fixiert auf den mir unbekannten Typ, der vor ihr steht. Sie stemmt eine Hand in die Hüfte und malt mit den Fingern kleine Kreise auf ihre Brust.

Ihre ziemlich entblößte Brust.

Das rote Shirt, das sie trägt, überlässt nur sehr wenig der Phantasie, so eng wie es an ihrem Körper anliegt. Die Knöpfe über ihrer Brust stehen gehörig unter Druck. Die ausgewaschenen blauen Stretchjeans, die sie in Uggs gesteckt hat, passen ihr wie eine zweite Haut. Sie wirkt selbstbewusst und lässig … und sexy. Verdammt sexy.

Ich verlagere betreten das Gewicht, als mir dieser Gedanke kommt. Ich hab nie so an Roxy gedacht. Klar, ich wusste immer, dass sie wunderschön ist, vielleicht hab ich mich auch das ein oder andere Mal zu ihr hingezogen gefühlt, aber ich habe sie nie so angeschaut wie in diesem Moment.

Ihr Lachen dringt über die laute Musik zu mir, und ich führe schnell die Bierflasche zum Mund, um das Zähneknirschen zu verbergen.

»Wer ist der Arsch?« Si stupst mich mit dem Ellbogen an und nickt in die Richtung von Roxys Gesprächspartner.

»Das weiß ich genauso wenig wie du.«

»Du siehst genervt aus.«

»Ich mag es nicht, wie er sie anschaut, das ist alles.«

»Er sieht aus, als würde er sie gleich mit den Augen verschlingen.«

»Si!«

»Na ja, so ist es doch.« Si lacht. »Willst du, dass ich ihn mir mal vorknöpfe?«

Ich lache mit ihm. »Nee. Ich behalte ihn einfach im Auge – und sie. Um sicherzugehen, dass er seine Hände bei sich behält.«

»Tom Parks, 22, lebt in Portland. Er besucht eine kranke Tante, die hier in der Nähe wohnt.« Selena bleibt vor uns stehen und hält uns zwei frische Bierflaschen hin.

»Woher weißt du das alles?« Si zieht eine Augenbraue hoch.

»Roxy ist es vielleicht egal, mit wem sie ins Bett steigt, aber mir nicht. Also recherchiere ich ein bisschen.« Sie macht eine Kopfbewegung in Roxys Richtung. »Ich kann nicht verhindern, was sie tut, aber ich kann versuchen, sie zu beschützen, so gut es geht.«

»Er ist ein Arsch«, stelle ich fest. »Weiß er, dass sie erst 18 ist?«

»Klar, weiß er das. Alle hier kennen Roxy.« Sie lacht bitter. »Er weiß es, und es ist ihm egal. Er steht auf Jüngere, wenn man den Gerüchten glauben kann.«

»Scheiße, Leney. Gerüchte sind für 'n Arsch, das weißt du doch.« Si schnaubt.

»Mal halblang, Gerüchte enthalten normalerweise immer einen Funken Wahrheit. Sonst würden sie doch gar nicht erst aufkommen.« Sie boxt ihm an den Oberarm.

»Wo sie recht hat ...«, stimme ich zu, während ich beobachte, wie Roxy Tom ins Wohnzimmer zieht. »Und *dieser Typ* kann sich jetzt mal warm anziehen.«

»Sie wird dich umbringen, Kyle. Sie ist eh noch sauer auf dich.«

»Das hat sie mir heute Morgen auch gesagt.«

Ich öffne das Bier und schaue Selena an. »Seh ich so aus, als würde es mir was ausmachen, ob sie sauer auf mich ist?«

Sie grinst. »Nicht wirklich.«

»Na also.« Ich wende mich zum Gehen. »Wenn ihr mich entschuldigt, ich hab was zu erledigen.«

Die Musik wird immer lauter, als ich mich durch die Menge ins andere Zimmer vorschiebe. Immer wieder werde ich angehalten und muss kurz mit Leuten sprechen, die ich ewig nicht gesehen habe. Dabei fällt mir auf, dass niemand Cams Namen erwähnt. Alle scheinen das Thema zu meiden, was mich nervt, obwohl ich weiß, dass es nicht daran liegt, dass sie ihn vergessen haben. Aber ich würde gern über ihn reden.

Roxy ist leicht zu finden. Sie tanzt in der Mitte des Zimmers, die Hände in den Haaren, den Körper zur Musik bewegend. Und die Art, wie sie sich bewegt …

Ich bin nicht der Einzige, der sie anschaut. Jeder Typ im Raum starrt sie an, zieht sie mit den Augen aus. Sie wünschen sich grad alle, der Glückliche zu sein, der seine Hände um ihre Hüfte legt, sich an ihren Rücken drückt und sein arrogantes Lächeln in ihren Haaren verbirgt.

Ich hab das Bedürfnis, ihn hier und jetzt niederzuschlagen.

Doch ich beherrsche mich. Vorerst. Ich sitze in einer Ecke und plaudere mit alten Freunden. Dabei habe ich Roxy immer im Auge. Ich balle jedes Mal die Hände zu Fäusten, wenn sie sich einen neuen Drink geben lässt. Als Mitternacht anbricht, hab ich aufgehört zu zählen.

Einerseits bin ich sauer auf sie, andererseits staune ich darüber, was ihr kleiner Körper verträgt.

Sie taumelt zwar ein wenig, schüttelt Toms Hände aber ab, als er sie auffängt. Dann geht sie an mir vorbei, ohne mich zu bemerken. Sie steuert die Küche an, Tom folgt ihr. *Ach, Fuck.* Ich stehe auf und folge den zwei, sehe gerade noch, wie sie nach draußen verschwinden. Als ich an Selena vorbeigehe, sieht sie mich an und seufzt.

Ja, so fühle ich mich auch.

Draußen ist es ziemlich kühl, aber ich bemerke es nicht. Ich sehe nur Roxy, die den Kopf schüttelt. Tom ist ihr viel näher, als er es in ihrem Zustand sein sollte. Sie hebt die Hände, er packt sie an den Handgelenken.

»Lass mich los.« Sie versucht, sich aus seinem Griff zu befreien.

»Hey, beruhig dich mal«, antwortet er.

Verdammte Scheiße, nein.

Ich stürme in den Garten und bedenke ihn mit einem finsteren Blick. »Pass auf, wo du deine schmutzigen Finger hast, Mann.« Meine Stimme ist schneidend. Warnend.

Denn wer Roxy wehtut, wird es bereuen.

Meine Hände befreien Roxys Handgelenke. Ich lege ihr den Arm um die Schulter und ziehe sie an mich ran.

Sie schaut mich mit hochgezogenen Augenbrauen an. »Ich hab dich schon den ganzen Abend gesucht.«

»Wer zur Hölle ist der Typ?« Toms Blick wandert zwischen Roxy und mir hin und her.

»Ich bin ihr Freund«, erwidere ich, ehe Roxy etwas sagen kann. Sie verkrampft sich, und ich zwinkere sie schnell an. »Du hast gewonnen, Schatz. Du wolltest mir beweisen, dass du einen anderen aufreißen kannst, aber ich glaube, jetzt ist es Zeit zu gehen.«

Ich lasse Tom stehen und gehe schnell mit ihr ums Haus herum. Dort ziehe ich meine Autoschlüssel aus meiner Hosentasche.

Roxy reißt sich von mir los. »Was sollte das denn bitte, Kyle?«

»Los, steig ein.« Ich schließe das Auto auf und öffne die Beifahrertür.

»Fuck, nein«, zischt sie. »Du bist doch betrunken.«

Ich schaue sie ernst an. »Ich hab zwei Bier getrunken, und das ist drei Stunden her – ich bin so nüchtern, wie man nur sein kann. Jetzt beweg deinen Arsch in das Scheißauto, bevor ich dich hineinverfrachte.«

Sie starrt mich unschlüssig an, ich mache eine Kopfbewegung zum Auto. Langsam setzt sie sich auf den Sitz, und ich schlage die Tür zu. Dann steige ich selbst ein. Sie reibt sich die Handgelenke.

»Hat er dir wehgetan?«

»Was sollte das eben?«, wiederholt sie ihre Frage.

»Hat er dir wehgetan?!« Wütend haue ich aufs Lenkrad.

»Nein, alles okay«, murmelt sie kleinlaut.

»Okay. Und um deine Frage zu beantworten, ich weiß nicht, wovon du redest.«

»Das. Eben. Im. Garten.« Sie dreht sich zu mir um. »Mein *Freund*? Wie bitte?!«

Ich unterdrücke ein Grinsen. »Was Besseres ist mir nicht eingefallen.«

»Fuck!« Sie stützt den Kopf in die Hände. »Wieso machst du so was?«

»Roxy, du bist total voll. Ich hätte dich so auf keinen Fall mit diesem Idioten mitgehen lassen.«

»Ich bin alt genug, das selbst zu entscheiden.«

»Aber im Moment bist du nicht wirklich zurechnungsfähig. Außerdem sah es nicht gerade danach aus, als wären dir seine Annäherungsversuche willkommen.« Ich werfe ihr einen vielsagenden Blick zu.

Sie hält inne und kaut auf ihrer Unterlippe. »Ich hab nur ein paar Minuten für mich gebraucht.«

»Mhmm. Und was, wenn ich nicht in dem Moment rausgekommen wäre?«

Sie schweigt.

»Zum Glück bin ich heute da gewesen.«

»Ich hab dir das schon heute Morgen gesagt. Ich brauch dich nicht.«

Ich biege in die Einfahrt ihrer Eltern ein und parke hinter dem Auto ihrer Mom. »Offenbar schon.«

»Du bist ein Arsch, Kyle.« Sie öffnet die Beifahrertür. Ich steige ebenfalls schnell aus und stelle mich ihr in den Weg.

»Stimmt vielleicht, aber ich bin der Arsch, der wahrscheinlich verhindert hat, dass du heute Nacht vergewaltigt worden wärst.«

Roxy erstarrt. »Das wäre nicht passiert.« Doch in ihrer Stimme schwingt ein Hauch von Unsicherheit.

»Woher weißt du das?«

Keine Antwort.

»Das Risiko ist es nicht wert, oder? Wie gesagt, du kannst froh sein, dass ich da war.«

Sie hebt den Kopf, ihre blauen Augen schauen mich an. »Und jetzt kannst du dir selbst auf die Schulter klopfen, dass du das Versprechen an Cam gehalten hast. Jetzt kannst du mich wieder in Ruhe lassen.«

»Damit du dasselbe nächstes Wochenende grad wieder machst?«

»Das ist ja wohl nicht dein Problem.«

»Falsch. Es ist sehr wohl mein Problem.«

»Und wieso, bitte schön?«

»Weil ich mir Sorgen um dich mache.«

»Dann hör auf damit.« Sie kramt ihren Haustürschlüssel hervor und macht auf dem Absatz kehrt. »Geh zurück nach Kalifornien, Kyle. Ich hab keinen Bock drauf, dass du dir Sorgen um mich machst.«

Die Tür fällt hinter ihr ins Schloss, und ich bleibe noch einen Moment regungslos stehen. Was ist nur mit ihr passiert? Alles, was sie an diesem Abend gezeigt hat – angefangen von ihrem Verhalten bis zu ihren Worten, ja sogar ihr Gesichtsausdruck –, alles ist so anders. Es ist, als wäre die Roxy, die ich kannte, von einer anderen Person eingenommen oder ausgetauscht worden.

Und ich hasse es.

Seufzend gehe ich zu meinem Auto. »Gute Nacht, Roxy.«

3. Kapitel

Roxy

Der Morgen danach ist immer für den Arsch. Der Kater, das leere, üble Gefühl im Magen, die verschwommenen Erinnerungen. Mein Gehirn hat scheinbar etwa ab zehn Uhr wahllos Teile des gestrigen Abends ausgeblendet. Alles, woran ich mich erinnern kann, ist, dass ich mit Tom getanzt habe und irgendwann mit Kyle nach Hause gefahren bin. Ich hab keine Ahnung, was ich den restlichen Abend über getrieben habe, geschweige denn, wieso meine Handgelenke wehtun.

»Roxy! Aufwachen!«, ruft meine Mom von unten.

»Bin wach!«, brülle ich zurück und rolle mich aus dem Bett.

»Ich muss das Café aufmachen, und wir sind schon spät dran!«

»Schon gut, schon gut! Gib mir fünf Minuten, ja?« Ich reibe mir übers Gesicht und schnappe mir meine Jeans, die über der Stuhllehne hängt. Hastig schlüpfe ich in ein Shirt und ziehe noch ein Sweatshirt drüber. Innerhalb von zwei Minuten hab ich das Thema Make-up und Haare erledigt und stürze geradezu die Treppen runter.

Mom mustert mich eingehend, während ich meine Stiefel anziehe. »Wenigstens siehst du einigermaßen präsentabel aus.«

»Da bin ich ja froh«, murmele ich ironisch.

Sie seufzt. »Roxy …«

»Lass uns gehen, Mom.« Ich öffne die Haustür. »Du wolltest doch nicht zu spät kommen, oder?«

Ich höre sie erneut seufzen, während ich vor ihr her zum

Auto gehe. Sie kann seufzen, so viel sie will. Sie hat selbst gesagt, wir haben es eilig, da lass ich mich doch nicht auf ein Grundsatzgespräch im Flur ein. Ich will einfach nur zum Café kommen, meine Schicht absolvieren und dann Selena anrufen, um rauszufinden, was ich gestern Nacht getan oder nicht getan habe.

Wir parken vor dem *R&C's*, dem Café, das meiner Mutter seit zwölf Jahren gehört. Sie hat es *R&C's* genannt – nach Cam und mir –, weil sie meinte, wir wären ihr ganzer Stolz, genau wie das Café. Innen ist es sogar in unseren Lieblingsfarben dekoriert – in Blau und Lila. Zumindest waren das unsere Lieblingsfarben, als vor fünf Jahren das letzte Mal renoviert wurde.

Ich gehe über die königsblauen Fliesen zur Theke und lasse den Blick über den Raum schweifen. Die weißen Wände sind bedeckt mit Fotos des Columbia River Gorge, der berühmten Felsenschlucht, und des Mount Hood, des höchsten Bergs Oregons. Es sind Fotos aus allen vier Jahreszeiten. Links fängt die Serie mit Frühlingsaufnahmen an und zieht sich über die ganze Wand bis auf die rechte Seite, wo sie im Winter endet. Die Bilder werden nur unterbrochen von den Tafeln, auf denen die Tagesangebote angeschrieben sind. Auf den Tischen liegen blaue oder lila Tischdecken, je nachdem in welcher Farbe die Karte ist, die auf dem Tisch steht. Ist die Tischdecke blau, steht eine lila Karte darauf und umgekehrt.

Mom hat das mit dem Design echt durchgezogen. Sie hat genauso viel Liebe in die Eröffnung des Cafés gesteckt wie in unsere Erziehung. Und in den letzten Monaten war das Café wohl auch das Einzige, das sie am Leben gehalten hat.

Mom dreht das Schild an der Tür auf »Geöffnet«, und ich schmeiße die Kaffeemaschine an. Sonntage im Café sind einfach; der alte Mr Yeo wird in einer Viertelstunde vorbeikommen, um sich seinen üblichen Kaffee mit Waffeln zu bestellen, gefolgt von den Stevens-Schwestern, die sich wie jede Woche sonntags ein Stück Kuchen gönnen. Und irgendwann wird meine Cousine Louisa dazukommen, die uns dann wie gewöhnlich den Kaffee leer trinkt, während sie an einem ihrer Bücher schreibt. Es sind immer dieselben Leute, immer um dieselbe Zeit.

Genau wie ich es mag. Es gibt mir etwas, woran ich mich festhalten kann, und wenn ich das tue, dann denke ich nicht über das Foto von Cam nach, das direkt vor mir auf der Theke steht. Wenn ich nicht an ihn denke, kann ich fast so tun, als ginge es mir gut.

Genauso macht es Mom auch.

Zwei Wochen hat sie getrauert, sich ihrem Schmerz hingegeben, dann war sie zurück – hat sich geradezu in ihre Arbeit gestürzt. Sie hat darauf bestanden, dass das Café wieder aufmachen muss, dass das Leben weitergehen muss. Unser Leben hat nicht aufgehört, nur weil Cam von uns gegangen ist. Diese Wahrheit plagt mich, ja, verhöhnt mich jeden Tag. Ich werde nie verstehen, wie es für Mom so verdammt einfach sein kann, hier jeden Morgen reinzumarschieren, ein Lächeln aufzusetzen und so zu tun, als wäre alles eitel Sonnenschein.

Ich weiß wirklich nicht, wie sie es schafft. Es ist mir ein Rätsel.

Ich binde mir die Schürze um die Hüfte und stecke mir gerade Notizblock und Stift in die Tasche, als die Tür auch schon aufgeht. Mr Yeo betritt das Café – zehn Minuten früher als normalerweise –, und mir ist sofort klar, dass dieser Tag furchtbar werden wird.

Mr Yeo ist nie zu früh.

»Guten Morgen, kleine Roxanne«, grüßt er mich in seinem üblichen, heiteren Tonfall.

Ich lächle, obwohl er meinen ganzen Vornamen benutzt hat. »Guten Morgen, Mr Yeo. Das Übliche?«

»Natürlich, Mädchen. Wann habe ich denn jemals etwas anderes bestellt?« Er kichert in sich hinein und setzt sich an seinen angestammten Tisch am Fenster. Seinen Gehstock stellt er an der Wand hinter dem Stuhl ab, ehe er sich darauf niederlässt.

»Mom.« Ich strecke den Kopf durch die Küchentür. »Mr Yeo ist hier.«

»Er ist zu früh.« Sie sieht mich überrascht an.

»Yep.« Ich seufze und nehme eine Tasse aus dem Regal. Während ich seinen Kaffee zubereite, tippe ich mit der Fußspitze im Takt der Musik, die aus dem Radio kommt. Mom möchte immer unbedingt Musik im Hintergrund laufen haben. Als der Kaffee fertig ist, trage ich die Tasse zu Mr Yeos Tisch und stelle sie vor ihm ab. Er zieht eine Zeitung aus der Tasche und breitet sie auf dem Tisch aus.

»Wie geht es dir, Liebes?«

»Ganz gut, danke. Wie geht es meinem Lieblingsgast?«

»Lieblingsgast? Höre ich da Lieblingsgast?«, ruft Isla Stevens aus, als sie durch die Tür tritt. »Roxy, ich bin entrüstet! Ich hätte gedacht, ich bin dein Lieblingsgast!«

»Nein, das wäre dann mit Sicherheit ich«, widerspricht ihre Zwillingsschwester Marie und tätschelt Isla das ergraute Haupt. Ich begleite sie lachend zum Tresen.

»Also wirklich, die Damen, das ist doch kein Grund zu streiten. Wie wäre es, wenn Sie beide meine liebsten weiblichen Kunden sind?«

»Hmf. Na gut, ich schätze, den Titel können wir uns teilen«, murmelt Isla.

»Meine Güte, Isla. Wir haben uns schon eine Gebärmutter geteilt, Klamotten, ein Haus – und du machst Theater wegen eines geteilten Titels.« Marie schüttelt den Kopf und beugt sich zu mir. »Sie war schon immer die Kompliziertere von uns beiden.«

»Du hast die Männer vergessen«, fügt Isla hinzu. »Wenn ich mich recht erinnere, haben wir davon damals auch ein paar geteilt.«

Ich ziehe die Augenbrauen hoch und gehe zur Kuchentheke. »Ich bin mir nicht sicher, ob ich bei diesem Gespräch noch weiter zuhören möchte.«

Die Zwillinge lachen. »Ach, Schätzchen.« Isla kichert. »Doch nicht *so*.«

»Nicht wie? Ich hab doch gar nichts gesagt.« Ich packe jeweils ein Stück Karottenkuchen auf einen Teller.

»Nein, aber du hast es gedacht. Immerhin …«

»… wissen wir doch, wie ihr jungen Leute heutzutage drauf seid«, vervollständigt Marie den Satz ihrer Schwester. »Das liegt alles an diesem furchtbaren Fernsehen.«

»Was ich durchaus unterhaltsam finde.«

»Pst, Isla. Sag das doch nicht so laut.«

Ich muss lächeln. Isla verdreht die Augen. »Ach, Marie. Jedenfalls … Roxy?«

Ich schaue von der Kasse auf und erstarre in der Bewegung, als ich das Funkeln in ihren alten Augen sehe. »Äh, ja?«

»Wir haben da so was gehört …« Marie tippt mit dem Zeigefinger auf den Tresen.

»Das passiert normalerweise, wenn man Ohren hat«, erwidere ich schlagfertig.

Marie schaut ihre Schwester an. »Sie hält sich wohl für lustig.«

»Das tun sie alle«, entgegnet Isla.

Ich grinse.

Marie wendet sich wieder mir zu. »Wir haben da so ein Gerücht gehört. Über dich, Schätzchen.«

Ach, was für eine Überraschung.

»Schießt los«, fordere ich sie resigniert auf.

Isla lehnt sich nach vorn und drückt ihre Brust gegen den Tresen. »Wir haben gehört«, flüstert sie, »dass dieser gut aussehende junge Mann, dieser Kyle, dein Freund ist.«

Die Zwillingsschwestern sehen mich erwartungsvoll an, ihre haselnussbraunen Augen leuchten vor Aufregung.

Ich schnaube lautstark und schlage mir die Hand vor den Mund. »Äh, Ladys, es gibt einen Grund, weshalb man so etwas ein Gerücht nennt. Und zwar, weil es nicht wahr ist.«

Die beiden machen ein langes Gesicht. »Ach, schade«, murmelt Isla. »Das wären so wunderschöne Babys geworden.«

»Da hast du recht, Isla. Wirklich wunderschöne. Und Cam hätte es auch gefallen.«

»Der einzige Mann, den ich laut Cam daten darf, ist ein Hollywood-Schauspieler – und das auch nur, weil er schwul ist«, erinnere ich die beiden.

»Wie auch immer, es ist wirklich schade«, meint Marie unbeeindruckt und nimmt ihren Teller. »Wir könnten dieser Tage auch mal eine gute Nachricht gebrauchen. Es passiert gar nichts Spannendes mehr hier.«

»Das stimmt …« Isla nickt und die beiden trotten zu ihrem Tisch rüber.

Ich schaue ihnen nach und schüttle frustriert den Kopf. Als die Glocke in der Küche klingelt, gehe ich nach hinten, um Mr Yeos Waffeln abzuholen.

»Hab ich da grade die Zwillinge gehört?«, fragt Mom und wischt sich die Hände an der Schürze ab.

»Ja, hast du. Die beiden sind so verrückt wie immer.« Ich schnappe mir den Teller. »Alte Tratschtanten.«

Sie lacht. »Man sollte echt nicht glauben, dass die beiden Ende 50 sind. Sie verhalten sich wie mit 15, was das angeht.«

»Allerdings.« Ich verlasse die Küche und serviere Mr Yeo sein Frühstück.

Gerade bin ich dabei, den Tresen zu wischen, als die Tür schon wieder aufgeht. Ich schwöre, wenn das jetzt Louisa ist, die auch zu früh ist, dann …

»Du siehst ja beschissen aus«, kräht Selena, als sie mich erblickt.

»Sehr nett, danke. Du siehst selbst ganz bezaubernd aus.«

Sie setzt sich an den Tresen. »Ich hätte gern eine Limonade mit einem Schuss ›Was zur Hölle war denn mit dir gestern Abend los‹?«

Ich schürze die Lippen, schnappe mir ein Glas und schaufle Eiswürfel hinein. »Keine Ahnung, wovon du redest.«

»Natürlich nicht, war ja klar.« Sie seufzt.

Ich stelle das Glas vor ihr ab und stütze mich auf die Theke. »Ich mein das ernst, ich erinner mich an fast nichts mehr.«

Ihre Mundwinkel zucken unmerklich. »Willst du mir sagen, du erinnerst dich nicht daran, dass Kyle behauptet hat, er wäre dein Freund? O Mann, das wird ja immer besser.«

»Er hat was?« Ich werfe schnell einen Blick über meine Schulter zu den Stevens-Schwestern, plötzlich ergibt mein Morgen einen Sinn.

»Er hat vorgegeben, dein Freund zu sein, um dich von diesem Tom wegzubekommen, mit dem du die ganze Zeit rumgehangen hast.«

»Wieso zur Hölle hat er das getan?«

»Du warst sturzbetrunken, und Tom hat dich angegrapscht.« Selena zuckt mit den Schultern. »Kyle hat dich regelrecht nach Hause geschleift.«

»Arschloch!«

»Yep, so hast du ihn wohl letzte Nacht auch ein paar Mal genannt. Er hat mich angerufen, nachdem er dich nach Hause gebracht hatte.«

»Ich kann nicht glauben, dass er das getan hat«, grummele ich. »Er ist doch nicht mein Aufpasser!«

»Du bräuchtest aber einen«, höre ich die Stimme meiner Cousine vom Eingang.

»O nein, fang du nicht auch noch an.« Ich stehe auf und nehme eine Tasse, um ihr ihren ersten Kaffee für heute zu machen.

»Ich mein ja bloß, Rox.« Louisa hebt beschwichtigend die Hände. Ihre Laptoptasche hat sie wie immer über eine Schulter gehängt. »Du denkst, dein Verhalten ist normal, aber das ist es nicht.«

Unsere Blicke treffen sich und mir rutscht das Herz in die Hose, als ich in ihren Augen noch etwas anderes zu erkennen meine.

»Bitte, sag mir, dass der Grund für dein Erscheinen am Freitag im *B'n'B* nicht der ist, den ich vermute.«

»Pst, sei still«, zische ich ihr zu und schiele erneut zu Isla und Marie rüber. Ich stelle Louisas Kaffeetasse vor ihr ab. »Darüber werde ich hier bestimmt nicht sprechen.«

»Das ist dann wohl ein Ja.« Meine Cousine seufzt. »Mein Gott, Rox. Du musst echt mal zusehen –«

»Das kannst du dir sparen«, fahre ich sie an. »Ich bin kein Kind mehr.«

»Dir ist doch klar, dass er nie gewollt hätte, dass du dich so verhältst«, meint Selena vorsichtig.

»Sie hat recht«, stimmt Louisa zu. »Cam würde durchdrehen, wenn er sehen könnte, was du treibst.«

»Dann hätte er halt nicht in das verdammte Auto steigen sollen, obwohl er wusste, dass Stu total dicht ist, oder? Er hätte mit uns fahren sollen.«

»Du weißt, dass das nicht ganz fair ist.« Louisas Stimme klingt gepresst.

»Wenn hier etwas nicht fair ist, dann, dass er sterben musste. Es ist nicht fair, dass ich nicht mal trauern darf, weil jeder mir sagt, was ich zu tun und zu lassen habe.« Ich schnappe mir das Wischtuch aus der Spüle.

»Du trauerst aber nicht, Roxy.«

»Jeder trauert eben anders. Und ich trauere so, alles klar?« Ich starre sie finster an und zeige dann auf ihre Laptoptasche. »Willst du jetzt an deinem Buch arbeiten, oder nicht? Es schreibt sich nämlich nicht von selbst, weißt du?«

Louisa kaut auf der Innenseite ihrer Wange und seufzt. »Na gut, ich geb auf.« Sie geht zu dem Tisch neben der Theke und setzt sich auf einen Stuhl.

Ich wische weiter den Tresen, obwohl er schon blitzeblank ist, und spüre dabei unablässig Selenas Blick auf mir.

»Was denn?«, platze ich schließlich heraus.

Sie nippt seelenruhig an ihrer Limonade. »Sie hat recht, das weißt du schon, oder?«

Ich schnaube und gehe zur Kaffeemaschine. »Ach, leckt mich doch alle.«

»Ich sag ja bloß.«

»Lass es, klar!«

Es ist kein Problem, solange ich mir darüber bewusst bin, was ich tue.

Das rede ich mir zumindest selbst ein. Ich muss daran

glauben, dass meine Art, mit Cams Tod umzugehen, nicht aus dem Ruder läuft. Das Trinken, der Sex, der … *gelegentliche* Drogenkonsum – das sind nur Gewohnheiten, kein Suchtverhalten. Ich kann auch ohne.

Vielleicht …

Sein Zimmer ist unberührt. Ich weiß es, weil ich die Einzige bin, die überhaupt noch diese Tür öffnet. Nur ich bin mutig genug, um diesen Ort zu betreten, der sein Rückzugsgebiet war und angefüllt ist mit Dingen, die Cam zu Cam gemacht haben.

Es riecht nach ihm. Das halbvolle Fläschchen Davidoff steht noch auf seinem Schreibtisch, der unterschwellige, würzige Geruch seines Körpers hängt in der Luft, als wäre er erst kürzlich durch den Raum gelaufen. Das Bett ist gemacht, und auf einem Stuhl liegt ein Stapel frischer Wäsche. Er hat sie nie eingeräumt – stattdessen hat er immer so lange gewartet, bis Mom nachgegeben und sie für ihn weggeräumt hat. Oder er hat mich bestochen, es für ihn zu tun.

Ich setze mich aufs Bett und lehne mich mit dem Rücken an die Wand. Ich ziehe die Beine zur Brust und schlinge die Arme um die Knie. Ich vermisse ihn mit jeder Faser meines Körpers. Es ist ein Gefühl, das tiefer geht als alles, was ich zuvor gekannt habe. In seinem Zimmer zu sein macht alles noch unerträglicher, aber es ist eben alles, das mir von ihm geblieben ist. Die Erinnerungen reichen mir nicht aus. Noch nicht.

Ich muss in seinem Zimmer sein: Umgeben von ihm. Von seinem Geruch, seiner Kleidung, die ich mir klaue, wenn Mom nicht zu Hause ist, und sie erst zurückbringe, wenn sie nicht mehr nach ihm riecht. Ich rufe immer noch auf seinem Handy an, um seine Stimme auf der Mailbox zu hören. Ich checke jeden Tag seinen Facebook-Account, weil ich auf ein blödes Status-Update oder ein Post mit einem lustigen Spruch dazu warte.

Was natürlich nie kommt. Und es schmerzt mich jedes Mal, wenn ich das Datum seines letzten Posts sehe – ein Foto von Grumpy Cat. Es versetzt mir einen Stich ins Herz, genauso wie der Anblick seiner Sportschuhe, die er nie wieder anziehen wird. Das rosa Hemd rührt mich zu Tränen, weil er es für meinen Abschlussball gekauft hat, nur um mich zu ärgern. Ein Hemd, das er nie tragen wird. Mein Highschool-Abschluss, den er nie erleben wird.

Ich greife neben mich und streiche mit der Hand über die Bettdecke. Die dunkelblaue Fleece-Decke, die auf dem hellblauen Laken liegt, riecht noch nach seinem Parfüm. Ich bin jedes Mal fasziniert, wie ein Duft so lange anhalten kann. Es ist fast so, als könnte er nicht loslassen, auch wenn sein Leben ihm entglitten ist.

Ich hoffe, der Geruch verfliegt nie. Ich hoffe, seine Sachen riechen noch so lange nach meinem Bruder, wie ich hier bin. Ich weiß, dass ich mit jedem Besuch in seinem Zimmer riskiere, den Geruch zu verfälschen. Es ist eine Zwickmühle … Entweder bewahre ich sein Zimmer, indem ich es nicht betrete – wobei das niemandem nützt –, oder ich zerstöre es nach und nach, indem ich immer wieder herkomme, wenn ich einsam bin.

Der Geruch wird mit der Zeit verfliegen, das weiß ich, und deshalb komme ich so oft wie möglich her. Wenn der würzige Duft sowieso verschwindet, kann ich schließlich das Beste daraus machen. Außerdem liebe ich diesen Geruch, den ich zu seinen Lebzeiten oft verspottet habe.

»Sie wird daran ersticken«, warne ich ihn, an den Türrahmen gelehnt.

»Haha. Und das weißt du, weil du die große Date-Expertin hier bist, ja?«

»Wenn ich endlich mal Dates haben dürfte, Cameron!«

Er lacht und sprüht sich noch mal ein.

Ich rümpfe die Nase. »Okay, jetzt mal ernsthaft. Sie wird in dem Zeug ertrinken.«

»Wenn alles nach Plan läuft, ertrinkt sie bald in Eau de Cam.« Mein Bruder zwinkert mir zu.

Ich würge gespielt. »Du riechst wie eine billige Nutte.«

Grinsend drückt er mir einen Kuss auf die Stirn. »Woher weißt du, dass ich das nicht auch bin?«

Ich rutsche vom Bett runter und öffne eine seiner Schubladen. Seine Sweatshirts sind alle ordentlich gefaltet, und ich schnappe mir eines, das obenauf liegt. Ich ziehe es über den Kopf und betrachte mich im Spiegel. Der Kapuzenpulli ist mir viel zu groß, aber das ist mir egal. Ich ziehe die Schultern hoch und vergrabe die Nase im Kragen. Lächelnd stelle ich fest, dass auch der Pulli noch nach Davidoff riecht. Er muss ihn angehabt und wieder zurück in die Schublade gelegt haben, bevor er gestorben ist.

Der alte Faulpelz! Ich wusste immer, dass er seine eigene Wäsche wegräumen kann.

Das Haus ist totenstill, weil Dad wie jeden Dienstag Mom im Café hilft. Ich schließe die Finger um mein Handy, als ich die Treppe runtergehe. Ich könnte Layla anrufen und sie bitten, mir zu geben, was ich brauche, damit es ohne Cam nicht mehr so wehtut. Ich würde mich nicht mehr so verloren fühlen, weil ich mich dann selbst verliere.

Irgendwo anders.

Es klopft an der Haustür, als ich gerade rausgehen will.

»Kyle«, rufe ich erstaunt aus. *Was macht der denn hier?*

Hat er es nicht gecheckt? Ich brauche ihn nicht. Oder besser: Ich will ihn nicht brauchen.

»Roxy. Ich war mir nicht sicher, ob du zu Hause sein würdest.« Er kratzt sich an der Nase und schaut mich aus seinen sanften, braunen Augen an. »Kann ich reinkommen?«

Ich trete beiseite. »Du musst doch nicht fragen, hast du doch sonst auch nie.«

»Ja, na ja. Ohne ihn fühlt es sich anders an.« Sein Blick fällt auf Cams Sweatshirt, und ich schlinge schnell die Arme um den Oberkörper. »Steht dir besser als ihm.«

Ich schnaube und schließe die Tür hinter uns. »Klar. Ich seh aus, als hätte ich ein Zelt an.«

Kyle zuckt die Schultern und geht zögerlich weiter ins Wohnzimmer, wo er sich umschaut. Er schweigt einen Moment lang, seine Augen scannen nacheinander die Fotos an der Wand. Ich. Cam. Cam und Kyle. Cam und ich. Wir zu dritt.

»Ich wollte mit dir reden.«

»Ich aber nicht mit dir.« Ich stürme in die Küche.

»Das ist reizend. Du willst nicht mal anhören, über was ich reden will.«

»Wahrscheinlich über dieselbe Scheiße wie alle anderen auch.«

»Vielleicht hat es auch gar nichts mit dir zu tun. Es überrascht dich vielleicht, Roxanne Hughes, aber es dreht sich nicht alles immer nur um dich. Sosehr du das auch zu glauben scheinst.«

Ich reiße den Mund auf und fahre herum. Er lehnt am Türrahmen zwischen Küche und Wohnzimmer, die Hände in den Hosentaschen, das Haar fällt ihm lässig in die Stirn.

»Wow, ich erinnere mich gar nicht daran, dass du letzten Sommer so ein Arschloch warst«, zische ich und versuche zu verbergen, dass seine Worte mir einen Stich versetzt haben.

»Und ich erinnere mich nicht daran, dass du so eine Zicke warst. Also sind wir wohl quitt.«

Ich deute mit dem Daumen in Richtung Haustür. »Du findest ja nach draußen.«

Kyle bewegt sich keinen Zentimeter. Er neigt nur den Kopf ein wenig zur Seite und mustert mich. »Du bist süß.«

»Wie bitte?«

»Ich hab gesagt, du bist süß.«

»Ich hab schon gehört, was du gesagt hast«, entgegne ich patzig. »Mit ›Wie bitte‹ meinte ich auch eher ›Fahr zur Hölle‹.«

»Ich weiß.«

Der Idiot grinst. Er grinst, verdammt nochmal. »Ist hier irgendwas lustig?«

»Du kannst nicht ernsthaft wollen, dass ich das beantworte.«

Ich starre ihn finster an und versuche, das Kribbeln in meinem Bauch zu ignorieren. Wie er lächelt … Ich hab das schon tausendmal gesehen und trotzdem haut es mich immer wieder um. Sein Lächeln ist verspielt und umwerfend … und nervig zugleich.

»Ich wünschte, ich könnte dir dein verdammtes Lächeln austreiben«, lüge ich.

»Ach, wirklich? Ich würde dir ja lieber ein Lächeln verpassen.«

»Die Chancen dafür wären höher, wenn du nicht vorbeikommst, um mir so eine Scheiße zu erzählen.«

Kyle lacht. »Klar. Ich schätze, du hast schon wieder vergessen, wer mit dem Zoff angefangen hat?«

Ich öffne den Mund, sage aber nichts. *Ach, ja. Das war ja ich.*

»Ganz genau.« Er drückt sich vom Türrahmen ab und

durchquert die Küche. Seine Schritte sind groß und entschlossen. Ich lasse ihn nicht aus den Augen, als er auf mich zugeht und sich dann mit der Hüfte an die Anrichte lehnt. »Weißt du, nur weil ich mit dir reden will, heißt das noch lange nicht, dass es um dich gehen muss.«

»Für die meisten Leute gilt das aber leider im Moment.«

»Und wessen Schuld ist das?« Er zieht eine Augenbraue hoch. »Ich bin vor vier Tagen heimgekommen und sogar ich kann schon sagen, dass du mal eine ordentliche Standpauke vertragen könntest.«

»Hey –«

»Aber darüber will ich gar nicht reden.«

Ich verenge die Augen zu Schlitzen und stecke die Hände in die Vordertasche des Kapuzenpullis. »Über was denn dann?«

»Über Cam.«

Ich schüttle den Kopf.

»Doch.«

»Nein.« Ich weiche etwas vor ihm zurück. »Ich kann nicht –«

»Du brauchst mich vielleicht nicht, aber ich brauche dich dafür.«

Seine Worte lassen mich aufhorchen: »Was, wieso? Du kannst doch mit Si reden oder mit Ben. Oder mit Lewis. Wieso mit mir?«

»Weil.« Er atmet hörbar aus, es klingt gequält. »Weil niemand Cam so gut kannte wie wir beide, Rox. Niemand kann sich auch nur ansatzweise vorstellen, wie verdammt weh es tut, ohne ihn hier zu sein. Nur du kannst das.«

Ich gehe auf die Haustür zu und kneife die Augen zusammen. »Tut mir leid«, flüstere ich. »Ich kann dir nicht helfen.«

»Gott, Roxy.« Kyles Schritte hallen laut auf dem Laminatboden, und ich spüre den Lufthauch, als er bei mir ankommt. Er streicht mir eine Haarsträhne aus dem Gesicht und dreht sie zwischen den Fingern. »Du bist echt der Inbegriff von Dickköpfigkeit. Ich muss einfach mit dir reden, okay? Ich muss mich doch mit jemanden gemeinsam an ihn erinnern können. Ohne ihn hier fühle ich mich so … verloren. Fuck, so scheiße verloren!«

Ich öffne die Augen. Sein Gesicht ist direkt vor meinem, er starrt mich an. Ich muss schlucken. Mein Herz schlägt schneller: einerseits weil er mir so nah ist; andererseits, weil ich den rohen Schmerz in seiner Stimme regelrecht spüren kann.

»Ich bin noch nicht bereit, über ihn zu reden.«

»Es ist jetzt sechs Monate her.«

»Na und?« Ich schlage seine Hand weg, die immer noch in meinen Haaren war. »Das weiß ich doch. Aber das heißt doch nicht, dass ich über ihn reden muss, Kyle.«

Er lächelt traurig. »Und das ist dein Problem.«

»Ich hab aber kein Problem.«

»O doch, du hast so einige Probleme.« Sein Lachen ist genauso hoffnungslos wie sein Lächeln. »Du bist nur zu beschäftigt, dich hinter der Scheiße zu verstecken, um es zu bemerken.«

»Du hast gesagt, darüber wolltest du nicht reden.«

»Ich hab gesagt, ich will nicht darüber reden, aber jetzt lässt es sich wohl nicht vermeiden.«

»Arschloch!«

»Das hab ich schon öfter von dir gehört.« Er geht durch die Tür und zieht seine Autoschlüssel aus der Hosentasche. »Ich werde es weiter versuchen, Roxy.«

»Was denn?« Ich ziehe die Augenbrauen hoch.

»Mit dir über ihn zu reden. Du brauchst das genauso sehr wie ich. Der Unterschied ist nur, dass ich es zugebe.«

»Kyle –«

»Iz kommt in ein paar Tagen zurück. Sie wollte, dass ich dir das ausrichte.«

Mit dieser Nachricht von seiner Schwester steigt er ins Auto, winkt flüchtig und setzt zurück. Ich starre ihm nach, als er davonfährt. Mein Handy liegt schwer in meiner Hosentasche, ich ziehe es hervor. Mein Daumen wischt über das Display, bis ich Laylas Nummer gefunden habe. Dann verharrt er über der *Anrufen*-Taste.

Eine dicke Träne rollt mir über die Wange, und ich drücke auf die Taste. Dieses Gespräch hat mich total fertiggemacht und meine schon bestehende Wunde wieder aufgerissen. Die Realität schmerzt einfach viel zu sehr. Und Kyle geht es genauso. Wir sind beide erwachsen und verändert durch den Verlust des einen Menschen, der uns immer irgendwie zusammengehalten hat. An dem Tag, als ich Cam verloren habe, habe ich auch Kyle verloren.

Ich warte darauf, dass Layla abnimmt, und finde mich mit der Tatsache ab, dass ich verdrängen will.

4. Kapitel

Kyle

»Was tust du hier?«, fragt Roxy, als ich das Café betrete.

»Euer Kundenservice lässt aber zu wünschen übrig, muss ich sagen«, erwidere ich und lasse mich auf einem Stuhl an der Theke nieder.

»Tut mir leid.« Sie lächelt bittersüß. »Kann ich dir etwas bringen?«

»Kaffee, bitte.«

»In einer Tasse oder über deinen Kopf?«

»Über deinen, wenn es keine Umstände macht.«

Sie schürzt die Lippen und dreht sich ruckartig zur Kaffeemaschine um. Ihr Pferdeschwanz weht über ihre Schulter und entblößt ihren Nacken. Ich kneife die Augen zusammen.

»Du solltest die Haare vielleicht lieber offen tragen«, schlage ich vor.

»Was? Ist ein Pferdeschwanz zu nuttig für dich?«, keift sie mich an.

»Nein, aber der Knutschfleck da hinten. Der, der dir offenbar noch nicht aufgefallen ist.«

Sie fasst sich schnell an den Hals. »Verarschst du mich jetzt?« Sie dreht sich langsam zu mir um.

Wenn mein Blick genauso hart ist wie meine aufeinandergepressten Kiefermuskeln, müsste sie eigentlich nicht fragen. »Seh ich etwa so aus? Versteck das Ding wenigstens, Rox.«

»Ich kann meine Haare nicht offen tragen.«

»Schwachsinn. Selena trägt sie auch immer offen, wenn sie arbeitet.« Ich nicke in ihre Richtung. »Mach sie auf.«

»Fick dich.«

Ich springe vom Stuhl auf und gehe um den Tresen herum. Mit einer blitzschnellen Bewegung ziehe ich ihr das Haargummi ab, so dass ihr die Haare lose um die Schultern fallen.

»Kyle!« Sie fährt wütend herum und starrt mich an, die Augen weit aufgerissen. »Gib das her!« Sie versucht, mir das Haargummi aus der Hand zu reißen.

»Nein.«

»Doch!«

Ich grinse und stecke es mir in die vordere Tasche meiner Jeans. »Hol es dir doch.«

Sie hält inne. »Du bist doch kein kleiner Junge. Sei nicht so albern.«

Ich stütze die Ellenbogen auf den Tresen und beuge mich nach vorn. »Und du bist doch keine Nutte, also sei du nicht albern.«

»Das geht dich ja wohl gar nichts an.«

»Geht es wohl, wenn du dich jedes Mal anknabbern lässt, wenn du die Hosen runterlässt.«

»Autsch. Wieso sagst du es mir nicht gleich ins Gesicht.«

»Das tue ich doch.«

»Was ist dann dein Problem?« Sie lehnt sich ebenfalls auf den Tresen, ihr Gesicht direkt vor meinem. »Kommst du etwa nicht dazu, deine Hosen mal runterzulassen?«

Ich lege den Kopf schief. »Rox, wenn ich die Hosen runterlassen würde, wüsste es bestimmt die ganze Stadt.«

»Genau, weil die Frau schreiend davonläuft.«

»Falsch. Sie würde nach mehr schreien, das kannst du mir glauben.«

Sie schluckt und richtet sich auf. »Jemand müsste dir mal ordentlich eine reinschlagen, weißt du?«

»Und dir gleich zwei.« Ich lache.

»Du bist so lustig«, zischt sie. »Hast du eigentlich nichts Besseres zu tun?«

Ich lehne mich zurück. »Nicht wirklich. Ich warte außerdem immer noch auf meinen Kaffee.«

Sie schnalzt mit der Zunge, seufzt und dreht sich wieder zur Kaffeemaschine um. Ihre dunklen Haare fallen ihr über den Rücken. Dort, wo sie sie zusammengebunden hatte, ist ein leichter Knick erkennbar. Meine Augen wandern weiter über ihren Körper.

Sogar in ihren Arbeitsklamotten kann man ihre Kurven gut erkennen, von ihrer Taille über ihre Hüfte bis zu ihrem Arsch und den Oberschenkeln. Und ich sollte sie wirklich nicht so anschauen, aber … verdammte Scheiße.

Ich kann es nicht ändern, dass sie etwas in mir auslöst. Ich müsste blind sein, um mich nicht zu ihr hingezogen zu fühlen. Und jedes Mal, wenn sie den Mund aufmacht und mich anfährt, wird es schwerer, sie nicht einfach mit einem Kuss zum Schweigen zu bringen.

»Hier.« Sie stellt eine Kaffeetasse vor mir ab.

»Dankeschön.« Ich nehme die Tasse und lächle sie an. Sie erstarrt für einen kurzen Moment, und ihre blauen Augen taxieren mich.

»Wie machst du das?«

»Wie mache ich was?«

»Na, das.« Sie wedelt mit den Armen. »Erst bist du ein hundertprozentiges Arschloch und in der nächsten Sekunde wieder ein totaler Charmebolzen.«

»Das ist eine Gabe. Sie ist mir angeboren.«

»Ach ja? Und wie lebt es sich so mit dieser Gabe?«

»Soll ich es dir zeigen?« Ich ziehe die Augenbrauen hoch, als Mia, eine unserer ehemaligen Mitschülerinnen, das Café betritt.

»Mit ihr? Echt jetzt?«, flüstert Roxy.

»Mach dich bereit für eine Lehrstunde in Sachen Verführungskunst.« Ich zwinkere ihr zu und drehe mich zu Mia um. »Hey, Mia. Wie geht's denn so?«

Mia bleibt neben mir stehen und wirft ihr braunes Haar über eine Schulter. »Gut, Kyle. Und selbst?«

»Besser, jetzt, wo ich dich sehe.« Ich lasse den Blick über ihren Körper schweifen. An Roxy kommt sie nicht ran, aber sie ist definitiv attraktiv. »Sieht aus, als würde dir Florida guttun. Du bist doch nach Florida gegangen, oder?«

»Ja, stimmt.« Sie stützt sich lächelnd auf den Tresen. »Hey, Roxy, machst du mir zwei Kaffee zum Mitnehmen?«

»Klar«, antwortet Roxy gepresst.

Ich setze mein sexy Lächeln auf. Mia blinzelt und zieht die Luft ein. Ich beuge mich zu ihr rüber.

»Hey, was machst du morgen Abend?«, frage ich sie. »Wie wäre es ...«, ich schiele auf ihr Dekolleté, »wenn wir uns treffen und ein bisschen über alte Zeiten plaudern?«

Sie fährt sich mit der Zunge über die Unterlippe. »Nichts, was sich nicht verschieben lässt. Klingt super.«

»Dann treffen wir uns doch am besten um sieben Uhr hier?«

»Abgemacht.« Sie nimmt die beiden Becher vom Tresen und legt stattdessen einen Fünfdollarschein hin. »Dann bis morgen, Kyle.«

»Bis morgen.« Ich grinse sie an

Mia lächelt wie ein kleines Mädchen zurück, während sie sich umdreht und mit wippendem Schritt das Café verlässt. Bevor sie um die Ecke biegt, dreht sie sich noch mal zu mir um und winkt mir durch die Scheibe zu.

Ich sehe Roxy triumphierend an. Sie starrt die Tür an, ihre blauen Augen sind eiskalt.

»Und so, liebe Roxy, funktioniert das mit meinem Charme.«

»Du magst sie doch nicht mal«, stellt sie vorwurfsvoll fest. »Das hast du nur getan, um mir was zu beweisen.«

»Na und?« Ich ziehe die Augenbrauen hoch und lege ebenfalls einen Fünfdollarschein auf die Theke. »Wie du schon festgestellt hast, habe ich ja hier keine Möglichkeiten, meine Hose runterzulassen. Ciao, man sieht sich.«

Sie starrt mir nach, als ich das Café verlasse. Ihr Blick brennt sich in meinen Rücken, bis ich aus ihrem Blickfeld verschwinde, und selbst dann meine ich noch, ihn spüren zu können.

Natürlich hat sie recht. Ich habe Mia nur angesprochen, um Roxy etwas zu beweisen – was auch immer das war. Leider ist der Plan nach hinten losgegangen. Denn jetzt hab ich ein Date mit einer Frau, an der ich gar kein Interesse habe. Und ein Haargummi in der Hosentasche.

Verdammte Scheiße.

»Du musst mir helfen«, sage ich statt einer Begrüßung in mein Handy.

»Was hast du diesmal angestellt?« Meine Schwester seufzt.

»Ich wünschte, ich könnte sagen, nichts. Aber das kann ich nicht.« Ich halte kurz inne. »Wie komme ich aus einem Date wieder raus, zu dem ich gar nicht gehen will?«

Iz lacht. »Versucht ihr Männer nicht immer Dates zu *bekommen*, statt sie loszuwerden?«

»Kann schon sein. Ich bin aber nicht wie alle Männer. Also, los, sag schon, wie stell ich es an?«

»Keine Ahnung, Ky, sorry. Ich hab noch nie ein Date abgesagt. Klingt komisch, aber ich sage eigentlich nur Typen zu, mit denen ich mich auch treffen will.« Ihre Stimme klingt amüsiert. »Jetzt mal ehrlich, wieso willst du die Verabredung überhaupt abblasen?«

»Äh, das tut nichts zur Sache«, meine ich schnell. »Also, wie serviere ich sie am besten wieder ab?«

Schweigen.

»Hallo? Iz?«

»Ich weiß grad nicht, wieso du sie abservieren willst. Und ich bin mir auch nicht sicher, ob es einen guten Weg gibt, aus so was rauszukommen.« Sie stöhnt. »Und, ich versuche grade zu packen. Dieser verfluchte Koffer … geht einfach … nicht zu!« Die letzten Worte klingen gepresst, und ich kann mir genau vorstellen, wie sie auf ihrem Koffer kniet, das Handy zwischen Schulter und Ohr geklemmt, während sie mit dem Reißverschluss kämpft.

Ich grinse. »Vielleicht solltest du dir nicht immer so viele Klamotten kaufen.«

»Vielleicht solltest du die Klappe … Fuck! Jetzt ist der Reißverschluss gerissen.«

»Wie kannst du dir überhaupt so viele Klamotten leisten?«

»Manche Leute haben einen Job, Idiot! Solltest du auch mal probieren bei Gelegenheit.« Ihre Worte triefen vor Sarkasmus. »Scheiß Koffer!«, schiebt sie hinterher.

»Mann, bist du gut gelaunt«, entgegne ich. »Du kannst mir also echt nicht helfen?«

»Nö, tut mir leid.«

»Gut zu wissen, dass ich die letzten zehn Minuten Lebenszeit somit verschwendet habe.« Ich höre, wie Iz am anderen Ende wütend stöhnt. »Ich überlass dich mal deinem Kampf mit dem bösen Koffer.«

»Halt! Du holst mich doch am Flughafen ab, oder?«

»Ja, Iz, mach ich. Bis dann. Und mach nicht noch mehr Koffer kaputt.«

»Arschgeige!«, ruft sie, als ich auflege.

Ich seufze und lege mich auf mein Bett. Wofür hat man denn eine Schwester, die Single ist und Erfahrung mit Dates hat?

Mir bleibt nur eine Möglichkeit: Ich muss so tun, als hätte ich etwas anderes vor. Ich rufe Mia an und sage ihr, dass mir was Wichtiges dazwischengekommen ist. Glaubwürdig? Ja. Nett? Na ja, geht so. So nett wie man das eben machen kann, denke ich. Ich könnte lügen, was meine anderen Pläne angeht – aber das wäre noch arschiger.

Genauso arschig, wie ein Date auszumachen, nur um Roxy zu ärgern …

Okay, ich muss mir jetzt schnell eine geeignete Ausrede einfallen lassen, da es schon fast vier Uhr ist. Und wenn ich sie nicht bald anrufe, muss ich doch noch mit ihr ausgehen.

Die Türklingel reißt mich aus meinen Gedanken. Vielleicht muss ich meinem Dad mit was helfen, das wäre praktisch. Und dann bleibt nur zu hoffen, dass sie meine Absage einfach akzeptiert und nicht zu viele Fragen stellt.

Okay, wem will ich hier was vormachen. Sie ist eine Frau.

Ich gehe nach unten und mache die Tür auf.

»Roxy?!«

»Können wir uns mal unterhalten?« Sie schaut zu mir hoch und spricht weiter, ehe ich antworten kann. »Super, danke.«

Ich ziehe die Augenbrauen hoch, als sie sich an mir vorbei ins Wohnzimmer schiebt. »Klar … können wir … gern machen, Roxy. Komm rein und setz dich.«

Sie funkelt mich böse an. »Gut. Also, wieso musst du mich immer wie ein Kleinkind behandeln?«

»Das Thema schon wieder? Echt jetzt?« Ich schließe die Tür und gehe zu ihr rüber. »Zum einen behandle ich dich nicht wie ein Kleinkind, und zum anderen will ich doch nur verhindern, dass du in ernsthafte Schwierigkeiten gerätst.«

»Ah ja ...« Sie zieht die Worte in die Länge. »So, wie es Cam tun würde?«

»Genau.« Also, mehr oder weniger ...

»Nur mit weniger Bruder und mehr Dummheit!«

5. Kapitel

Roxy

Kyle bleibt ein paar Schritte von mir entfernt stehen.

»Wie bitte?«

»Du hast schon gehört, was ich gesagt habe.« Ich stemme die Hände in die Hüften und starre ihn an. »Sich ein Date mit Mia zu ergaunern, nur um mir was zu beweisen, ist ganz schön bescheuert.«

»Wer sagt denn, dass ich dir nur was beweisen wollte?«

»Na ja, du gehst bestimmt nicht mit ihr aus, weil du sie schon immer so mochtest. In der Schule hast du nie mit ihr gesprochen.«

»Woher willst du das denn wissen?«

Ich ziehe die Augenbrauen hoch. »Sie hatte fast alle Kurse mit mir, und ich bin einmal mit Lucy bei ihr gestanden, da hat sie sich beschwert, dass du ›so heiß‹ bist, aber fast noch nie ein Wort mit ihr gewechselt hast, seit der fünften Klasse. Und ein anderes Mal hat sie sich fast überschlagen vor Begeisterung, weil du ›Danke‹ gesagt hast, als sie dir einen Stift geliehen hat.«

Er grinst und steckt die Hände in die Hosentaschen. »Echt?«

»O Mann! Jetzt feierst du dich auch noch selbst? Das ist so typisch!« Ich lasse mich aufs Sofa plumpsen und schnappe mir ein Kissen. Mit ordentlich Schwung werfe ich es in seine Richtung. »Du gehst nur mit ihr aus, weil du mit deinem Charme angeben wolltest. Und ich hab es kapiert, du bist ein gaaaanz toller Typ.«

Kyle setzt sich neben mich und stopft mir das Kissen ins Gesicht. »Sag es«, lacht er.

»Was denn?«

»Sag, Kyle hat magische Verführungskräfte und könnte mit seinem Charme selbst eine Nonne bekehren.«

Meine Mundwinkel zucken. »Ist das dein Ernst?«

»Los, sag es.« Er versucht, ein ernstes Gesicht zu machen. »Wenn du das tust, sag ich mein Date mit Mia ab.«

Der Arsch. »Ist mir doch egal, ob du mit der Barbie ausgehst.«

»Uuh, Zickenkrieg. Ich glaub dir übrigens kein Wort.«

Ich glaub mir auch nicht. »Mir doch egal.«

Er fährt mir mit dem Finger über den Arm. Ein Schauder durchläuft mich, ich schüttle schnell seine Hand ab. »Lass mich in Ruhe«, murmele ich. »Ich sag gar nichts.«

Ein Grinsen macht sich auf seinem Gesicht breit, die Art Grinsen, bei dem mir unwillkürlich die Knie weich werden. Ehe ich etwas dagegen tun kann, stürzt er sich auf mich und kitzelt mich komplett durch. Ich quietsche auf, während seine Finger gnadenlos weiterkitzeln.

Unter Prustern flehe ich ihn an aufzuhören: »Kyle, Kyle … Kyle!«, schreie ich lachend, während ich langsam vom Sofa rutsche.

»Sag es«, befiehlt er und muss selbst lachen.

Ein Kläffen schallt durchs Zimmer, und schon ist ein schlabbernder Terrier über mir.

»Scamp!«, rufe ich und versuche verzweifelt, mein Gesicht abzuwenden. »Aus! Aus, du blöder Hund!«

»Hey, sei nicht so böse zu meinem Kumpel.« Kyle kitzelt mich erneut, und Scamp fängt wieder an zu bellen.

Ich schreie und versuche, nach Kyle zu treten. »Aufhören«, flehe ich. Mein Bauch tut mir schon weh vor Lachen, und ich bekomme keine Luft mehr.

»Sag es«, wiederholt Kyle unerbittlich.

»Du klingst wie eine Platte, die einen Sprung hat«, murmele ich und drehe den Kopf zu ihm.

Erst in dem Moment wird mir klar, dass er auf mir liegt, sein Gesicht nur Zentimeter von meinem entfernt. Die Anspannung in meinem Bauch breitet sich im ganzen Körper aus, entwickelt sich zu etwas anderem.

Ich kann sein Gewicht auf mir spüren. Ich spüre jeden Muskel und seinen Atem an meinem Hals. Meine Haut kribbelt jedes Mal, wenn er ausatmet.

»Sag es«, flüstert er wieder. »Sag, dass ich ein Verführungsgott bin, und ich geh von dir runter.«

Die Versuchung, nichts zu sagen, ist beinahe zu groß. Aber mein Verstand ist klüger als mein Körper, also formt mein Mund die Worte, die er hören möchte: »Ich, Roxy Hughes, akzeptiere und verstehe, dass Kyle Daniels ein wahrer Gott der Verführung ist, der es sogar schaffen würde, ein ganzes Nonnenkloster zu bekehren.«

Er grinst, und ich entdecke kleine Lachfältchen um seine Augen, die mich schelmisch anfunkeln. Plötzlich will ich mehr. So viel mehr.

Nur fürs Protokoll, seine magischen Verführungskünste wirken bei mir offenbar auch.

Er fasst in seine Hosentasche und zieht sein Handy hervor. Blitzschnell fliegen seine Finger übers Display, dann steckt er es wieder ein. »So, erledigt. Date abgesagt.«

»Du hast die Verabredung per SMS abgesagt? Arsch!« Meine Mundwinkel zucken, und ich bin mir nur zu bewusst, dass er immer noch auf mir liegt.

»Ist einfacher, sonst fängt sie noch an, Fragen zu stellen.« Er zwinkert mir zu.

»Typisch Mann.« Ich verdrehe die Augen und drücke ihn von mir weg. »Geh von mir runter, Vollidiot.«

»Ich sehe, du bist wieder beim Gezicke angekommen.« Er setzt sich langsam auf, ohne den Blick von meinem Gesicht abzuwenden.

»Allerdings. Es ist immerhin die einzige Art, um mit Typen umzugehen, die einer Frau per SMS absagen.« Ich unterdrücke mühsam ein Grinsen, während ich aufstehe und Scamp hinter den Ohren kraule.

»Wo gehst du denn hin?«

»Äh, nach Hause?« Ich zucke mit den Schultern. »Meine Aufgabe hier ist erledigt.« *Will heißen, ich habe dich dazu gebracht, dein Date mit Barbie abzusagen, ohne wie eine eifersüchtige Ziege rüberzukommen.*

»Du gehst nirgendwo hin.«

Kyle packt mich am Arm und zieht mich aufs Sofa zurück. Ich lande so, dass meine Beine über seinem Schoß liegen. Er fixiert sie mit den Armen, so dass ich nicht aufstehen kann.

»Was, wieso das denn?« Meine Mundwinkel zucken.

»Du hast mich dazu gebracht, dass ich mein Date absage. Jetzt musst du heute Abend wohl oder übel für meine Unterhaltung sorgen.«

Das könnte man jetzt auf so viele Arten interpretieren. Aber ich sollte mir vor Augen halten, dass ich es immer noch mit Kyle zu tun habe. Es ist nicht irgendein Kerl von einer Party. Das mit ihm wird nie über Flirten hinausgehen … Ach was, das ist wahrscheinlich noch nicht mal Flirten, sondern nur Rumalbern – egal, was mir mein kribbelnder Bauch und meine weichen Knie einreden wollen.

»Wie soll ich dich denn unterhalten?«

Scamp springt auf meinen Schoß und rollt sich zusammen. Ich lächle und kraule ihn am Kopf.

»Blöder Hund, denkt immer, er wär noch ein Welpe«, murmelt Kyle.

»Ich dachte, man darf nicht ›blöder Hund‹ zu ihm sagen.«

»Er ist ja mein Hund, ich darf ihn also nennen, wie ich will.«

Ich drücke ihm die Ferse in den Oberschenkel und grinse. »Sei nicht so gemein zu Scampy.« Der Hund hebt den Kopf und scheint mich fragend anzusehen. »Der ist gemein, stimmt's? Ja, das ist er«, sage ich in Kinderstimme zu ihm und streichle über die weichen Ohren.

»Er hat echt einen Narren an dir gefressen.« Kyle tätschelt Scamp den Rücken.

»Dein Hund hat halt einen guten Geschmack.« *Im Gegensatz zu anderen Leuten.*

»Mmf«, grummelt er.

»Erinnerst du dich noch, als du Scamp bekommen hast?«, frage ich leise.

Kyle lacht kurz auf. »Wie könnte ich das vergessen? Er war, was? Sechs Monate alt oder so?«

»Und stand ziemlich auf mich.«

»Nicht auf dich. Auf dein Bein.« Er legt die Hand auf mein Schienbein.

»Cam, ich will auch einen Welpen!« Ich schaue mit großen Augen von Scamp auf.

»Rox, wir können keinen Hund anschaffen. Die Katze würde ihn umbringen.«

»Die Katze stirbt doch eh bald.« Ich setze den Welpen ab. »Ich will einen Hund.«

»Wieso fragst du überhaupt mich. Ich entscheide das doch eh nicht.«

»Das liegt doch auf der Hand: Damit du eure Mom überredest natürlich.« Kyle rollt mit den Augen.

»Genau«, stimme ich zu. »Bitte, Cam!«

Mein Bruder seufzt und hebt den Blick zur Decke. »14 Jahre alt und immer noch denkt sie, dass sie in allen Situationen ihren Willen bekommt, als wäre sie eine fünfjährige Prinzessin. Um Himmels willen, Roxy! Wenn wir heimkommen, frag ich Mom, okay?«
»Jaaa!« Ich klatsche erst freudig in die Hände und erstarre, als ich etwas an meinem Bein spüre. Scamp hat die Vorderbeine um mein Bein geschlungen und besteigt mein Schienbein, als wäre ich eine läufige Hündin. »O mein Gott! Was tut er da?!«, quietsche ich und versuche, ihn abzuschütteln.
»Nicht ...«, rief Kyle prustend, »... bewegen.«
Hilflos seh ich Cam an. Er lehnte an der Wand, die Hände am Bauch, während er sich vor Lachen schüttelt.
»Cam! Nimm ihn weg! Nimm ihn weg von mir!«
Beide können sich vor lauter Lachen nicht bewegen und ich muss mich selbst um Scamp kümmern, indem ich ihn mit einem heftigen Ruck abschüttele.
»Cam?«, setze ich vorsichtig an, als sich die beiden schließlich beruhigt haben.
»Ja, Roxy?«
»Ich will doch keinen Hund mehr.«

Das war der Moment. Obwohl ich die beiden in diesem Moment gehasst habe, war das der Moment, in dem sich mein 14-jähriges Herz in den Typ verliebt hat, der jetzt neben mir auf der Couch sitzt. Vielleicht war es sein Lächeln. Vielleicht war es sein Blick, als er mich ansah. Vielleicht war es seine Geste. Oder es war eine Kombination aus all diesen Dingen, die den Schwarm hyperaktiver Schmetterlinge in meinem Bauch freigelassen hat.

»Du hättest ihn wirklich von mir runternehmen sollen.«

Kyle seufzt belustigt. »Ich weiß, Rox. Aber es war einfach

zu lustig. Dein Gesichtsausdruck …« Er grinst. »Du sahst so megageschockt aus.«

»Na, kein Wunder. Meine allererste sexuelle Erfahrung hat mit deinem Hund und meinem Schienbein zu tun.«

»Hörst du das, mein Junge?« Er wendet sich an Scamp. »Du warst ihr erstes Mal. Vielleicht hättest du trotzdem erst fragen sollen.«

»Klar, als ob ich dazu ja gesagt hätte.« Ich verdrehe die Augen. »Ich hoffe, er weiß, dass ich ihm noch nicht verziehen habe.«

Scamp hebt den Kopf und schnüffelt in meine Richtung. Dann springt er von mir runter und spaziert in die Küche. Ich ziehe die Augenbrauen hoch.

»Da ist aber jemand empfindlich«, meine ich grinsend.

»Er verbringt eindeutig zu viel Zeit mit Iz«, entgegnet Kyle.

Wir lächeln uns an, und ich lasse schnell den Blick sinken.

»Ich sollte besser gehen.«

»Wieso? Hast du ein Date?« Er zieht die Augenbrauen hoch.

»Ja, genau«, erwidere ich trocken. »Weil Dates ja auch so mein Ding sind.«

»Uuh, selber sehr empfindlich.«

»Fick dich.« Grinsend boxe ich ihm an den Arm. »Nein, aber ich bin mir sicher, dass du Besseres zu tun hast, als den Abend mit mir zu verbringen.«

»Du hast wohl vergessen, dass du gerade dafür gesorgt hast, dass ich mein Date sausen –«

»Dein Fake-Date, wohlgemerkt!«

»Wie auch immer. Ich hab jedenfalls nix zu tun. Also, schwing deinen Arsch in die Küche, mach uns Popcorn und schau einen Film mit mir.«

So, wie sie es immer gemacht haben, als Cam noch am Leben war. Seit sie etwa sieben Jahre alt waren, fand freitags immer ein Filmeabend bei uns zu Hause statt. Natürlich änderten sich die Filme von *Pokemon* über *Rocky* zu *Stirb langsam*, aber es blieb ihre Routine.

Bis ich dazugekommen bin. Erst hab ich das nur gemacht, um sie zu ärgern. Aber dann bin ich irgendwie jede Woche dabei gewesen, und irgendwann war es normal. Und ich hab immer das Popcorn gemacht. Immer.

Ich schlucke, als Kyle mich hochzieht und in Richtung Küche schiebt. Ich bleibe im Türrahmen stehen und werfe ihm einen Blick über die Schulter zu.

»Ich glaube nicht …«

Doch dann hole ich tief Luft. Er braucht das mehr, als ich es nicht möchte … Und wenn es ihn glücklich macht, werde ich den Kloß in meinem Hals runterschlucken und es einfach tun. Ich bin nicht derselbe Mensch, der ich damals war, aber ich weiß noch, wie ich mich damals gefühlt habe. Und ich würde immer noch alles tun, um ihn glücklich zu machen.

»Okay. Was schauen wir uns denn an?«

Ein langsames Grinsen macht sich auf seinem Gesicht breit. »*Oceans Eleven.* Natürlich.«

George Clooney und Brad Pitt.

Die zwei Typen, zu denen ich nie nein sagen kann.

Verdammt.

6. Kapitel

Kyle

Ich werfe den Football gegen die Wand und fange ihn wieder, als er zurückspringt. Mit jedem Knall denke ich ein anderes Wort, irgendeins, um ein bestimmtes schwarzhaariges Mädchen aus meinem Kopf zu bekommen.

Es funktioniert nicht. Jedes Wort dreht sich um sie: dickköpfig, eigensinnig, verloren, schuldig, Roxy, Roxy, Roxy.

Seit ich wieder hier bin, haben wir uns bisher jedes Mal gestritten, wenn wir uns gesehen haben. Sie provoziert mich – so wie sie redet und sich verhält –, und ich bin mir nicht mal sicher, warum ich darauf überhaupt so empfindlich reagiere. Hat es überhaupt mit dem Versprechen zu tun, das ich Cam gegeben habe? In mir wächst der Verdacht, dass ich eifersüchtig bin auf die ganzen Typen, die sie immer abschleppt. Es ist so, als könnte ich nicht anders, als müsste ich mit ihr streiten, und noch nie hat mich etwas so aufgewühlt.

Sie ist Cams Schwester, verdammt. Ich sollte auf sie aufpassen, basta. Und ich sollte mir die Frage aus dem Kopf schlagen, wie sich ihre Lippen auf meinen anfühlen würden. Ich sollte mir nicht vorstellen, wie weich sie bestimmt sind oder wie süß sie schmecken könnten.

So wie gestern.

Ich grübele außerdem darüber, wieso sie plötzlich vor meiner Tür stand und verlangt hat, dass ich das Date mit Mia absage. Ich hab sie bisher erst wenige Male so aufgebracht erlebt – okay, bei uns sind bisher in jedem Gespräch die Fetzen geflogen –, aber das war anders. Irgendwie war da ein Feuer in ihr, das alles in mir in Flammen gesetzt hat.

Ihr beim Kitzeln so nah zu sein hat die verrückten Gedanken nur verstärkt. Meine Hände an ihrem Körper. Ihr Lachen in meinem Ohr. Unsere Lippen so nah. Wenn sie nur irgendein Mädchen wäre, wenn sie nicht meinen aufrichtigsten Respekt verdienen würde, hätte ich jeden quälenden Zentimeter Abstand zwischen unseren Körpern beseitigt.

»Du gehst also?«, höre ich Bens Stimme, als er um die Ecke biegt.

»Natürlich gehe ich. Selena weiß Bescheid«, antwortet Si.

»Wohin gehst du?« Ich fange den Ball und schaue die beiden an.

»Nach Portland.« Ben streckt die Hände hoch.

»Wieso zur Hölle willst du nach Portland?« Ich werfe Ben den Ball zu und tue so, als ob sich die Frage nicht erübrigen würde.

»Weil da heute Abend so eine bescheuerte Party steigt, zu der Roxy und Selena gehen. Warum sollte ich da sonst hinwollen?« Si knirscht mit den Zähnen und fängt den Ball, den Ben ihm zugeworfen hat.

Meine Muskeln spannen sich an. »Dann mal viel Spaß dabei.«

»Hab ich bestimmt. Weil du nämlich mitkommst.«

»Einen Scheiß werde ich tun!«

»Ich kann Roxy nicht unter Kontrolle halten, Kyle, das weißt du genauso gut wie ich«, knurrt Si. »Nur du kannst das.«

»Ich fahre bestimmt nicht nach Portland. Scheiße, jedes Mal, wenn ich auf sie treffe, streiten wir uns. Ich geb ihr ab jetzt keine Gelegenheit mehr, mich noch mehr zu hassen. Außerdem …«, ich lehne mich gegen die Hauswand, »… sie ist überzeugt, nichts Falsches zu tun. Deshalb wird sie auch nicht auf mich hören.«

Ben lacht. »Du willst aber doch nicht, dass sie mit irgendeinem anderen mitgeht, oder?«

»Natürlich nicht. Ich hab aber keinen Bock, mich wieder mit irgendeinem Arsch anzulegen, weil er eine Grenze überschreitet.« *Weil er eine Grenze überschreitet, die ich nicht überschreiten kann.* »Bleiben sie über Nacht dort?«

»Auf keinen Fall. Ich fahr sie hin, und ich bringe sie definitiv auch wieder heim.« Si grinst. »Und die Damen haben nicht ewig Ausgang.«

Ben und ich prusten los.

»Meinst du das ernst?«, fragt Ben.

»Was denkst du denn? Natürlich meine ich das ernst!« Si wirft ihm den Ball zurück. »Ich häng doch nicht ewig da rum. Außerdem hab ich keinen Bock, mit den Bullen Ärger zu bekommen, weil ich mit Minderjährigen noch so spät unterwegs bin. Die zwei wollen um neun dort sein, aber sie wissen noch nicht, dass sie um elf wieder fahren werden.«

»Lass mich das mal zusammenfassen«, sage ich grinsend. »Du fährst eine Stunde hin und eine zurück – nur für zwei Stunden Party?«

»Yep.« Er fängt den Ball wieder. »Roxy ist schon verkorkst genug, sie braucht nicht noch mehr Stadt-Idioten, die sie umgarnen. Wenn's sein muss, benutze ich heut Abend mal deinen ›Ich bin ihr Freund‹-Trick von neulich.«

Ich knurre. »Halt ihr bloß diese Stadt-Arschlöcher vom Leib.«

»Komm halt mit, und mach es selbst«, wirft Ben ein.

»Wenn ich heut Abend mitkomme, werd ich nicht in der Lage sein, morgen früh um sechs aufzustehen, um Roxy abzuholen.«

Jetzt lacht Si. »Du willst Roxy um sechs Uhr morgens abholen? Du bist vielleicht ein Scherzkeks, Mann.«

»Freut mich, dass ich zu deiner Erheiterung beitragen kann. Aber glaub mir, genau das habe ich vor.«

»Was zur Hölle machst du um halb sieben vor meiner Tür?«

Ich lehne mich an den Türrahmen und grinse schief. »Na, wir sind ja wieder ein Sonnenschein heute Morgen.«

Roxy funkelt mich böse an. »Ich wäre lieber ein Blitzschlag, der dich trifft, weil du mich so früh geweckt hast.«

»Och komm, wir werden heute bestimmt viel Spaß haben miteinander. Das spür ich schon.« Ich lache.

»Wer sagt denn, dass ich heute was mit dir mache?« Sie gähnt. »Erstens, schau mal auf die Uhr! Hallo, es ist noch mitten in der Nacht?! Und zweitens, was, wenn ich arbeiten muss?«

»Musst du aber nicht.«

»Woher willst du das wissen?«

Ich grinse triumphierend. »Weil ich gestern beim Café war und deine Mom gefragt hab.«

»Ich könnte aber was anderes vorhaben.«

»Hast du aber nicht«, entgegne ich. »Na los, Rox. Stell dich nicht so an, und mach dich fertig.«

»Mich anstellen?« Sie reißt die Tür weit auf und marschiert vor mir her ins Haus. »Du tauchst hier zu einer Uhrzeit auf, die verboten gehört, und wirfst mir dann vor, dass ich mich anstelle?« Sie schnaubt wütend, stapft dann aber sehr zu meiner Zufriedenheit die Treppe zu ihrem Zimmer hoch.

»Ach, verdammt. Und ich dachte, du wärst 18 Jahre alt, nicht 18 *Monate*.«

»Hau ab, Kyle!«

Ich starre ihr hinterher und weiß nicht, ob ich ihr widersprechen, seufzen oder einfach lachen sollte. Ich entscheide mich für Lachen und trotte dann in die Küche. Ray sitzt an dem großen Eichentisch in der Mitte des Raums und nippt an einer dampfenden Kaffeetasse. Er lächelt verhalten. Ich zucke mit den Achseln, als sich unsere Blicke treffen, und setze mich auf den Stuhl neben ihm.

»Sie macht es einem nicht grad einfach«, murmele ich.

Er nickt zustimmend. »Da hast du recht, und man muss bereit sein, sich mit ihren Launen abzufinden.«

Ich schnaube. »Ich hab mich nie mit ihren Launen abgefunden, und ich werde bestimmt nicht jetzt damit anfangen, nur weil sie eine schwierige Phase durchmacht. Das geht uns allen ja nicht anders. Ich werde sie bestimmt nicht wie eine Prinzessin behandeln, wenn sie sich verhält wie das letzte verwöhnte Balg.«

»Junge, ich bin froh, dass du wieder da bist.« Ray nickt traurig. »Seit Cam tot ist, war keiner mehr so direkt mit ihr. Ich schätze, wir haben sie ein wenig verzogen.«

»Hey.« Ich lehne mich nach vorn. »Niemand macht euch für ihr Verhalten verantwortlich, okay? Sie trifft ihre eigenen Entscheidungen und verhält sich so, wie sie will. Das hat nichts mit dir oder Myra zu tun. Sie weiß genau, was sie tut.«

Er lächelt schwach, aber die Traurigkeit in seinen blassblauen Augen scheint sich noch zu verstärken. Der Schmerz und die Schuld, die von ihm ausgehen, sind beinahe schon greifbar. Aber da ist auch eine gute Portion Resignation – so als hätte er aufgegeben, Roxy ändern zu wollen. Als hätte er alles getan, was er konnte, als hätte er keine Kraft mehr. Als wäre er unter der Last der letzten sechs Monate zusammengebrochen.

»Oh, das weiß ich, mein Sohn. Aber ich frage mich natürlich trotzdem, ob ich nicht mehr hätte tun können. Ich hätte sie beschützen sollen vor dem Weg, den sie jetzt eingeschlagen hat. Cam hätte das alles so gehasst.«

Wir schweigen einen Moment lang, während die Wahrheit seiner Worte zwischen uns hängt. Die Küchenuhr tickt laut; von oben hört man leise Geräusche und Roxys Schritte. Eine Tür wird zugeworfen.

»Dafür bin ich jetzt da«, sage ich leise. »Selena – auch wenn sie es versucht – ist zu weich, wenn es um Roxy geht. Roxy ist zu stark und zu entschlossen. Und alle anderen machen einfach mit. Das ist das Problem mit den Highschool-Kids, das sind alles Schafe, die darauf warten, dass sie jemand führt. Und im Moment ist das Roxy.«

»Seid ihr fertig, ihr Läster-Schwestern?«

Das Objekt unseres Gesprächs erscheint im Türrahmen, die Haare zum Pferdeschwanz zurückgebunden. Sie zieht die Ärmel ihres übergroßen Sweatshirts über die Hände und verschränkt die Arme vor der Brust.

»Brauchst du den Stock im Arsch noch oder willst du ihn lieber hier lassen?«, schieße ich zurück.

Sie verengt die Augen zu Schlitzen. »Ich behalte ihn lieber. Wer weiß, vielleicht brauche ich 'ne Waffe gegen dich.« Sie macht auf dem Absatz kehrt und stürmt aus dem Zimmer.

Ich zwinkere Ray zu und springe auf, um ihr zu folgen. Sie lehnt an meinem Auto, den Kopf auf die Hände gestützt. Ich kann nicht verhindern, dass ich ihren Arsch bewundere, der von ihrer engen Jeans betont wird.

»Wenn du so besorgt darum bist, was mein Bruder gewollt hätte, übersiehst du da nicht die Tatsache, dass du mir auf den Arsch starrst?« Roxy richtet sich auf und sieht mich mit schelmischem Blick an. »Das widerspricht sich doch irgendwie, oder?«

Ich gehe auf sie zu und grinse. Meine Hände fassen an den

Türgriff hinter ihrem Rücken, und ich öffne die Tür, wobei ich sie zu mir schiebe. Sie fängt sich gerade noch, ehe sie ganz auf mich fällt, und ich meine, einen Funken in ihren Augen aufblitzen zu sehen. Sie ist mir so nah, dass ich das blumige Parfüm riechen kann, das sie trägt. Ich sehe sogar die kleinen Pünktchen Mascara auf ihrem Lid, die sie vergessen hat, wegzuwischen. Sie ist mir so nah, dass sich unsere Körper fast berühren.

Fast.

Ich beuge den Kopf vor, so dass sich unsere Gesichter noch näher sind. Sie öffnet leicht die Lippen, hält meinem Blick aber stand.

»Vielleicht solltest du keine so enge Jeans tragen, wenn du nicht willst, dass dir die Leute auf den Arsch starren«, flüstere ich, ehe ich einen Schritt nach hinten mache.

»Ich hab nie behauptet, dass die Leute mir nicht auf den Arsch starren sollen.« Ihr Blick folgt mir, als ich um das Auto herumgehe und die Fahrertür öffne. »Vielleicht steh ich ja drauf.«

Ich ziehe eine Augenbraue hoch. »Was beschwerst du dich dann?«

Ich setze mich ins Auto, ehe sie sich die nächste schlagfertige Erwiderung einfallen lässt. Stattdessen steigt sie schweigend ein und vermeidet Blickkontakt. Meine Mundwinkel zucken. Ich warte, bis sie sich angeschnallt hat, dann fahre ich los.

Sie hat recht, ich widerspreche mir wirklich ständig. Ich will sie in Cams Namen beschützen, vor allem, wenn es um Jungs geht. Aber sobald ich sie sehe, denke ich nur an mich.

Ich versuche mir selbst einzureden, dass ich das nur tue, weil sie wie eine Schwester für mich ist. Aber ich bin nicht so dumm, mir das abzukaufen. Vielleicht war sie mal wie eine

Schwester für mich, aber jetzt ist es anders. Es ist alles zu lang her, und sie hat sich sehr verändert.

»Alle sehen in ihr nur das ruhige Mädchen, das immer die Klassenbeste war. Sie sehen nicht, was wir sehen. Und unterm Strich bedeutet das, dass niemand in dieser verdammten Kleinstadt gut genug ist für sie. Ach was, niemand in diesem Scheißland ist gut genug für meine Schwester, das weißt du doch auch. Der einzige Mensch, der am nächsten rankommt an das, was gut genug ist für sie, bist du.«
»Das liegt doch nur daran, dass ich dein bester Freund bin.«
»Nein, tut es nicht. Na ja, gut. Vielleicht ein bisschen. Aber selbst wenn es so wäre – du bist einfach nicht so wie die anderen Idioten. Das sieht doch jeder. Wenn sie je 'nen Freund hat, dann hoffe ich, dass du es bist, Mann.«

Cams Worte aus dem letzten Jahr klingen mir noch deutlich in den Ohren. Er hat wirklich geglaubt, was er gesagt hat – er hat Roxy auf ein Podest gestellt, das man nur noch mit einem verdammten Helikopter erreichen konnte. Aber so war es eben; er hat sie einfach geliebt. Die logische Konsequenz war, dass er sie mehr beschützt hat, als es jemand anderes je hätte tun können. Ich war wirklich der Einzige, dem er vertraut hat, was sie anging. Und irgendetwas in mir möchte dieses Vertrauen jetzt ausnutzen.

»Wo schleppst du mich eigentlich hin?«, will Roxy wissen.

»Was denkst du denn?« Ich schiele zu ihr rüber.

Sie zuckt mit den Schultern. »Wenn ich das wüsste, hätte ich nicht gefragt, oder?«

»Weißt du«, meine ich, »du kannst das auch einfach sein lassen, Rox.«

»Was ›sein lassen‹?«

»Deine miese Laune. Mir machst du nichts vor.«

»Ich will dir gar nichts vormachen.« Sie rutscht auf dem Sitz herum und starrt auf ihre Hände.

Meine Finger tippen im Takt der Musik aufs Steuer. »Ja, klar.« Ich lasse sie spüren, dass ich ihr nicht glaube.

»Wirklich nicht!«, protestiert sie.

Ich biege in den Kiesweg ein, den sie erkennen muss. Abgesehen davon ignoriere ich sie einfach. Sie kann protestieren, so viel sie will. Die große Tanne mit der abgerissenen Rinde kommt in Sicht, und ich parke das Auto darunter.

»Die Schlucht«, sagt Roxy leise. »Hier war ich ewig nicht mehr.«

Ich löse meinen Gurt und drehe mich zu ihr um. Sie dreht ihrerseits langsam das Gesicht zu mir.

»Du machst mir nichts vor, Roxy. Die fiesen Kommentare, das Rumgezicke …«

»Ich mach dir gar nichts –«

»Du musst in meiner Gegenwart nichts spielen. Ich kenne dich zu gut, um dir abzunehmen, dass dein einziges Interesse darin besteht, dich jedes Wochenende abzuschießen. Du redest mit anderen, als wären sie der letzte Dreck, als wäre dir alles scheißegal, als würde es dir gutgehen. Aber das ist doch nur eine Show! Bei den anderen kannst du das gern machen, aber spar es dir mir gegenüber.«

Unsere Blicke treffen sich, und auf einmal sehe ich wieder die Roxy, die ich kannte. Das ruhige, sanfte Mädchen, das sich hinter dem ›Scheißegal‹-Mädchen versteckt. Es dauert nur eine Sekunde, dann verschließt sich ihr Blick wieder.

»Was ist los?« Sie lächelt schief. »Magst du die neue Roxy etwa nicht?«

Ha! Ob ich sie nicht mag. Was für eine bescheuerte Frage. Es gibt wohl kaum etwas, das sexier ist als ein Mädchen, das dir mit ihren Worten an die Eier geht. Aber das werde ich ihr wohl kaum sagen. Genau genommen, nehme ich es auch zurück. Es gibt etwas, das noch sexier ist: Eine Frau, die weiß, dass sie sexy ist.

Und Roxy Hughes weiß es. Sie weiß genau, was für einen Effekt sie auf Männer hat und wie einfach sie sie um den Finger wickeln kann … Und sie kann mit ihren Worten deine Eier in die Schraubzwinge klemmen.

Was das Sexy-Sein angeht, kann sich Mila Kunis warm anziehen, verglichen mit Roxy.

7. Kapitel

Roxy

Er schaut mich an, als wollte er mich fressen, und er weiß es offenbar nicht mal.

Das Feuer in seinen Augen beantwortet meine Frage. Es entzündet aber auch etwas in meinem Bauch, das sich in andere Körperteile ausbreitet, auch wenn es das nicht sollte. Es gehört sich nicht, dass ich mich so fühle, auch wenn ich jahrelang davon geträumt habe, dass er mich mal so ansieht.

Allerdings waren wir in diesen Träumen nie in der Columbia-Schlucht und er hat mir nicht eine Standpauke gehalten, was für eine Zicke ich geworden bin.

»Ist doch egal, was ich von ihr halte …« Kyle räuspert sich und öffnet die Fahrertür. »Ich hab das Gefühl, du magst die neue Roxy selbst nicht, auch wenn du vor den anderen so tust.«

Ich schnaube ungläubig und steige ebenfalls aus dem Auto aus. Er schließt ab und schlägt einen Pfad ein, ich folge ihm. Blätter, Zweige und Äste knistern unter meinen Schritten, während wir immer tiefer in den Wald eindringen, der das mächtige Wasser umgibt. Tannenzapfen liegen herum, und ich kicke einen trotzig aus dem Weg.

Was weiß Kyle denn schon? Er ist erst seit ein paar Tagen zurück. Er hat doch keine Ahnung.

Das Geräusch von rauschendem Wasser dringt an mein Ohr. Hier draußen ist es so friedlich. Keine Gerüchte, kein Getuschel, keine abfälligen Blicke. Hier draußen gibt es nur mein eigenes Urteil.

»Wo willst du denn hin?«, rufe ich, als Kyle von unserem üblichen Pfad abweicht. Er wirft mir einen Blick über die Schulter zu, seine sanften braunen Augen wirken fast schwarz im Schatten der Bäume.

»Vertrau mir«, sagt er nur.

Ich bleibe stehen, als er ins dichte Unterholz vordringt. Dort ist es dunkler, und der Anstieg ist gefährlich steil. Das habe ich immer vermieden. Hektisch schaue ich mich um, und mir dämmert, dass ich nur zwei Möglichkeiten habe. Entweder gehe ich mit Kyle ins dichte Unterholz oder ich folge unserem üblichen Pfad – aber allein. Mhmmm …

Blätter und Zweige fliegen auf, als ich Kyle hinterherrenne. Obwohl die Sonne schon recht hoch stehen müsste, ist es unter diesen dichten Bäumen total dunkel. Ich bleibe nach einer Minute stehen, weil ich ihn nirgendwo finden kann. Kyle ist verschwunden. Es war ein Fehler stehen zu bleiben, ich –

»Buh!«, macht eine Stimme ganz nah an meinem Ohr.

»Fuck –«, schreie ich und mache einen Satz zurück. Mein Herz schlägt wie wild und Adrenalin schießt mir durch die Adern.

Kyle lacht laut auf und legt mir die Hand an den Rücken. Mühsam versuche ich mich zu beruhigen. Die Wärme seiner Hand durchdringt mein Sweatshirt. Ich schaudere unmerklich und bin auf einmal froh, dass er mich erschreckt hat.

»Ich hasse dich«, fahre ich ihn an.

»Nee, tust du nicht. Du hasst nur meine Streiche.«

Ich schürze die Lippen. »Und das weißt du genau.« Ich schüttle seine Hand ab und gehe weiter. »Wohin gehen wir überhaupt?«

Ein Hauch von Traurigkeit stiehlt sich in seinen belustigten Gesichtsausdruck. »Ich und Cam haben uns hier mal rumgetrieben und durch Zufall diesen Ort entdeckt. Genau genommen weiß ich nicht mal, ob das noch zur Schlucht gehört. Es ist … Na ja, du siehst es ja gleich selbst.«

»Das ist aber nicht wieder einer deiner Streiche, oder?«

Er schüttelt den Kopf. »Nein. Ich werde dich nicht zu einer Klippe bringen, von der ich dich dann ins Wasser schubsen kann, versprochen.«

Seine Stimme hat etwas Neckendes, und ich bücke mich schnell nach einem Tannenzapfen, den ich nach ihm werfe. Ich verfehle seinen Kopf, stattdessen pfeift der Zapfen über seine Schulter hinweg.

Es war ein Albtraum, als mein Bruder und Kyle mich damals ins Wasser gestoßen haben. »Ja, das hättest du echt nicht tun sollen.«

Kyle zuckt die Achseln. »Komm schon, wir waren vierzehn. Außerdem kam die Idee von Cam.«

»Oh, ich verstehe. Schieb meine dadurch entstandene Angst vor Wasser ruhig auf meinen toten Bruder. Hast du vergessen, dass du der Idiot warst, der mich geschubst hat?«

»Das ist jetzt fünf Jahre her und du machst immer noch *mich* verantwortlich? Genau das hat dein Bruder beabsichtigt. Cam wollte nicht, dass du sauer auf ihn bist«, grummelt Kyle.

»Mmf. Ich werde es dir jedenfalls irgendwann heimzahlen.«

Er murmelt etwas in seinen nicht vorhandenen Bart, und ich starre seinen Rücken an, während er vor mir her geht. Wie ich Kyle kenne, hat er irgendwas zu meinem Party-Verhalten gesagt. Aber der Feigling hätte es wenigstens so laut sagen können, dass ich ihm widersprechen kann.

Plötzlich stolpere ich über einen Stein und falle halb auf einen anderen. »Fuck«, murmele ich und stütze mich an der rauen Oberfläche des Felsens ab.

»Natürlich muss ich dich gar nicht schubsen«, ruft mir Kyle über seine Schulter zu, »wenn du dich nicht mal selbst aufrecht halten kannst.«

»Wieso genau bin ich noch mal hier?« Ich lege den Kopf schief.

Kyle dreht sich grinsend zu mir um. Es ist so ein Riesengrinsen, das ihm die Wangen wehtun müssen, wenn er es länger halten würde. Gleichzeitig ist es das Grinsen, das seine Augen aufleuchten lässt und das die Macht hat, meine Knie butterweich werden zu lassen …

Was es auch gerade tut. Ich denke, ich bleibe fürs Erste sitzen.

Er geht auf mich zu und streckt mir die Hände entgegen. »Na los, kleiner Tollpatsch. Wenn du hier rumsitzt, kommen wir nie an.«

»Aber ich bin müde«, quengele ich, lasse aber zu, dass er mich auf die Beine zieht.

Er verdreht die Augen. »Dann solltest du vielleicht mal früher ins Bett gehen, statt die ganze Nacht in Portland Party zu machen.«

»O Mann, Si ist so eine Petze!«

Kyle reagiert, indem er meine Hände loslässt und sich einem Pfad zuwendet, der noch kleiner und unbefestigter ist. Schnell werfe ich einen Blick auf meine Stiefel und dann auf den matschigen Boden. Mir kommt der Gedanke, dass ich gerade lieber überall anders wäre als … na ja, wo auch immer wir gerade sind.

»Und das ist der Platz, den ihr gefunden habt?« Meine Stimme klingt zerbrechlich, als ich mich umschaue.

»Yep.«

Die Tannen stehen hier etwas lichter, im Hintergrund sieht man von Wolken umgebene Bergspitzen. Große Felsen und Steine durchbrechen das dichte Gras, Wildpflanzen wachsen auf beiden Seiten des Baches, der sich vor uns entlangschlängelt. Das schnell fließende Wasser wird ab und an aufgehalten und muss einen Umweg um einen Felsen machen, der offenbar irgendwann einmal von einem Berghang abgebrochen ist. Winzige Bäume, die kaum Blätter tragen, wiegen ihre knorrigen Äste im Wind.

»Wo sind wir?«

Kyle tritt neben mich, sein Arm berührt meinen, und er zuckt mit den Schultern. »Keine Ahnung. Wir haben das einfach bei einer Wanderung entdeckt. Wenn man noch fünf Minuten weiter den Berg hochgeht, kann man die Schlucht sehen. Das ist dann schon in der Nähe von Cape Horn.«

»Hm.« Ich lehne mich an einen Felsen und lasse den Blick auf den Bach auf mich wirken. »Ist echt schön hier.«

»Ja. Es ist nahezu perfekt.« Er lehnt sich neben mir an den Felsen. »Ich wollte dir etwas zeigen, das ihm wichtig war – wahrscheinlich das Einzige, was du nicht wusstest.«

Ich drehe mich zu ihm um und streiche meine Haare auf eine Seite. »Das hättest du nicht tun müssen. Das war doch deine Erinnerung.«

»Und ich wollte sie trotzdem mit dir teilen. Ich dachte, du bräuchtest vielleicht einen Ort, wo du vor dem Getratsche der Leute sicher bist.« Unsere Blicke treffen sich, er legt den Kopf schief. »Und weil ich denke, dass du die Erinnerung an ihn mehr brauchst als ich gerade.«

Ich schlucke schwer und muss wegschauen. Er hat recht, und er weiß es. *Verdammt, er hat so recht.* »Danke.«

»Dafür musst du mir nicht danken«, sagt er leise.

Der Moment hängt schwer zwischen uns, unsere Blicke sind ineinander verhakt. Meine Finger zucken kurz, weil ich ihn gern berühren würde. Ich muss den Moment unterbrechen. Ich kann mir nicht weiter Dinge vorstellen, die gar nicht existieren.

»Lass uns noch ein bisschen weiter hochgehen. Ich will die Schlucht sehen.«

»Ich dachte, du wärst müde.« Kyle folgt mir, als ich an ihm vorbeistapfe.

»War ich auch. Anscheinend bin ich jetzt aufgewacht.« Ich zucke mit den Schultern und werfe ihm ein kurzes Lächeln zu.

»Na klar, jetzt ist sie aufgewacht«, murmelt er hinter mir.

Ich zeige ihm über die Schulter den Mittelfinger, was ihn offenbar sehr amüsiert.

Der Weg den Berg hoch ist nicht allzu steil, dafür ziemlich rutschig. Der Boden ist feucht von den vielen kleinen Quellen, die irgendwo oben am Berg entspringen und sich dann nach unten schlängeln. Ich hüpfe über ein Rinnsal, das meinen Weg kreuzt, und rutsche beinahe auf dem Matsch aus.

»Alles okay?«, fragt Kyle, der mich reflexartig an der Hüfte gepackt hat.

»Äh, ja.« Äh, *nein*. Es ist nicht alles okay, wenn er die Hände an meinem Körper hat und sein Atem an meinem Ohr kitzelt.

»Lass mich lieber vorgehen, ja?«

Ich nicke, er schiebt sich an mir vorbei und geht voran. Er fasst nach hinten und verschränkt zwinkernd seine Finger mit meinen.

»So ist es einfacher, dich hochzuziehen, wenn du fällst.«

O Mann!

Ich folge ihm schweigend und versuche, mich nicht auf die Wärme seiner Hand zu konzentrieren. *Verdammt, Gehirn! Denk an was anderes. Denk an … die Aussicht. Was für eine schöne Aussicht.*

Mein Blick fällt auf Kyle und seinen Arsch.

Yep. Wirklich eine schöne Aussicht. Ich fahre mir mit dem Handrücken über die Stirn. Ich brauche Hilfe.

Wir halten an. Die Columbia-Schlucht liegt vor uns – jeder wunderschöne, friedliche Teil davon. Der Fluss schlängelt sich durch Hügel- und Berglandschaften, überall wachsen Wildblumen und dunkle Tannen. Vögel flattern über unseren Köpfen, schießen durch die Wipfel der Bäume und über das Wasser hinweg – einige scheinen so tief, dass sie das Wasser beinahe berühren. Wenigstens sieht es von hier oben so aus.

Ich seufze unwillkürlich. Ich hatte fast vergessen, dass es so was alles gibt. Dieser perfekte Ort war lange Zeit Teil unseres Lebens, und als ein anderer Teil weggebrochen ist, wäre dieser fast mit gestorben.

»Hier haben wir unsere Kindheit verbracht«, sagt Kyle leise, und es klingt traurig. »Wir alle – wir sind durch den Wald gelaufen …«

»Haben Verstecken gespielt. Und Fangen. Ihr zwei habt manchmal so getan, als dürftet ihr uns Mädchen küssen, wenn ihr uns fangt.«

Kyle zuckt unmerklich die Achseln. »Du, Iz und Selena seid dann immer so schnell gewesen wie sonst nie. Und es war eine super Ausrede, um zu spät zum Abendessen nach Hause zu kommen. Ihr Mädels wart weg, und wir mussten euch erst finden.«

»Ich würde ja sagen, das war eine super Idee von euch, aber am Ende hatten wir Riesenärger an der Backe. Mom hat uns nicht geglaubt, obwohl es die Wahrheit war. Ihr Jungs habt uns einfach immer in Schwierigkeiten gebracht.«

Er lächelt. »Wir sind eben die großen Brüder. Das ist unser Job.«

Mein Lächeln erstirbt. »Außer, dass die Stelle meines großen Bruders gerade frei geworden ist.«

Kyle dreht sich zu mir und flüstert meinen Namen. Ich schüttle nur den Kopf.

»Ist schon okay«, lüge ich ihn und mich selbst an.

Es ist natürlich nicht alles okay, und das weiß er genauso gut wie ich. Er ist der einzige Mensch, der das nachempfinden kann.

»Nein, es ist nicht okay«, erwidert er leise.

»Danke, dass du mich hierhergebracht hast.«

»Geschickter Themenwechsel.«

Ich lehne mich an ihn, wir halten uns immer noch an den Händen. Meine Lippen zucken traurig. »Ich meine es aber ernst.«

Er dreht den Kopf so, dass sein Kinn auf meinem Scheitel liegt. »Und … gern geschehen.«

Kyle mustert mich über den hellblauen Tisch hinweg, und es verwirrt mich total. Der summende Geräuschpegel im Café verstummt, wenn er mich auf diese Art ansieht, ich kann dann kaum atmen. Ich hab das Bedürfnis, auf meinem Stuhl hin und her zu rutschen, aber ich unterdrücke es und halte seinem Blick tapfer stand. Er grinst, und ich ziehe eine Augenbraue hoch.

»Was?« Er lehnt sich in seinem Stuhl zurück.

»Sagt derjenige, der mich seit fünf Minuten anstarrt, ohne ein Wort zu sagen.«

»Ich … hab nachgedacht.«

»Hoffentlich hast du dir nicht wehgetan dabei.«

»Oh, hahaha«, murmelt er trocken. »Hast du dir das grad selbst ausgedacht?«

»Hab ich tatsächlich.« Ich grinse.

Seine Lippen zucken, als er ein Lächeln unterdrückt. »Hast du dir eigentlich mal überlegt, ob du auf die Uni gehen willst? Das letzte Mal, als wir darüber geredet haben, hast du nicht gewusst, ob du mit Selena zur UCLA oder mit Iz nach Miami gehen sollst.«

Yep. Auf *das* Gespräch hab ich gewartet.

»Ähm. Ja. Hab mich entschieden.« Ich zupfe an meiner Nagelhaut. »Wieso erzählst du mir nicht ein bisschen was von Berkeley?«

Seine braunen Augen durchbohren mich. »Aufwachen, zur Vorlesung gehen, nach Hause kommen, ins Bett gehen. Und wieder von vorne. Welche Uni hast du dir ausgesucht?«

»Äh.«

»Roxy.«

»Fuck«, murmele ich. »Keine, okay? Keine davon.«

»Keine?«

»Keine. Ich werde nicht zur Uni gehen.« Da, es ist raus.

Kyle stützt die Ellenbogen auf dem Tisch ab und beugt sich nach vorn. »Warum nicht?«

Ich zucke mit den Schultern. »Ich … Es ist nur … Ich will dieses Jahr noch nicht gehen.«

»Und stattdessen was tun? In Verity Point bleiben und für alle Ewigkeit im Café deiner Mutter arbeiten?«

»Und was, wenn es so ist? Ist das etwa ein Verbrechen?« Ich schnaube vor Wut und setze mich aufrecht hin. »Nicht jeder will studieren, weißt du?«

Außer, dass ich es immer wollte. Ich will an die Uni.

»Hey!« Kyle streckt die Hände in die Luft. »Ich hab ja nur gefragt. Beruhig dich wieder, Rox.«

Ich atme tief durch, mustere ihn aber weiterhin skeptisch. »Ja. Ich werde in Verity Point bleiben und im Café meiner Mom arbeiten.«

»Und nächstes Jahr?«

Ich zögere und zucke dann wieder mit den Schultern. »Das entscheide ich, wenn es soweit ist, nehme ich an.«

Er nickt langsam und lässt den Blick über das halb gefüllte Café schweifen. »Bleibst du wegen Cam hier?«

»Was soll das? Bist du jetzt unter die Psychologen gegangen?« Ich schnaube wieder. »Ist doch egal, weshalb ich bleibe. Ich tue es einfach.«

»Wow. Deine Argumentation ist manchmal echt für 'n Arsch«, meint Kyle.

Selena, die gerade mit unserem Essen ankommt, lacht leise in sich hinein und geht zur Theke zurück.

»Was denn?«, rufe ich ihr hinterher.

Sie lächelt schief. »Wo er recht hat, hat er recht.«

Ich wende mich wieder Kyle und seinem süffisanten Grinsen zu. »Ich werde nicht weiter darüber sprechen. Ein überflüssiges Gespräch pro Tag ist genug.«

8. Kapitel

Kyle

Lange, schlanke Finger fassen um meine Zimmertür und schieben sie langsam auf. Ich unterdrücke ein Grinsen, schließe aber die Augen schnell wieder, stelle mich schlafend. Dann zähle ich die leisen Schritte auf dem Teppich. Eins, zwei, drei, vier …

»Buh!«, rufe ich und setze mich ruckartig auf.

Meine Schwester schreit auf und macht einen Satz nach hinten. »Du Arschloch!«, stößt Iz atemlos hervor und hält sich die Hand an die Brust.

Ich pruste laut los: »Du solltest mich besser kennen, als zu denken, du könntest dich hier so klammheimlich reinschleichen.«

»Was schreit ihr denn so?« Meine Mom kommt alarmiert ins Zimmer gelaufen. »Oh, Isabel! Wie lange bist du schon da?«

»Seit fünf Minuten und schon gehen sie sich wieder an die Gurgel«, murmelt mein Vater, der hinter meiner Mutter im Türrahmen erscheint.

»Ich wollte mich in sein Zimmer schleichen«, seufzt Iz.

Dad schnaubt. »Da solltest du ihn aber besser kennen, Liebes.«

»Das hab ich ihr auch gesagt.« Ich schwinge die Beine aus dem Bett. »Sie ist fast 20, man sollte meinen, sie hätte inzwischen gelernt, dass sie mich nicht erschrecken kann.«

»Schon gut, du Ekel.« Iz schnappt sich ein Notizbuch von meinem Schreibtisch und wirft es nach mir. »Du gewinnst, wie immer.«

»Ist dein Flug früher gelandet?« Mom umarmt sie stürmisch.

»Ja. Wieso sollte ich sonst in Kyles Zimmer stehen, statt ihn anzurufen, dass er mich vom Flughafen abholen soll?« Sie grinst.

»Okay, was soll das werden? Familientreffen in meinem Zimmer?« Ich schaue von einem zum anderen.

Iz grinst und geht auf mein Bett zu. »Yep. Wie wäre es mit einer Familienumarmung?«

»Ja … das lassen wir lieber«, warne ich sie und halte die Bettdecke um meine Mitte geschlungen. Ich bin mir ziemlich sicher, dass sie nicht sehen will, was ich in meiner Boxershorts habe.

»Na gut. Dann steh auf und zieh dich an«, befiehlt meine Schwester. »Du darfst mit mir frühstücken gehen.«

»Ach, wie ich es vermisst habe, von dir rumkommandiert zu werden«, murmele ich, während sie meinen Eltern nach draußen folgt.

Sie wirft mir ein schiefes Lächeln über die Schulter zu.

»Und macht die Tür zu!«, rufe ich ihnen hinterher.

Iz lacht, und ich höre, wie sie den Gang runterhüpft. *Verdammt, man könnte glatt meinen, sie wäre fünf und nicht 20.* Das Laken noch um die Hüfte rappele ich mich auf und schließe die Tür selbst. *Immer diese Schwestern.*

Ich schnappe mir wahllos ein paar Klamotten und ziehe mich an. Als ich die Treppe runterkomme, steht der Flur voll mit ihren Koffern und Taschen – mindestens ein Gepäckstück mehr als vor einem halben Jahr. Ich ziehe fragend die Augenbrauen hoch und zeige auf ihr umfangreiches Gepäck.

»Ach, halt die Klappe«, grummelt sie und nimmt ihre Jacke von einer Stuhllehne.

Ich grinse und schlüpfe in meine Turnschuhe. Iz ist schon

durch die Tür, ich hole sie im Vorgarten ein. Sie wirft ihre Haare über eine Schulter, ich pikse sie in die Seite.

»Du bist nicht mehr in Miami, Iz. Hier gibt es keine schicken Surfertypen, die du beeindrucken musst.«

»Haha. Du bist so ein Idiot. Die Haare haben in meiner Jacke festgehangen.« Sie schubst mich. »Ich schätze, wir gehen zu Myras Café?«

»Auch wenn es so nicht heißt, ja, machen wir.« Ich stecke die Hände in die Hosentaschen und zucke die Achseln. »Ich kann mir sonst nichts leisten, bin ja ein armer Student.«

»Ich doch auch!«

»Du hast aber einen Job.«

»Das solltest du dir auch mal überlegen.«

»Ach ja? Stimmt, ich hab ja so viel Freizeit im College, ganz vergessen.«

Iz runzelt missbilligend die Stirn. »Du machst doch nichts abgesehen vom Studium. Ich bin zusätzlich zu meinen Kursen im Cheerleader-Team *und* hab immer noch Zeit, um zu arbeiten und zu feiern. Vielleicht tut dir diese Verbindungssache nicht gut …«

»Das hat nichts mit der Verbindung –«

»Lass mich raten: Du verbringst die gesamte Zeit mit Bier trinken und Mädels begaffen.«

»Hey …« Ich halte inne. »Vielleicht manchmal.« *Zumindest seit ich zu Hause bin. Allerdings ist das nur ein Mädel …*

»Na also.«

Das Café ist gut gefüllt mit den älteren Herrschaften aus Verity Point, die ihren morgendlichen Kaffee trinken, und Myra hetzt hektisch zwischen Kaffeemaschine und Tresen hin und her. Meine Schwester und ich suchen uns einen freien Tisch in der Ecke und warten, bis die Schlange etwas kürzer geworden ist. Dann gehen wir vor und bestellen.

»Keine Roxy?« Iz schaut sich um, als sie sich wieder an den Tisch setzt.

Ich zucke mit den Schultern. »Siehst du sie irgendwo?«

Sie schlägt mich mit der Karte auf den Oberarm. »Schon gut, Klugscheißer. Ich wollte sie nur gern sehen. Ob du es glaubst oder nicht, ich hab die Süße vermisst.«

Ich reagiere instinktiv: »Da ist wirklich nicht mehr viel Süßes an Roxy.«

»Das glaube ich nicht. Ich meine, ich kenne die ganzen Geschichten, aber … Ich weiß nicht, Ky. Ich kann sie nicht so recht glauben.«

»Na ja, ich hab es jedenfalls mit eigenen Augen gesehen.« Ich erzähle ihr von der Party bei Selena und wie sich Roxy mit Tom verhalten hat.

»O Mann, okay«, murmelt Iz und schaut lächelnd auf, als Myra uns unser Frühstück an den Tisch bringt. »Danke, Myra. Wie geht es dir denn?«

»So wie immer, Iz. Schön, dass ihr beide wieder in der Stadt seid.« Myra stellt die Teller vor uns ab und drückt Iz an der Schulter, ehe sie zurück zur Theke eilt.

Iz schaut ihr nach. »Ich fühle mich irgendwie schlecht, dass wir sie mit allem allein gelassen haben. Sie sieht so traurig aus. Aber … na ja, wir waren ja irgendwie auch alleine mit der ganzen Sache.«

»Hey, Si ist mit dir in Miami auf dem College.«

»O wow. Entschuldige, aber lass mich überlegen, wie oft ich mich bei ihm ausgeheult habe.« Sie hält die Finger hoch und tut so, als würde sie scharf nachdenken. »Ach ja, richtig. Kein einziges Mal.«

»Ist doch egal.« Ich schiebe mir eine Gabel Pfannkuchen in den Mund. »Wir sind ja jetzt hier. Vielleicht kannst du mal versuchen, mit Roxy zu reden. Ich gerate jedes Mal mit ihr aneinander, wenn ich es versuche. Kommt mir vor, als würde ich einer Einjährigen Algebra erklären. Was wahrscheinlich noch einfacher wäre.«

Iz schnaubt. »Wenn sie wirklich so krass drauf ist, wie du sagst, dann braucht sie einen ordentlichen Typ, der sie zur Vernunft bringt.«

Jetzt bin ich dran, verächtlich zu schnauben.

»Nein, jetzt mal im Ernst«, fährt Iz fort. »Ana – eine aus meinem Cheerleader-Team – war im ersten und auch noch teilweise im zweiten Semester genauso wie Roxy. Ich schwöre dir, Ky, sie war der Inbegriff einer Schlampe. Dann hat sie einen Älteren aus dem Football-Team kennengelernt, und seitdem hat sie sich total verändert. Sie sind jetzt seit vier Monaten zusammen und so harmonisch, dass es einem schon beim Zusehen schlecht wird.«

»Ach, ich weiß nicht. Vielleicht ist es auch nur 'ne Phase.«

Sie beugt sich nach vorn. »Du bist nicht ihr Erziehungsberechtigter, du musst keine Entschuldigungen für ihr Verhalten finden«, flüstert sie und zeigt mit der Gabel auf mich. »Du und ich wissen, dass es schon vorbei sein müsste, wenn es nur eine Phase gewesen wäre. Sie ist ja nicht doof. Für mich hört sich das so an, als müsste sie sich nur mal erlauben, richtig um Cam zu trauern – was sie offenbar nicht tut.«

»Wenn du sie fragst, verklickert sie dir, dass die Partys und der Alkohol ihre Art sind, mit der Trauer umzugehen.«

Iz schüttelt den Kopf. »Nein, es ist ihre Art, mit seinem Tod umzugehen. Aber sie verarbeitet ihn nicht und trauert nicht. Sie muss akzeptieren, dass ihr Bruder nicht zurückkommt, ehe sie anfangen kann, um ihn zu trauern.«

Ich blinzle meine Schwester an. »Na ja, wenigstens wissen wir, dass deine College-Ausbildung nicht umsonst ist, Frau Psychologin.«

»Fick dich, Kyle.«

Ich muss grinsen. Ehrlich gesagt bin ich froh, dass sie wieder da ist – so nervig sie auch sein kann. Ich hab sie lieb, und ich denke, sie könnte uns helfen, Roxy wieder auf die richtige Bahn zu bringen. Immerhin ist sie auch eine Frau, das macht schon was aus. Ich bin schließlich nur ein Mann, und für mich werden Frauen wohl immer ein Rätsel bleiben. Sie meinen, was sie sagen, aber sagen das Gegenteil von dem, was sie meinen.

»Du bist zu spät!«, ruft Myra in dem Moment quer durch das wieder fast leere Café.

»Sorry!«, ruft Roxy zurück. »Bin wieder eingeschlafen.«

»Ganz toll, Roxanne.«

»Hey! Dad wusste, dass ich arbeiten muss, er hätte mich ruhig mal wecken können.«

»Jetzt schieb es nicht auf deinen Vater, nur weil du deinen faulen Hintern nicht aus dem Bett bekommen hast, junge Dame.«

»Ich bin doch jetzt da, oder?«

Iz zieht die Augenbrauen hoch, ich nicke. *Darf ich vorstellen, die neue Roxy.*

»Lass gut sein, Roxanne. Den Hauptschwung hab ich eh schon ohne dich bewältigt, und ehrlich gesagt hab ich gerade überhaupt keine Lust, mich mit dir rumzuärgern.« Myra macht kehrt und stürmt in die Küche.

Iz dreht sich um, die Arme auf die Stuhllehne gestützt, und sieht Roxy an. »Na, wir sind ja in bester Laune heute Morgen.«

»Iz?« Roxy fährt herum, und ein Grinsen macht sich auf ihrem Gesicht breit. »Du bist wieder da!«

»Natürlich bin ich wieder da. Ich meine, wer würde nicht das sonnige Florida verlassen, um den Sommer in diesem popeligen Kaff zu verbringen?« Meine Schwester verdreht die Augen und umarmt Roxy herzlich.

»Eigentlich liebst du doch dieses Kaff.« Roxy streicht sich die Haare auf die Seite. »Bist du erst heute Morgen zurückgekommen?«

»Ja. Da fällt mir ein …« Iz dreht sich zu mir um, die Hände in die Hüfte gestemmt. »Wieso bist du gestern Abend nicht an dein Handy gegangen?«

»Ich hab deinen Post auf Facebook gesehen. Du weißt schon, den, wo du geschrieben hast, dass du einen Flug früher nimmst und – Zitat: ›Nicht warten kannst, deinen nichtsnutzigen Bruder telefonisch zu wecken, damit er dich um drei Uhr morgens am Flughafen abholt.‹ Daraufhin hab ich mein Handy auf lautlos gestellt.« Ich greife nach meiner Kaffeetasse und grinse sie an.

»Idiot. Ich muss echt besser aufpassen, was ich da schreibe.« Sie schüttelt den Kopf und wendet sich wieder an Roxy. »Und, was machst du heute so?«

Sie zuckt die Achseln. »Selena meinte, die Jungs wollten später irgendwo Football spielen.« Ihre blauen Augen wandern zu mir, und ich nicke.

»Mittags irgendwann.«

»Super, dann gehen wir alle zusammen, und während die Jungs beschäftigt sind, können wir quatschen«, beschließt Iz und platziert Roxy auf dem Stuhl zwischen uns. »Jetzt hilf mir mal, diese Riesenportion Pfannkuchen zu essen, die deine Mutter mir aufgetischt hat.«

Roxy nimmt sich eine Gabel. »Sie denkt wohl, du musst ein bisschen zulegen.«

Ich lache.

»Ich bin Cheerleader, ich muss dünn sein.« Sie beäugt den Teller kritisch. »Aber die sind echt superlecker. Also, wer weiß, vielleicht bin ich bald der erste dicke Cheerleader in unserem Team.« Ihr Handy vibriert, als sie in einen Pfannkuchen sticht.

Roxy lacht, und es ist das ehrlichste Lachen, das ich bei ihr gehört habe, seit ich wieder da bin. Ich schaue schmunzelnd auf meinen Teller, und als ich den Kopf wieder hebe, schaut sie mich an. Ihre Lippen zucken, dann senkt sie den Blick.

Ich wünschte, sie hätte ihn nicht gesenkt.

In ihren Augen hat etwas aufgeleuchtet, das ich wirklich vermisst habe.

Das fühlt sich so falsch an.

Es ist ja eine Sache, im Garten mit Si und Ben ein bisschen den Ball hin und her zu werfen. Aber das ist was anderes. Das ist ein richtiges Spiel. Ohne Cam.

Eine Mannschaft ohne Quarterback.

Und keiner von uns will die Position übernehmen. Also lassen wir es. Wir rennen wie die Blöden in zwei Mini-Teams rum, und es ist das totale Chaos, weil man eben ohne Quarterbacks nicht spielen kann. Das weiß doch jeder. Aber ohne unseren Spaßvogel können wir eben auch nicht spielen. Ich könnte das Ganze zwar auflockern – könnte die Jokes reißen, so wie wir es immer getan haben –, aber es ist nicht richtig. Ich kann es nicht ohne ihn. Ich will es auch nicht ohne ihn tun. Wir waren immer ein Team. CamundKyle. KyleundCam. So war es einfach immer.

Ich habe wirklich das Gefühl, ohne ihn bin ich nicht komplett.

Ich beuge mich vornüber, stütze die Hände auf die Knie und schüttle den Kopf. »Es bringt nichts, Jungs. Wir können nicht ohne Quarterback spielen. Es ist sinnlos.«

»Es ist nicht richtig, ihn ersetzen zu wollen.« Mark zuckt

mit den Schultern. »Die ganze Schulzeit durch haben wir zusammen gespielt, verdammt. Ich kann genauso wenig jetzt einfach seine Position übernehmen.«

»Er hat recht«, stimmt Ben zu. »Wir müssen uns einfach damit abfinden. Wir werden nie wieder ein ordentliches Spiel machen können.«

Ich seufze und lasse mich auf den Boden fallen, die anderen tun es mir nach. Si wirft den Ball über unsere Köpfe, und er landet hinter uns auf dem Rasen.

»Also, was machen wir jetzt?«, fragt er. »Wenn wir kein Football mehr spielen, wird das ein echt langer Sommer, Leute.«

»Wir können doch auch einfach zum Spaß spielen.« Ich zucke mit den Achseln. »Die Mädels dazuholen, oder so.«

Si schnaubt verächtlich. »Klar. Iz besteht garantiert auf ihrer Rolle als Cheerleader, und Roxy und Selena wollen sich garantiert nicht die Frisur versauen oder 'nen Nagel abbrechen.«

»Du kannst ihnen die Haare ja wieder richten, dann müssen sie sich keine Sorgen machen.«

»Hey, wo ist eigentlich Roxy?« Ben sieht fragend zu den Mädchen rüber, ich folge seinem Blick. Selena starrt gedankenverloren in die Ferne, und Iz liegt auf dem Bauch, den Kopf auf den Armen abgelegt.

»Keine Ahnung«, erwidere ich und stehe auf. Bei Iz angekommen, stupse ich sie sanft mit dem Fuß an. »Wo ist –«

»Sie ist vor fünf Minuten weggerannt, das Handy am Ohr«, antwortet Iz, ohne den Kopf zu heben. »Sie meinte, sie müsse wo hin, aber ich glaube, sie hat es einfach nicht ertragen, euch ohne Cam Football spielen zu sehen.«

»Weggerannt?«, höhnt Selena und dreht sich zu mir um. »Sie trifft garantiert Layla.«

»Layla?«, fragen Iz und ich wie aus einem Mund.

»Sie ist erst seit ein paar Monaten hier, weil sie an ihrer alten Schule zu viel Ärger gemacht hat. Also haben ihre Eltern sie hierher zu ihrer Tante verfrachtet – Judy, die Floristin, wisst ihr?« Wir nicken, und sie fährt fort. »Über Layla kommt Roxy an die Drogen, die sie konsumiert, und Layla hat auch einen Cousin in Portland, der sie regelmäßig mit Alkohol versorgt.«

»Fuck, Selena. Wieso hast du mir das nicht gleich gesagt?« Iz drückt sich hoch.

»Und wieso habt ihr mich nicht gleich dazugeholt, verdammt?« Ich schaue von meiner Schwester zu Selena.

»Weil sie eh niemand aufhalten kann«, entgegnet Selena resigniert. »Ich hab es schon so oft versucht. Wenn sie Cam wirklich vermisst, also so richtig, dann geht sie zu Layla. Die Drogen helfen ihr dabei zu vergessen, dass er weg ist.«

»Wie meinst du das, niemand kann sie aufhalten?«, hakt Iz nach.

»So wie ich es gesagt habe. Niemand kann sie aufhalten, wenn sie sich etwas in den Kopf gesetzt hat. Glaubt mir, ich hab es versucht.«

Ich presse die Kiefer aufeinander. »Wo ist sie jetzt?«

»Bei Judy zu Hause, aber du kannst nicht einfach –«

»Das wirst du ja sehen, wie ich kann.« Ich mache auf dem Absatz kehrt und laufe davon.

Ich werde auf keinen Fall zulassen, dass sie sich so eine Scheiße einfährt. Ich bin nicht so naiv zu denken, dass sie mit den Drogen aufhört, aber diesmal wird sie es nicht tun. Diesmal muss sie sich mit ihren Gefühlen auseinandersetzen. Weglaufen gilt nicht. Diesmal werde ich dafür sorgen, dass sie sich damit auseinandersetzt, auch wenn ich mich auf sie draufsetzen muss, bis sie redet.

Verity Point ist so verdammt klein, ich brauche nur zwei Minuten, um bei Judys Haus am Waldrand anzukommen. Roxy steht vor dem Haus.

»Kyle?« Sie sieht mich überrascht an.

»Warst du schon drin?« Ich nicke in Richtung des Hauses.

»Keine Ahnung, wovon du redest.« Sie tritt von einem Bein aufs andere.

»Erzähl mir keine Scheiße, Roxanne.«

Ihre Augen werden schmal, als ich ihren vollen Namen nenne. »Sag nicht –«

»Warst du in dem verdammten Haus?!«

Statt einer Antwort, dreht sie sich um und stapft in den Wald. Ich reibe mir über die Augen und folge ihr.

»Roxy.«

»Verpiss dich, Kyle.«

»Ist das ein Ja?«

»Das ist ein ›Geht dich einen Scheißdreck an‹!«

Ich packe sie am Arm und drehe sie zu mir um. »Du gehst mich sehr wohl etwas an. Das hast du immer.«

Ihre blauen Augen weiten sich unmerklich, und ich meine, eine Frage darin zu lesen. Ich halte ihrem Blick stand, weil ich will, dass sie etwas versteht, das ich nicht einmal selbst richtig begreife.

»Bist du in dem Haus gewesen?«, frage ich wieder, jetzt eine Spur weniger harsch.

Roxy atmet tief ein, hält die Luft für einen Moment an und fasst dann in ihre Jackentasche. Ich lasse ihren Arm los, als sie eine kleine Wodkaflasche hervorzieht. Ich strecke ihr die geöffnete Hand entgegen. Sie stutzt, übergibt mir die Flasche dann aber mit geschlossenen Augen. Ich schließe die Faust um die Flasche. Dann drehe ich den Schraubverschluss auf und kippe den Inhalt aus. Der Wodka verteilt sich auf dem Boden, und als sie die Augen wieder öffnet, verreibe ich die Flüssigkeit gerade mit meinem Schuh in der Erde. Ich gebe ihr die leere Flasche zurück.

»Das hat dir Spaß gemacht, oder?«, fragt sie mit einem schneidenden Tonfall.

»Nicht wirklich. Hat es mir Spaß gemacht, die Scheiße hier auf den Boden zu leeren? Ja. Hat es mir Spaß gemacht, sie *dir* abzunehmen? Nein. Darauf hätte ich zu gern verzichtet«, erkläre ich ihr ehrlich.

»Klar, und das soll ich dir glauben.«

»Ich hätte drauf verzichten können, weil ich weiß, warum du das Zeug brauchst. Es ist aber nicht die richtige Art und Weise. Wenn ich daran denke, dass du dich betäuben willst, muss ich mir immer vorstellen, was Cam wohl dazu sagen würde. Seine geliebte kleine Schwester, die Alkohol braucht, um zu vergessen, und sich damit regelmäßig in die unmöglichsten Situationen bringt.«

»Du musst ihn aber auch immer und immer wieder erwähnen, oder? Aber vielleicht trinke ich, weil ich es mag.«

»Die Scheiße nehme ich dir nicht ab, egal, was du mir erzählst. Du ›magst‹ das Zeug nur, weil es dich vergessen lässt.«

»Und ich finde, ich sollte vergessen dürfen, oder nicht?« Sie zieht die Augenbrauen hoch und geht weiter in den Wald hinein.

»Fuck, Rox, du warst dabei, als er den Unfall hatte –«

»Und ich habe auch den Rest erlebt.« Sie bleibt vor einem großen Baum stehen, die Flasche fällt ihr aus der Hand. Sie presst beide Handflächen gegen den Baumstamm, lässt den Kopf nach vorn sinken. »Den ganzen gottverdammten, Albtraum verursachenden Rest, der mich jedes Mal verfolgt, wenn ich die Augen schließe.«

Ihre Stimme ist ganz leise, und trotzdem so stark und voller Schmerz. Ich spüre jeden Riss in ihrem Herzen, und es tut mir selbst unendlich weh. Ich habe das übermächtige Bedürfnis, für sie da zu sein und ihren Schmerz zu stillen. Ich würde am liebsten zu ihr gehen und sie in den Arm nehmen.

»Sprich mit mir«, sage ich leise, während über uns die Blätter im Wind rascheln. »Benutz nicht den Alkohol, um zu vergessen, Rox. Benutz mich, um dich zu erinnern.«

»Wozu soll das gut sein?«

Ich gebe dem Bedürfnis nach und gehe zu ihr. Hinter ihr bleibe ich stehen und streiche ihr über die Haare.

»Ich weiß es auch nicht genau. Aber dann trägst du die Last wenigstens nicht mehr allein.«

Ihre Augen sind auf einen Punkt am Boden gerichtet, und ich bin beinahe froh, dass ich sie in diesem Moment nicht sehen kann. »Es war nicht nur der Unfall. Es war alles. Alles in dieser Nacht, ich habe alles gesehen. Selena hat den Krankenwagen gerufen, während ich am Unfallort geblieben bin. Ich musste zusehen, wie mein Bruder stirbt, ich habe ihn angefleht, bei mir zu bleiben. Ich hab zugesehen, wie sie ihn wiederbelebt und in den Krankenwagen verfrachtet haben. Dann im Krankenhaus habe ich mit angesehen, wie sie vergeblich versucht haben, ihn zurückzuholen. Die ganze Zeit habe ich ihn angefleht, mich nicht zu verlassen, nicht zu sterben. Ich habe gebetet, versucht, mit Gott oder was auch immer da vielleicht ist, zu verhandeln. Und ich war die ganze Zeit allein. Er ist gestorben, ehe Mom und Dad im Krankenhaus angekommen sind. Seine letzten Momente gehörten uns. Wir waren völlig allein. Diese Nacht war so viel mehr als nur der Unfall, bei dem ich dabei war. Verstehst du das jetzt? Es war so scheiße viel mehr! Ich habe gesehen, wie mein Bruder gestorben ist – gestorben! – direkt vor mir, und ich konnte rein gar nichts tun, verdammte Scheiße!«

Tränen schießen ihr aus den Augen und zeichnen Spuren von Wimperntusche über ihre Wangen. Ich lege ihr den Arm um die Schultern und ziehe sie an mich, halte sie fest. Ihre stillen Tränen verwandeln sich in krampfartiges Schluchzen. Sie krallt sich in mein T-Shirt, als ihre Beine unter ihr nachgeben.

Intuitiv reagiere ich, streiche ihr mit der Hand über die Haare und bette ihren Kopf an meinen Hals. Und auf einmal ist es, als würde die Welt stillstehen. Die Natur hält den Atem an, während sie wahrscheinlich das erste Mal richtig weint, seit er gestorben ist. Ich spüre nur noch ihren zitternden Körper in meinem Arm, und ihre Tränen, die mein T-Shirt durchweichen, ihr schmerzerfülltes Stöhnen und die Kraft, mit der sie sich an mir festkrallt.

Und ich verstehe auf einmal, wieso sie seit Wochen die Betäubung durch Alkohol sucht. Sie trägt so viel Schmerz, so viel Schuld und so viel Wut in ihrem kleinen Körper mit sich herum, dass es ein Wunder ist, dass sie noch nicht daran zerbrochen ist. Aber ich kann ihr all das nicht abnehmen.

Ich kann nichts tun, außer sie zu halten. Also halte ich sie. Ich halte sie fest an mich gedrückt und setze mich mit ihr auf den Boden, den Rücken an den Baumstamm gelehnt. Sie schlingt die Beine um mich wie ein Äffchen und kuschelt sich näher, während ihre Tränen unablässig laufen. Ich vergrabe mein Gesicht in ihren Haaren, spüre, wie mir selbst die Tränen kommen.

Wir haben ihn beide geliebt. Cam war mehr als nur ein Freund für mich. Er war wie ein Bruder, meine absolute Vertrauensperson, mein Komplize. Wenn Männer so etwas wie Seelenverwandte untereinander haben können, dann war er so etwas für mich. Ich kenne meinen eigenen Schmerz, und ich spüre ihn jeden Tag. Aber was ich fühle, ist nichts verglichen mit dem, was Roxy fühlt. Sie ist völlig ankerlos.

Und das ist es, was sie braucht: Sie muss sich erinnern und weinen und sich an jemandem festhalten, der ebenfalls leidet und ihren Schmerz teilt.

Sie lässt mein Shirt los und legt mir die Arme um den Hals, den Kopf an meinem Hals. Ich ziehe den Arm um ihre Taille fester, so dass sie noch näher bei mir ist. Doch je näher sie mir ist und je länger ich ihren zitternden, schluchzenden Körper halte, desto mehr beginne ich zu begreifen, dass es nicht nur Cam ist, der uns verbindet.

9. Kapitel

Roxy

»Er fährt zu schnell.« Ich schaue Selena besorgt an. Ich weiß, Stu hat mehr getrunken, als es vom Gesetz erlaubt ist – deshalb hatte ich auch gewollt, dass Cam bei uns mitfährt.
»Ruf Cam an. Er soll Stu ermahnen, langsamer zu fahren«, erwidert Selena und gibt Gas, um an Stus Honda dranzubleiben.
Es tutet in der Leitung, als ich die Nummer meines Bruders gewählt hatte. Ich kaue nervös auf meiner Unterlippe, während ich darauf warte, dass er drangeht.
»Was gibt's?«
»Er fährt zu schnell, Cam. Er ist zu betrunken, um so zu fahren. Sag ihm, er soll langsam machen.« Ich versuche, mir meine Anspannung nicht anmerken zu lassen, aber meinen Bruder konnte ich noch nie verarschen.
»Rox.« Cam lacht. »Mach dir mal keine Sorgen. Stu ist nicht so betrunken. Er hat alles unter Kontrolle. Reg dich ab, ja?«
»Cam, ich ...«
Die aufgeblendeten Scheinwerfer eines entgegenkommenden Autos durchschneiden die Dunkelheit. Stus Auto gerät auf der engen Landstraße ins Schleudern, als er versucht, dem Auto auszuweichen. Das Gespräch bricht ab.
Im gleichen Moment schreie ich auf und Selena steigt in die Bremse. Die Reifen des blauen Hondas quietschen auf dem unebenen Boden, schlingern unkontrolliert, während Stu versucht, den Wagen auf der Straße zu halten. Das andere Auto rutscht in den Graben, der Motor heult auf.
Völlig geschockt sehe ich, wie Stus Auto auf einen Baum zuschlittert. Es kracht vorwärts gegen den breiten, stabilen

Stamm. Sofort nach dem Aufprall steigt Rauch aus der Motorhaube auf.

»Cam! Caaaaaaaaam!« Mein Schrei durchbricht die gespenstische Stille. Ich taumele aus Selenas Auto und renne zur Unfallstelle, zu meinem Bruder, um sicherzugehen, dass er okay ist. Fuck auf das Auto. Ich musste einfach wissen, dass er nicht verletzt war.

Panisch reiß ich die Beifahrertür auf. Cam ist nach vorn gebeugt, er blutet aus einer Platzwunde an der Stirn. Der Airbag auf seiner Seite war nicht aufgegangen, sein Gesicht ist übersät mit Schnittwunden. Eine Hand hält er auf den Bauch gepresst, die Finger sind ins T-Shirt gekrallt.

»Cam? O Gott, Cam, Cam. Kannst du mich hören?« Ich streiche ihm übers Gesicht, klatsche auf seine Wangen, während mir die Tränen über die Wangen laufen. »Wach auf, Cam. Sag mir, dass ich die Klappe halten soll. Um Himmels willen, wach doch auf!«

Aber er tut es nicht. Er sitzt nur still da, sein Körper zuckt unkontrolliert.

Ich will, dass es ihm gutgeht, dass er am Leben ist. Dass Stus bescheuertes, betrunkenes Fahren nicht den wichtigsten Menschen in meinem Leben verletzt hat.

Es fühlt sich wie eine Ewigkeit an, bis ich endlich die Sirenen des Krankenwagens höre und plötzlich alles in blinkendes, blaues Licht getaucht ist. Auch angesichts des Notarztes weigere ich mich, meinen Platz zu verlassen. Meine Hände liegen fest auf Cams Hand, ich brabbele irgendwelches Zeug vor mich hin, was ihn normalerweise bestimmt genervt hätte. Ich wünsche mir so sehr, dass er mir sagt, ich soll still sein.

Das war alles, was ich wollte.

»Miss, kommen Sie bitte mit«, sagt eine Stimme hinter mir.

Ich schüttele eine Hand ab, die sich auf meine Schulter gelegt

hat. »Nein. Ich kann meinen Bruder nicht allein lassen. Ich muss wissen, dass es ihm gutgeht. Ich kann nicht weg.«
»Sie müssen den Sanitätern Platz machen, die kommen so nicht an ihn ran. Wir gehen nur ein bisschen zur Seite. Sie können ihn immer noch sehen«, erklärt mir die Stimme geduldig.
Ich lasse zu, dass mich jemand von Cam wegschiebt, mein Blick bleibt auf ihn geheftet. »Sind Sie verletzt?«
Ich schüttele benommen den Kopf. »Nein, ich war im anderen Auto.« Ich schaue schnell die Polizistin an, die mich zu einem Einsatzwagen führt. »Er ist doch okay, oder? Mein Bruder?«
»Wir müssen abwarten, bis die Sanitäter ihn untersucht haben. Es tut mir leid.« Sie schiebt mich auf den Rücksitz. »Wieso erzählen Sie mir nicht, was passiert ist? Ihre Eltern können dann gleich zum Krankenhaus kommen.«
»Krankenhaus?« Ich reiße die Augen auf und schaue schnell zu Stus Auto. Sanitäter schwirren um die Beifahrertür herum, mit irgendwelchen medizinischen Geräten. Ich muss zu ihm. Mehr als alles andere auf der Welt muss ich bei meinem Bruder sein, ihn halten, ihm sagen, dass alles okay ist.
Die Polizistin hält mich zurück, bevor ich selbst merke, dass ich aufgesprungen bin. »Es ist okay, lassen Sie die Sanitäter ihren Job machen. Er ist in guten Händen.«
»Nein, nein, ich muss zu ihm. Muss bei ihm sein. Bitte!« Ich erkenne meine Stimme kaum wieder. Sie ist rau und schmerzverzerrt. Es klingt gar nicht nach mir. Überhaupt nicht.
»Das werden Sie gleich. Im Krankenhaus«, sagt sie leise. »Sie können jetzt nichts für ihn tun.«

Ich bin zusammengebrochen. Habe mich gehenlassen.

Eine glorreiche Stunde lang bin ich unter der Last des Schmerzes zusammengebrochen und habe zugelassen, dass er mich auffrisst. Ich hab den brennenden Schmerz, den

Cams Verlust verursacht hat, so deutlich gespürt, wie nicht mehr seit dem Tag, an dem er gestorben ist.

Und jetzt hasse ich mich dafür.

Ich hasse es, weil der Schmerz scheinbar gesiegt hat. Er ist jetzt deutlicher spürbar. Schwerer. Er macht mich ängstlich und panisch. Es tut weher, als ich es mir je hätte vorstellen können, und ich vermisse meinen Bruder stärker als je zuvor.

Deshalb muss ich vergessen. Ich muss die ganze Scheiße beiseiteschieben, den Schmerz vergraben und mein gebrochenes Herz verstecken. Das Leben muss weitergehen.

Ich habe noch nie so lang gezögert, zu seinem Grabstein zu gehen. Ich hatte noch nie so viel Angst davor, das Friedhofstor zu passieren, seinen Namen auf dem Marmorstein zu lesen oder mich neben das Rasenstück zu setzen, unter dem seine Überreste begraben sind.

Ich weiß nicht, wie ich es schaffe. Aber irgendwie setze ich einen Fuß vor den anderen, und komme so bei seinem Grab an.

Ein paar kleine Blätter sind von den Bäumen aufs Gras gefallen, ein paar liegen auf dem Grabstein. Ich wische sie weg, sehe zu, wie sie zu Boden flattern. Dann setze ich mich an sein Grab. Ich ziehe die Beine an und schlinge die Arme um die Knie. Mein Blick gleitet über die Buchstaben, so wie jedes Mal, wenn ich hier bin.

Sein Name. Sein Geburtsdatum. Der Tag, an dem er gestorben ist. Die eine Zeile, die seinen Tod so passend zusammenfasst: *Der Himmel hat den hellsten Stern gewonnen, den er je bekommen wird.*

Meine Worte. Es war alles, was ich sagen konnte, als wir den Stein bestellt haben. Es hätte auch nichts anderes zu ihm gepasst. Er war der helle Stern im Leben aller um ihn herum. Es war nicht nötig zu schreiben, dass ihn alle vermissen würden; das weiß eh jeder, und er weiß es wahrscheinlich auch.

»Leuchte mir den Weg nach Hause, ja, Bro?«, flüstere ich, küsse meine Fingerkuppen und drücke sie auf den Stein. »Ich vermisse dich.«

Ich kann die Tränen gerade noch zurückhalten, als ich über das Gras davongehe. Selenas Haus liegt nur ein paar Gehminuten vom Friedhof entfernt, aber ich bin so geübt darin, meine Gefühle zu verstecken, dass sie nichts merken wird. Wir wollen zu Leanne, die heute Abend ihren Geburtstag feiert.

»Kommt Kyle heute Abend auch?«, fragt Selena.

Ich zucke mit den Schultern. »Keine Ahnung, woher soll ich das wissen?«

»Weiß nicht. Vielleicht, weil er dir neulich wie blöd hinterhergerannt ist, als er gehört hat, dass du zu Layla gehen wolltest.«

»Er wollte mir doch nur den Schnaps wegnehmen«, murmele ich.

Eigentlich ist es mir egal, was er gemacht hat … mehr oder weniger. Ein bisschen sauer bin ich zwar noch, aber insgeheim muss ich ständig daran denken, wie schön es war, von ihm gehalten zu werden. Und das alles wäre schließlich nicht passiert, wenn er nicht meinen Wodka ausgekippt hätte.

»Gut so«, entgegnet Selena trocken. »Ich hätte dir die Flasche ja in den Arsch geschoben, aber jeder hat da so seine eigene Methode.«

Ich verdrehe die Augen und schiebe mich durch Leannes Haustür. »Du mich auch. Ich brauch einen Drink.«

»Und weiter geht's«, murmelt sie.

Ich ignoriere sie und mache mich auf den Weg in die Küche. Olly steht am Kühlschrank und beobachtet mich. Seine Lippen kräuseln sich zu einem Lächeln, und er hebt eine Flasche Wodka hoch.

»Soll ich dir einen Drink machen, Roxy?«

Das hättest du wohl gern. »Danke, aber ich glaub, ich kann das selbst.« Ich nehme ihm die Flasche aus der Hand. »So hilflos bin ich auch nicht.« Ich schnappe mir einen Becher und mische mir einen Wodka-Cola.

Olly beugt sich zu mir, so dass sein Mund ganz nah an meinem Ohr ist, während er die Hand an meine Hüfte legt. »Ich kann dich hilflos machen.«

Ich widerstehe dem Bedürfnis, die Augen zu verdrehen, und packe ihn am Kragen. »Versuch es, Oliver, wir werden schon sehen, wer dann hilflos ist.«

»Das klingt nach einem Versprechen.«

»Oh, das ist es auch, aber dir wird es nicht gefallen.« Ich schiele auf seine Jeans. »Ehrlich gesagt, hat das die Natur schon für mich erledigt.« Ich proste ihm zu, ein leises Lächeln spielt um meine Lippen. »Cheers.«

Danach schlendere ich ins Wohnzimmer rüber. Ich schaue mich um, aber Kyle scheint noch nicht hier zu sein – was mich ein bisschen entspannt. Einerseits, weil mir seine Abwesenheit eine gewisse Freiheit verschafft, andererseits, weil ich ihn nicht mehr gesehen habe, seit ich so elegant meine Wimperntusche auf seinem weißen T-Shirt verteilt habe.

Mein Getränk ist schnell leer – zu schnell. Andere folgen. Ein Glas nach dem anderen rinnt mir die Kehle hinunter. Langsam macht sich die vertraute Taubheit in mir breit. Ich spüre nichts außer der Musik, die von den Wänden widerhallt und in meinem Körper vibriert. Nichts außer –

»Du hattest doch echt genug«, seufzt Selena, als ich mir gerade noch was einschenke.

»Scheißegal«, entgegne ich, was mein Motto des Abends sein könnte. »Chill mal, Leney. Ich kann noch reden, noch gehen, und ich weiß sogar noch meinen Namen.« Ich drehe mich grinsend zu ihr um, den wieder gefüllten Becher in der Hand. »Wenn ich das alles nicht mehr kann, dann hatte ich genug.«

Ich kippe das Getränk in mich rein, spüre, wie es sich zu dem warmen Pool in meinem Magen gesellt. Ist mir egal, der wievielte Drink das ist. Hauptsache, mein Kopf hört auf zu denken …

Auf einmal sind da zwei blaugraue Augen, die mich anschauen. *Hallo, hallo!*

»Ich glaube, wir kennen uns noch nicht«, sagt der Besitzer der Augen.

»Ich glaube, ich würde mich an dich erinnern, wenn es so wäre.« Ich betrachte ihn eingehend. Hellbraune Haare, kantige Gesichtszüge, trainierte Oberarme … »Yep, ich würde mich auf jeden Fall an dich erinnern.«

Er grinst. »Dann sollten wir uns vielleicht einander vorstellen.«

Mein Mund verzieht sich zu einem Lächeln, das ziemlich selbstbewusst ist. »Du kannst dich mir gern vorstellen, aber ich hab's nicht so mit Namen.« Ich nehme seine Hand und ziehe ihn auf die Tanzfläche.

Er fasst mich von hinten um die Hüfte und zieht mich heran. Wir reiben uns aneinander. Ich hebe die Arme und lege die Hände in seinen Nacken, lasse ihn die Kontrolle übernehmen.

Sobald wir gehen, übernehme ich die Kontrolle.

Seine Hände gleiten an meinem Körper entlang, seine Finger erkunden meine Rundungen durch den dünnen Stoff meines Minirocks. Sein Atem flattert an meinen Haaren, seine Lippen sind ganz nah an meinem Ohr. Ich drehe mich zu ihm um.

»Fuck, das darf doch nicht wahr sein«, höre ich auf einmal Kyles Stimme hinter mir.

Ich stöhne auf.

»Was ist denn los?«, fragt der Kerl, mit dem ich tanze.

Ich lasse die Arme fallen, und Kyle packt mich an einer Hand.

»Schluss für heute«, bestimmt Kyle.

Ich reiße mich los und starre ihn wütend an. »Schon wieder? Ernsthaft? Bist du mein Wärter oder so?«

Sein Blick ist kalt, er presst die Kiefer aufeinander. »So wie ich das sehe, hast du zwei Möglichkeiten. Du verlässt jetzt ganz zivil mit mir diese Party oder ich schleife dich hier raus. So oder so, du gehst.«

»Wer ist dieser Arsch?«, fragt der Namenlose. »Dein Bruder oder was?«

»Nicht ihr Bruder«, erwidert Kyle. »Und du hast echt verdammtes Glück, dass der nicht hier ist.«

Er wendet sich wieder an mich. »Du hast die Wahl.«

Ich grinse breit. »So verlockend die Schleifvariante auch ist, Kyle, ich kann schon noch selbst gehen. Oder geht es dir bei der Schleifvariante nur um das Betatschen?«

Er wirft den Kopf in den Nacken, während ich an ihm vorbeistolziere und dabei meinen Spezial-Hüftschwung einsetze.

Im Flur bleibe ich stehen. »Moment mal.«

»Was denn noch, Roxanne?« Er seufzt genervt.

Ich drehe mich zu ihm um. »Du könntest mich über deine Schulter werfen, und dann gibst du mir einen Klaps auf den Po … Das wäre natürlich eine attraktive Variante, und ich müsste meine Entscheidung vielleicht überdenken.«

In seinem Blick flackert etwas auf, das Wut und Begierde sein könnte. In mir kribbelt es, als ich spüre, dass ich etwas in ihm auslöse.

Männer.

Kyle ist da auch nicht anders.

»Beweg deinen Arsch nach draußen«, warnt er. »Mach keinen Scheiß, Rox.«

»Spielverderber.« Ich gehe schmollend weiter. Sein Auto steht in der Auffahrt. »Lass mich raten, ich soll in deine Karre einsteigen, damit du mich heimkutschieren kannst?«

»Der Kandidat hat hundert Punkte«, erwidert er und öffnet die Beifahrertür.

»Langsam werde ich gut, was?« Ich grinse ihn an und steige ein, während er nur den Kopf schüttelt.

Das macht irgendwie Spaß.

Er setzt zurück. »Ich weiß echt nicht, was ich mit dir machen soll, Mädchen. Echt nicht.«

Mein Lächeln wird breiter, und ich drehe mich im Sitz zu ihm.

»Sag es nicht«, meint er schroff. »Sag nicht, was du sagen wolltest.«

»Was denn?« Ich blinzle unschuldig.

Er sieht mich warnend an. »Du weißt genau, was ich meine. Du machst dich grade total zum Idioten.«

»Wieso tauchst du dann immer wieder auf und willst mich retten, als wäre ich eine Jungfrau in Not? Ich muss schon sagen, deine Rüstung ist nicht gerade sehr beeindruckend, Herr Ritter.«

»Weil außer mir sich niemand deine betrunkene Scheiße anhören will, deshalb muss ich den Job wohl übernehmen.«

»Oder …« Ich öffne die Tür, als er vor meiner Haustür

gehalten hat. »Du willst nicht, dass mich ein anderer vögelt, weil ...« Ich schmeiße die Tür zu.

Fuck. Das wollte ich gar nicht laut sagen. Echt nicht. Oh, oh, verdammt. Wieso musste ich das nur laut sagen? Ach, ja. Weil es die Wahrheit ist. Oder nicht?

»Und was soll das jetzt wieder heißen, bitte?«, ruft er mir nach, während ich in den Garten gehe.

Na ja, morgen kann ich es bestimmt auf meine Betrunkenheit schieben.

Ich drehe mich um, meine Haare fliegen mir um die Schultern. Dann stemme ich die Hände in die Hüfte und starre ihn in der Dunkelheit an. »Was ich meine, ist, dass du jetzt schon zweimal auf Partys aufgetaucht bist. Jedes Mal bist du ausgerastet, wenn ich mit einem Typ getanzt habe, obwohl das mein gutes Recht ist. Ich bin Single, hab keine Verpflichtungen, ich kann tun und lassen, was ich will.«

»Ich tue das doch nur –«

»Quatsch!« Ich boxe in die Luft, stampfe mit dem Fuß und zeige wütend in seine Richtung. »Gequirlte Scheiße! Du tust das nicht für Cam. Das glaub ich dir keine einzige Sekunde, Kyle. Du bist viel zu wütend und zu besitzergreifend.«

»Ich kenne dich einfach schon dein ganzes Leben. Natürlich will ich dich vor den Arschlöchern beschützen, mit denen du dich umgeben musst. Du bist mir nicht egal, verdammt!« Er fährt sich mit den Händen durch die Haare und wendet sich ab.

»Natürlich«, sage ich etwas leiser. »Das hab ich vergessen. Du kennst mich schon mein Leben lang. Ich bin Cams kleine Schwester. Wie dumm, dass ich das vergessen habe.«

»Das ist es nicht.« Er seufzt.

»Was ist es dann? Cams kleine Schwester ist alles, was du je in mir gesehen hast.«

»Früher? Ja, da warst du nur das. Aber jetzt? Nein, Roxy. Jetzt bist du nicht nur die kleine Schwester meines toten besten Freundes.«

Mir stockt der Atem und alle Sätze, die ich mir zurechtgelegt hatte, sind wie weggeblasen, als ich mit offenem Mund in seine Richtung starre.

»Was?«, flüstere ich.

»Du bist nicht nur seine Schwester, okay? Fuck! Ich wünschte, du wärst es, aber es ist nicht so. Du bist so verdammt mehr für mich als nur Cams kleine Schwester.«

»Küss mich.«

Die Worte sind heraus, ehe ich es verhindern kann. Sie purzeln aus meinem Mund. Keine Bitte, sondern ein Befehl. Ich bitte ihn nicht, mich zu küssen. Ich befehle es ihm.

Kyle erstarrt, sein Profil ist vom Mondlicht erhellt. Ich hasse es, dass er mich nicht direkt ansieht. Ich hasse es, dass ich ihn nur von hinten sehe.

»Was?«

»Wenn ich nicht nur Cams kleine Schwester für dich bin, dann küss mich. Jetzt. Dreh dich um und küss mich, wenn du es ernst meinst, Kyle Daniels.«

»Rox …« Er dreht sich um. »Du bist betrunken. Du weißt doch gar nicht, was du sagst.«

»Ich bin nicht …« Ich halte inne, als er eine Augenbraue hochzieht. Ich reiße die Arme in die Luft. »Okay, okay, ich bin betrunken. Aber das bedeutet nicht, dass ich nicht weiß, was ich sage. Ich weiß sehr genau, was ich sage. Ich weiß, was ich will, und ich will, dass du mich küsst.«

Er macht einen Schritt auf mich zu, und auf einmal schlägt mir das Herz bis zum Hals. Ich weiche zurück, bis mein Rücken die Wand der Gartenhütte berührt. Dann muss ich heftig schlucken, als er in der Dunkelheit auf mich zukommt, ohne den Blick von meinen Augen zu wenden.

»Du willst wirklich, dass ich dich küsse? Hier?«

»Hier.«

»Jetzt?«

»Jetzt.«

Kyle bleibt vor mir stehen und legt eine Hand neben meinem Gesicht an die Wand. Ich kann die Hitze in seinem Blick sehen, obwohl es dunkel ist, und ich spüre, wie sein Körper in mir dieselbe Hitze erzeugt. Wir berühren uns nirgends, und trotzdem wird es warm zwischen uns.

Ich kann kaum atmen. In meinem Bauch tobt die Erregung, und mein Herz schlägt gegen meinen Brustkorb. Adrenalin pumpt durch meine Adern, ich erlebe alles ganz bewusst.

Mich selbst. Ihn. Unsere Körper. Unseren Atem.

»Hier an der Hütte?«, flüstert er heiser.

»Wo wir schon mal hier sind.« *Seit wann ist meine Stimme so atemlos?*

»Ich versuche nur herauszufinden, was du von mir erwartest.« Er senkt den Kopf. »›Küss mich‹ ist ein bisschen vage.«

»Und auch wieder nicht.«

»Kommt drauf an, wen du fragst.« Seine Finger streifen meine Hüfte, schicken durch die Kleidung kribbelnde Schauer über meine Haut. »Und du möchtest, dass ich dich hier an die Wand drücke und küsse?«

»Ja.«

»Ist das so?«

»Ja.«

»Du weißt nicht, was du da verlangst, Roxy. Wirklich nicht.« Er schüttelt den Kopf und weicht zurück.

Mein Arm schießt nach vorn, und ich packe ihn am T-Shirt, verhindere, dass er sich abwendet. »Ich weiß genau, was ich verlange, Kyle. Behandle mich nicht, als wär ich ein Kind. Du hast gesagt, ich wär nicht nur Cams kleine Schwester, also beweis es mir auch.« Ich schaue ihn fest an, zeige ihm, dass es mir ernst ist. »Oder sag mir einfach, dass du mich nicht küssen möchtest, und hau ab.«

Ehe ich noch was sagen kann, ist sein Körper plötzlich an meinen gedrückt, und er schiebt mich gegen die Wand. Seine Lippen krachen auf meine, seine Finger krallen sich in meine Taille, die andere Hand ist an meinem Nacken. Ohne nachzudenken, schlinge ich die Arme um seinen Hals, vergrabe meine Finger in seinen Haaren.

Zärtlich. Heiß. Hart. Forschend.

Tausend Worte schießen mir durch den Kopf, aber keins trifft das, was ich fühle, als sein Mund sich auf meinem bewegt. Er küsst mich, wie ich noch nie zuvor geküsst worden bin. Seine Zunge saust über meine Lippen, als ich den Mund öffne. Er erkundet jeden Winkel meines Mundes, berührt mich, besitzt mich. Es ist roh und doch zärtlich, und es sorgt dafür, dass sich jeder Muskel in meinem Körper zusammenzieht und gleichzeitig meine Knie weich werden.

Es ist so intensiv.

Wie sich das anfühlt, wie wir uns berühren, wie sich unsere Lippen und Zungen ineinander verschlingen – es ist ein Feuer. Intensiv und verschlingend, und es nimmt mich ein, übernimmt die Kontrolle über mich. Es zerstört mich, weil ich weiß, dass es nie wieder etwas geben kann, das das übertrifft.

Kein Kuss wird sich je so anfühlen wie dieser hier.

»So etwa?«, flüstert er, seine Lippen streifen meine, als er spricht.

Ich nicke. »So etwa.«

»Gut.« Er zieht mich näher an sich ran, schiebt seine Knie

zwischen meine Beine, so dass wirklich kein Zentimeter mehr zwischen uns ist. Seine Hand liegt in meinem Rücken, zieht mich an seinen Körper, der Daumen der anderen Hand streicht über meine Wange.

Ich öffne die Augen und halte die Luft an. Ich kann weder mein wild klopfendes Herz noch meine Atmung beruhigen, und ich kann sicher nichts gegen die Gänsehaut tun, die sich auf meiner Haut ausbreitet.

»Rox«, flüstert Kyle und legt den Kopf leicht zurück.

Ich sage nichts; ich schaue ihn nur mit leicht geöffneten Lippen an, die Augen groß, die Wangen gerötet. Ich warte darauf, was er als Nächstes sagen wird.

Er sagt nichts.

Er küsst mich wieder.

Und ich bin verloren.

10. Kapitel

Kyle

Fuck. Das wollte ich nicht tun.

Ich wollte sie von der Party wegbringen und durch ihre Haustür schieben, ohne dass sie mich mit ihren leuchtenden blauen Augen einfängt und mit mir spielt – wie mit allen anderen Typen. Und ich wollte sie nicht an die Schuppenwand drücken und küssen. Und … o Gott, ich hab sie geküsst. Aber ich konnte nicht anders. Seit ich wieder hier bin, wollte ich sie küssen, genauso sehr wie ich ihr helfen wollte, wieder auf die rechte Bahn zu finden. Und gestern Nacht hab ich die Beherrschung verloren.

Es war dieses Funkeln in ihren Augen. Die Entschlossenheit, als sie verlangt hat, dass ich sie küsse. Und ihre merkliche Atemlosigkeit, als ich auf sie zugegangen bin. Es war das Wissen, dass es von mir abhing. Ich musste die Entscheidung treffen. Sie küssen oder weggehen.

Ich hätte nicht gehen können. Ich hätte mich nicht umdrehen und sie dort so stehen lassen können, mit ihren offenen Haaren und den geröteten Wangen, genauso wenig, wie ich hatte zu Hause bleiben können, als Selena mich angerufen hat.

Und ich fühle mich wie ein verdammtes Schulmädchen, wie ich so dasitze und mir den Moment immer wieder vor Augen führe. Es ist ja nicht so, als wäre das mein erster Kuss gewesen, aber es war eben auch nicht irgendein Kuss mit irgendeiner Frau. Es war anders, weil es Roxy war.

Das Mädchen, von dem ich schon immer die bescheuerten Typen ferngehalten habe.

Ich kann kaum fassen, wie viel sich in diesen zwei Wochen verändert hat. Vierzehn Tage, die zu kurz erscheinen. Denn auf einmal sehe ich sie nicht mehr als eine Art Schwester wie vorher – ich habe sie geküsst, als hinge mein Leben davon ab.

»Fuuuuuuuuck.« Ich reibe mir mit den Handballen über die Augen. »Wieso hab ich das nur getan?«

»Was denn getan?«, fragt Iz, die in meinem Türrahmen aufgetaucht ist.

Ich neige den Kopf zur Seite und schaue sie an. »Ach, nichts.«

»Du bist so ein schlechter Lügner.« Sie lacht. »Es ist fast so wie damals, als Cam und du vier Jahre alt wart und Mom geschworen habt, dass ihr nichts von den frisch gebackenen Keksen gegessen habt. Sie hätte euch vielleicht geglaubt, wenn ihr nicht im ganzen Gesicht mit Schokolade verschmiert gewesen wärt.«

»Ja, ja, schon gut«, knurre ich. »Es ist nur … Ich will nicht mit dir darüber reden, okay?«

»Und was ist daran verkehrt, mit mir darüber zu reden?«

»Was könnte daran richtig sein?«

Iz verengt die Augen zu Schlitzen und verschränkt die Arme vor der Brust. Sie mustert mich eingehend und ein leises Lächeln spielt um ihre Mundwinkel.

»Jetzt komm mir nicht mit dieser Scheiße von wegen Körpersprache und so!« Ich setze mich aufrecht hin.

»Du fühlst dich schuldig und verwirrt. Oder, warte.« Sie legt den Kopf schief. »Aha. Du bist verwirrt, weil du dich schuldig fühlen solltest, es aber nicht tust. Du denkst, du hast etwas Schlimmes getan, das sich aber auch gut anfühlt. Und jetzt willst du mit mir reden, weil du megabeeindruckt bist, dass ich dein Problem erkenne, nur indem ich deine Sitzposition betrachtet habe.« Ihr Lächeln wird zu einem Grinsen.

Blöde Kuh.

»Hab ich recht?«

Ich seufze. »Ja. Du hast recht.«

»Oh, das ist so spannend.« Sie wirft meine Zimmertür hinter sich zu und kommt mit federndem Gang zu mir rüber und lässt sich neben mir auf der Matratze nieder. Im Schneidersitz hockend, schaut sie mich erwartungsvoll an. »Also. Was hast du gemacht?«

»Ich kann nicht glauben, dass ich dir das erzähle«, murmele ich. »Ähm … ich … äh.«

»Ja?«

»Ähm.«

»Jetzt spuck es schon aus, Ky!«

»Ich hab Roxy geküsst!« Die Worte sprudeln einfach so aus mir heraus, und ich senke schnell den Kopf.

Iz reißt den Mund auf. »Du hast … was?«

»Jetzt lass es mich halt nicht auch noch wiederholen«, bitte ich sie. Dann tippe ich mir an die Schläfe. »Das hier drinnen ist eh schon alles schlimm genug, mach es hier draußen nicht auch noch zu einer so großen Sache, okay?«

»Nein, du musst es nicht wiederholen. Ich … bin nur geschockt. Irgendwie.«

»Geschockt? Du? Die große Dr. Iz, die nur vom Anschauen die Gefühle von jedem erkennen kann?«

»Halt die Klappe.« Sie stupst mich an. »Ich hab natürlich gespürt, dass da eine ordentliche Spannung zwischen dir und ihr herrscht, aber ich hätte nicht gedacht, dass es so stark ist. Also …«

»Und los geht's. Muss ich eigentlich pro Stunde für deine Dienste bezahlen?«

»Bekommst 'nen Rabatt«, entgegnet sie zwinkernd. »Aber jetzt mal im Ernst, Bro. Du fühlst dich schuldig … Weshalb?«

Ich lehne mich an die Wand und lasse den Blick aus dem Fenster schweifen. »Sie ist Cams Schwester, oder nicht? Seine kleine Schwester. Das einzige Mädchen, das er über alles geliebt hat.«

»Und wenn er gewollt hätte, dass sie irgendjemanden küsst, dann wärst es mit Sicherheit du gewesen.«

»Ja, aber ich musste ihm versprechen, sie zu beschützen, Iz. Und mache ich einen großartigen Job? Natürlich nicht! Wie soll ich sie denn vor all den Arschlöchern beschützen, die ständig um sie herumschwirren, wenn ich sie nicht mal vor mir selbst beschützen kann?«

Sie schweigt einen Moment, während meine Frage schwer zwischen uns in der Luft hängt. Sie scheint auch keine Antwort darauf zu wissen.

»Wer sagt denn, dass du sie vor dir beschützen musst?«, flüstert sie schließlich. »Außerdem kannst du sie doch am besten beschützen, wenn du bei ihr bist.«

Wo sie recht hat, hat sie recht. »Weiß nicht. Wenn ich Cam wäre, würde ich mir eine reinschlagen.«

»Aber du bist nicht Cam, oder?«

Ich schaue sie an. »Es wäre einfacher, wenn ich es wäre. Dann wäre ich jetzt nicht in dieser beschissenen Situation. Ich hab keine Ahnung, wie ich damit umgehen soll, was ich fühle.«

»Dann sprich doch mit ihm darüber.« Iz zuckt die Schultern, als wäre es das Selbstverständlichste der Welt.

»Er kann aber nicht wirklich antworten. Hast du vergessen, dass er –?«

»Tot ist? Aber Ky, das hat doch nicht zu bedeuten, dass er weg ist. Das ist er nicht, nicht wirklich. Er ist immer noch hier – das siehst du doch daran, wie du dich fühlst.« Sie rutscht von meinem Bett runter und steckt die Hände in die

Taschen ihrer Shorts. »Du kannst mich ruhig für verrückt erklären, aber ich wette, wenn du zu seinem Grab gehst und ihm alles erzählst, würdest du dich besser fühlen. Immerhin kann dir niemand widersprechen, stimmt's?«

»Ich bin ein Arsch, oder?«, frage ich den Marmorgrabstein vor mir, als könnte er mir antworten. Wenn er das könnte, würde er mir zustimmen, eine Steinfaust bilden und mir eine pfeffern.

Es ist so still hier. Keine Leute, keine Vögel, kein Wind. Nur ich, meine Worte und mein toter bester Freund. Im Magen hab ich ein flaues Gefühl, wenn ich an das letzte Mal denke, als ich ihn gesehen habe.

»Rasierschaum? In ihr Shampoo? Schon wieder?« Cam sieht mich skeptisch an.

Ich zucke nur mit den Schultern. »Es ist am lustigsten, und das weißt du genauso gut wie ich.«

»Meinst du, wir sollten irgendwann mal erwachsen werden und aufhören, den Leuten Streiche zu spielen?«

»Ja, irgendwann, aber definitiv nicht so bald.« Wir grinsen beide. »Na los, komm. Noch einmal machen wir es.«

»Das geht aber auf deine Kappe, okay?«

Wir stehen uns gegenüber und ich breite die Arme aus. »Geht es doch immer, Mann. Immer.«

Und jetzt sitze ich neben seinen Überresten und warte auf eine Antwort, die nie kommen wird.

Stand ich damals schon auf Roxy? Gab es etwas in mir, dass da etwas gesehen hat? Wollte ich insgeheim immer schon mehr von Cams Schwester?

»Du wüsstest die Antwort, oder? Du wusstest immer auf

alles eine Antwort. Du wusstest die Sachen immer schon, bevor man sie selbst wusste.« Ich fahre mir mit den Fingern durch die Haare und seufze schwer. »Was soll ich nur tun, Mann? Wie soll ich sie beschützen, wenn meine Motivation dazu rein egoistisch ist? Wenn du sie nur sehen könntest …« Ich lache bitter. »Du würdest sie in irgendeinen Keller sperren, bis sie wieder bei Sinnen ist, weißt du? Sie ist krass drauf, richtig krass. Aber ich weiß nicht, was ich machen soll. Ich kann nicht weiter die Partys stürmen und sie wegschleifen.«

»Ich schätze, ich hätte mit ihr reden sollen. Aber wir wissen beide, wie gut das immer funktioniert hat. Sie ist so verdammt stur und tut eh nur, was sie will. Ich könnte es trotzdem noch mal versuchen, oder?« Ich zucke mit den Achseln. »Zweite Möglichkeit – Mann, das ist echt kompliziert –, ich schleife sie weiter von den Partys weg und führe ihr vor Augen, was sie da mit sich macht. Verklickere ihr, dass sie ihr Leben wegwirft. Einverstanden?«

Ich warte einen Moment schweigend ab, als würde doch noch eine Antwort kommen. Als würde er mich jeden Moment auslachen und mir sagen, dass ich die Klappe halten soll.

»Und die letzte Möglichkeit: … sie in Ruhe lassen.« Ich schlucke beim Gedanken daran. »Ich gehe einfach und lass sie allein, in der Hoffnung, dass sie dann zur Vernunft kommt. Drastisch, ja, aber manchmal reagiert sie nur auf drastische Maßnahmen, oder?«

Sein Name starrt mich an, verhöhnt mich. Ich kaue auf der Innenseite meiner Wange herum.

Drei Optionen. Drei Chancen. Drei Versuche, es richtig zu machen.

Stille.

»Dann geh ich mal ans Werk, was?« Ich stehe auf und tätschle den Stein. »Wir sehen uns.«

Schon komisch, so mit toten Menschen zu sprechen, als wären sie noch am Leben. Ich schätze, man tut das, weil man sich wünscht, dass sie uns noch hören können. Ich weiß, ich will daran glauben, dass er noch da ist und mir zustimmt.

Meine Füße schlagen den Weg zum Café ein und ich überlege fieberhaft, was ich sagen soll. Ohne Erfolg. Was sagt man zu einer Frau, die man an eine Schuppenwand gedrückt und leidenschaftlich geküsst hast?

Bestimmt nicht: »Hi, wie geht's denn so?«

Kopfschüttelnd betrete ich das Café. Roxy steht hinter dem Tresen, die Zwillinge sitzen vor ihr und sie lachen gerade gemeinsam. Ihr Gelächter hat eine große Leichtigkeit.

Ihre blauen Augen finden meine, als ich Richtung Tresen gehe. Unsere Blicke treffen sich über die Gäste hinweg. Sie schluckt, ihr Mund öffnet sich einen Spalt, und ich gehe zu ihr rüber.

11. Kapitel

Roxy

»Mmhmmm.« Marie seufzt und lehnt sich an die Theke. »Mmmm.«

Ich mache die Kaffeemaschine an und werfe einen Blick über die Schulter. »Brauchst du was?«

»Nicht von dir, Liebes«, erwidert sie und seufzt.

»Ich schätze, du hast ihn noch nicht gesehen.« Isla schiebt sich neben ihre Schwester.

»Wen denn gesehen?«

»Den heißen Typ, der bei deiner Tante wohnt. Oh!« Sie fächeln sich beide mit den Händen Luft zu.

Ich stelle zwei Tassen Kaffee vor ihnen ab. »Heißen Typ? Ich bin ganz Ohr.«

»Er ist … Oje, der verschlägt mir glatt die Sprache!« Marie seufzt wieder.

»Er ist groß«, meint Isla träumerisch. »Groß und gut gebaut und diese Haare! Ach herrje, ich könnte ihm den ganzen Tag durch die Haare fahren.«

Ich glaube nicht, dass ich die beiden schon mal so von einem Mann habe reden hören … Eigentlich überhaupt noch nie.

»Wer ist es denn?« Ich reiche ihnen ihr Wechselgeld.

»Keine Ahnung, Liebes. Er hat gesagt, er wolle uns hier auf einen Kaffee treffen. Also, wenn ein Mann reinkommt, sag uns gleich Bescheid, ja?« Isla wackelt mit dem Zeigefinger.

Ich lächle amüsiert. »Als ob ich ihn vor euch bemerken würde.«

Marie nickt. »Weißt du, Isla, foxy Roxy hier könnte recht haben.«

»Foxy Roxy?« Ich schnaube. »Ihr zwei werdet immer schlimmer. Los, trinkt euren Kaffee und haltet nach eurem heißen Mann Ausschau.«

Die Tür geht auf und beide drehen sich blitzschnell um. »Mm, nicht unser Mann, Marie, aber der ist auch nicht schlecht.«

Ich verdrehe die Augen und lache mit ihnen. Als ich aufschaue, steht Kyle in der Tür, eine Hand noch an der Klinke. Auf seinen Wangen liegt ein Schatten und als ich ihm in die Augen sehe, macht mein Herz einen Sprung. Er schaut mich genauso an wie letzte Nacht – so intensiv, als würde er nichts sehen außer mir. Ich schlucke, während er auf mich zugeht.

»Die Damen.« Er schaut Marie und Isla an. »Wir haben uns aber in Schale geschmissen heute Morgen.«

»Ach, du alter Charmeur, du!« Isla gibt ihm einen Klaps auf den Arm und kichert.

»Wenn es doch stimmt.« Kyle zwinkert.

»Na ja …« Marie lässt den Blick zwischen uns hin- und herwandern. »Ich glaube, wir setzen uns mal an einen Tisch, oder Isla?«

»Ja, das machen wir, Marie. Aber heute an einen Tisch mit Blick auf die Tür. Wir wollen den jungen Mann ja nicht verpassen.«

Kyle zieht eine Augenbraue hoch, als die beiden zielstrebig auf einen Tisch zusteuern. »Den jungen Mann?«

»Ach, irgend so ein Typ, der in der Pension meiner Tante wohnt.« Ich winke ab. »Kaffee?«

»Ja, bitte.«

Ich drehe mich um und beschäftige mich mit der Kaffeemaschine. Ich versuche, nicht an seinen Blick in meinem

Rücken zu denken – oder an unseren Kuss gestern Nacht. Genau genommen konzentriere ich mich mit aller Macht auf das Kaffeemachen, ohne –

»Mist!«, rufe ich aus. Die Milchkanne fällt scheppernd runter. Schnell schnappe ich mir einen Lappen und wische den Boden auf. Kyle lacht leise hinter mir, und ich werfe ihm einen bösen Blick zu, als ich mich wieder aufrichte.

Er ignoriert meinen Blick und lehnt sich über den Tresen. »Mit den Gedanken woanders, Roxy?«

»Außer dem Gedanken, dass ich dir die Milch lieber über den Kopf geleert hätte? Nö.«

»Dein Sarkasmus rettet dich nicht.«

Ich stelle den Kaffee – mit Milch – vor ihm ab. »Bist du aus einem bestimmten Grund hier?«

Sein Mund verzieht sich unmerklich. »Um Kaffee zu trinken.«

»Natürlich.« Ich stütze mich auf der Theke auf und lege den Kopf schief. »Und wieso bist du wirklich hier?«

Sein Blick schnellt zu den Zwillingen und zurück zu mir. »Können wir später darüber sprechen, wenn du fertig bist?«, raunt er mir zu.

Ich werfe einen Blick auf meine Uhr. »Das ist aber erst in einer halben Stunde.«

Kyle umfasst die Tasse und setzt sie an die Lippen. Seine braunen Augen mustern mich über den weißen Keramikrand, und mir stockt der Atem, als ich das Funkeln darin sehe.

»Ich warte auf dich«, sagt er leise.

In seinen Worten scheint eine doppelte Bedeutung zu liegen.

Ich schüttele den Gedanken ab und gehe zu Mr Yeos Tisch. *Ein Kuss und schon lege ich jedes Wort von ihm auf die Waagschale. Verdammte Axt.*

»Hat's geschmeckt?«, frage ich den alten Mann, der hinter einer aufgeschlagenen Zeitung verschwunden ist.

»Spitzenmäßig«, erwidert er. »Sagt man das nicht heute so unter euch jungen Leuten?«

Ich lache. »Ja, kann man sagen.«

»Gut. Sag deiner Mom, dass sie sich selbst übertroffen hat.«

»Sie hat heute ein neues Rezept ausprobiert. Sie freut sich sicher zu hören, dass es ein Erfolg war.« Ich nehme seinen Teller und bringe ihn in die Küche.

»Und?«, fragt meine Mom.

»Er war begeistert.«

»Wer hätte gedacht, dass eine Brise schwarzer Pfeffer so viel ausmachen könnte?«

Ich zucke die Achseln. »Ich bestimmt nicht.«

»Roxy …«

Ich halte inne und drehe mich langsam zu ihr um. »Ja?«

»Alles klar bei dir? Du wirkst ein wenig … durch den Wind.«

»Ja, alles klar, Mom. Hab nur nicht gut geschlafen letzte Nacht.«

»Okay, Süße. Dann geh doch einfach heim, wenn Selena kommt. Ich hab euch letztes Wochenende auch nicht beide gebraucht. Leg dich einfach noch mal hin.«

Ich nicke und gehe zurück ins Café. Die Zwillinge reden mit einem großgewachsenen Mann mit grauen Haaren. *Das kann ja wohl kaum der ›heiße Typ‹ aus der Pension sein, oder?*

»Psst«, mache ich zu Kyle und lehne mich nach vorn. »Wer ist der Mann?«

Er dreht sich zu mir und sein Gesicht ist mir plötzlich extrem nah. Ich zucke überrascht zurück.

»Das ist ihr junger Mann.« Seine Lippen zucken amüsiert.

Ich schiele zu dem Mann rüber. »Unser Haus ist ja sogar jünger als der.«

Kyle schmunzelt. »Sei brav, Roxanne.«

»Nenn. Mich. Nicht. Roxanne.«

»Oder was?«

»Sorry, bin spät dran.« Selena eilt ins Café. »Konnte meine Schürze nicht finden.«

Ich drücke mich vom Tresen weg. »Kein Stress. Hättest auch meine nehmen können, ich geh jetzt eh.«

»Du … was?«

»Mom meinte, sie braucht mich grad nicht. Ich kann früher Schluss machen«, erkläre ich achselzuckend und löse den Knoten meiner Schürze, die ich unter der Theke verstaue. »Viel Spaß!«

»Pfff.« Selena gießt eine Tasse Kaffee ein, und ich grinse sie an.

»Benehmt euch, ihr zwei«, werfe ich den Zwillingen zu, als ich an ihnen vorbeischlendere. Sie drehen sich gleichzeitig zu mir um, und ihre Augen funkeln, als sie Kyle mit mir gehen sehen.

»Na, das Gleiche könnte man euch auch sagen«, erwidern sie wie aus einem Mund und kichern.

Die werden echt immer schlimmer.

Kyle hält mir die Tür auf. »Was machen wir denn?«, frage ich ihn im Vorbeigehen.

»Lust, zur Schlucht zu fahren?«

»Nur wir beide?«

Er dreht sich grinsend zu mir um. »Wer denn sonst?«

Ich zucke mit den Schultern und gehe auf sein Auto zu. Ich höre ihn hinter mir lachen.

»Was ist denn los, Hughes«, raunt er mir zu. »Mache ich dich etwa nervös?«

»Sei nicht albern, Daniels.« Ich schubse ihn weg. »Lass uns lieber losfahren, ehe ich es mir noch anders überlege.«

»Wieso solltest du das tun?«

»Jedenfalls nicht, weil du mich nervös machst.«

Er lacht wieder. *Verdammter Kerl.* Er macht mich wirklich nervös. Das bin ich nicht gewöhnt. Ich bin gewöhnt zu wissen, was passieren wird. Aber Kyle lässt mich völlig im Dunkeln. Ich bin es gewöhnt, die Kontrolle zu haben. Bei ihm verliere ich die Kontrolle. Irgendwie liebe und hasse ich es zugleich.

Die Luft im Auto wird dünn, je näher wir der Schlucht kommen. Ich halte den Blick aus dem Beifahrerfenster gerichtet und betrachte die waldige Landschaft, die draußen vorbeizieht. Ich versuche, mich an die Namen der Blumen zu erinnern, die ich einmal gelernt habe. Ich tue alles, um mich von Kyle abzulenken, aber es funktioniert nicht.

Ich kann nur an den Kuss denken. Wie sich seine Hand in meinen Haaren angefühlt hat, sein Körper an meinem Bauch, seine Lippen auf meinem Mund. Jede Berührung ist mir durch und durch gegangen. Ich kann immer noch das Brennen auf meiner Haut fühlen, wo er mich berührt hat.

Hier oben ist es kühler, und die Luft ist angenehm frisch, als wir aus dem Auto steigen und den Pfad in den Wald einschlagen. Es ist angenehm, nicht mehr still Seite an Seite zu sitzen. Auch, wenn die Person, vor der ich mich am meisten verstecken sollte, direkt hinter mir geht.

»Wieso suchst du dir immer die größten Arschlöcher aus?«

Ich bleibe abrupt stehen und stütze mich an einem Baumstamm ab. »Wie meinst du das?«

»Die Typen, mit denen ich dich letztes Wochenende gesehen habe. Alles Arschlöcher, Rox. Du bist doch weder blind noch dumm. Du weißt das genauso gut wie ich.«

»Ja, schon.«

»Also, wieso gibst du dich mit ihnen ab?«

»Weil sie nicht mehr von mir erwarten, als ich bereit bin zu geben.«

»Also, ist es nur schneller Sex.«

Seine Worte schmerzen. Aber sie sind wahr. »Yep.«

Die Blätter rascheln unter seinen Schritten. »Wieso? Wieso suchst du dir nicht einen netten Kerl?«

Ich sehe ihn an. »Weil er mehr wollen würde, als ich ihm geben kann.«

»Wie was zum Beispiel?«

»Eine Beziehung.«

Kyle bleibt vor mir stehen und stützt sich ebenfalls an dem Baumstamm ab. »Wieso kannst du ihm das nicht geben?«

Weil er nicht du ist. »Ich kann es einfach nicht. Ich suche mir Arschlöcher aus, weil ihnen die ganze Sache egal ist. Sie wollen dasselbe wie ich, etwas Unbedeutendes. Es ist einfach. Ich kann scheiße mit ihnen umgehen, und ihnen ist das fuck egal.«

»Aber wieso hast du dann gestern Nacht mich geküsst?«

Ich war betrunken.

Keine Ahnung.

Ich war betrunken.

Keine Ahnung.

Super. Mir fallen nur zwei Ausreden ein, und die sind beide Schrott.

Ich schlucke nur und schweige.

»Und?«, hakt er nach. »Soweit ich weiß, bin ich kein Arschloch.«

»Kommt drauf an, wen du fragst.«

Er zieht die Augenbrauen hoch. »Bin ich ein Arschloch?«

»Nein.« Ich seufze. »Bist du nicht.«

»Dann frage ich dich noch mal. Wieso hast du mich gestern Nacht geküsst, wenn du nur Arschlöcher küsst?«

Ich verenge die Augen zu Schlitzen. »Wieso hast *du* mich geküsst?«

»Aus demselben Grund, weshalb ich es wieder tun werde. Weil ich es möchte.« Er neigt den Kopf und drückt seinen Mund auf meinen, ehe ich etwas sagen kann.

Es fühlt sich genauso an und doch auch anders.

Dieses Mal ist es süßer. Jede Berührung seiner Lippen fühlt sich an, als würde er meine schmecken und kosten. Als würde er sich den Geschmack meines Mundes genau einprägen.

Dieser Kuss ist genauso leidenschaftlich wie der gestern Nacht, aber auf andere Art und Weise. Letzte Nacht war es wie eine Explosion an purem Verlangen. Jetzt ist es mehr wie eine Welle ehrlicher und aufrichtiger Emotionen.

»Warum?«, flüstere ich schwach.

Kyle schiebt mir die Haare aus dem Gesicht und legt eine Handfläche an meine Wange, sein Daumen streicht über meine Haut. »Weil dir jemand zeigen muss, dass du mehr wert bist. Und es ist schwierig, nicht jedem Kerl eine reinzuzimmern, der dich anfasst.«

»Warum, Kyle Daniels, bist du etwa *eifersüchtig*?«

»Ja.«

Seine Antwort schockiert mich. Es ist die Art und Weise, wie er es sagt, so einfach, als hätte ich es wissen müssen – als hätte ich gar nicht fragen müssen.

»Warum?«

Er spielt mit meinen Haarspitzen und macht einen Schritt zurück. »Ich weiß auch nicht, warum. Vielleicht ist es einfach so … wie bei dir mit den Männern.«

Autsch, das hat gesessen.

Wir setzen uns auf den Boden.

»Also, du bist heute ins Café gekommen, um zu zeigen, dass du eifersüchtig bist auf jeden Kerl, der mich küsst.«

»Offensichtlich schon.«

»Dann weißt du auch, warum du eifersüchtig bist!« Ich schaue zu Boden.

»Und du weißt, wieso du keine Beziehung mit 'nem netten Typen haben kannst.«

»Wir sprechen gar nicht mehr vom Allgemeinen, oder?«

»Nein«, antwortet er ruhig.

Ich betrachte die Schlucht, die vor uns liegt. Das Wasser rauscht vorbei, kracht gegen die Felsen, die es wagen, in seinem Weg zu liegen. Es ist fast wie ein Frontalcrash.

So wie auch Cams Leben beendet wurde.

Und worauf mein Leben zusteuert. Der Unterschied ist nur, dass ich meins selbst in der Hand habe. Er hingegen hatte keine Kontrolle.

»Ich will nicht mehr darüber reden.« Meine Stimme ist leise, wird vom Rauschen des Flusses fast verschluckt. »Können wir wieder heimfahren?«

»Gleich.« Kyle dreht sich zu mir.

»Wieso –«

Er zieht meinen Kopf an sein Gesicht. Ich weiß, ich sollte ihn wegschieben – ich sollte es hier und jetzt beenden. Ich sollte aufstehen und verlangen, dass er mich auf der Stelle heimfährt.

Aber das tue ich nicht.

Ich habe in den vergangenen Jahren zu viele endlose Nächte damit verbracht, mich zu fragen, wie genau *es* sich anfühlen würde. Ich habe zu viele Stunden damit verbracht, in den Nachthimmel zu starren und mir zu wünschen, er könne mich als etwas anderes sehen als die Schwester seines besten Freundes.

Jetzt weiß ich es. Ich weiß, wie es sich anfühlt, wenn unsere Lippen aufeinandertreffen und wenn er mich ansieht, als würde er mehr in mir sehen als früher.

Und ich fürchte, ich bin ihm völlig ausgeliefert.

12. Kapitel

Kyle

Roxanne Hughes macht einen echt verrückt. Und sie weiß es nicht einmal.

Sie weiß, dass sie einen bestimmten Effekt auf Männer hat. Natürlich tut sie das – die Typen fallen ihr ja reihenweise zu Füßen –, aber sie weiß nicht, was sie uns damit antut. Sie hat keine Ahnung, dass ein Lächeln und ein Zwinkern ihrer Augen unsere Aufmerksamkeit erregen. Eine Berührung von ihr, und du bist verloren. Und so geht es mir jetzt.

Ich bin echt nicht naiv. Ich weiß, dass ihre Scheiß-drauf-Einstellung eine Art ist, mit Cams Tod umzugehen. Verdammt, sie erzählt es ja sogar jedem, der es hören will, aber ich bin der Einzige, der diese Mauer einreißen und sie dazu bringen kann, wirklich um Cam zu trauern. Ich bin der Einzige, der wirklich weiß, was sich hinter diesen wunderschönen blauen Augen verbirgt.

Und, verdammt nochmal, ich muss diese Mauer einreißen und sie zur Ruhe bringen – bis sie von alleine kapiert, dass sie diese Arschlöcher nicht braucht, die sie reihenweise verführt. Ich muss ihr klarmachen, dass das, was sie braucht, genau vor ihrer Nase ist. Sie braucht einen Kerl, der sie dazu bringt, sich selbst wertzuschätzen. Und dieser Typ muss sie von Herzen lieben.

Ich könnte sie lieben. Vielleicht tue ich es sogar schon. Vielleicht habe ich der Stimme, die in mir nach ihr ruft, nur nie zugehört.

Denn, verdammt, ich bin der Typ, den sie braucht.

Sie hat mich schon ihr ganzes Leben lang gebraucht, und ich werde nicht zulassen, dass sich das jetzt ändert. Und ich hätte vor sechs Monaten schon hier sein sollen, als ihre gesamte Welt zerbrochen ist.

Sie wird mir das nie verzeihen, aber wisst ihr was? Das ist okay. Ich werde mir das ja selbst nie verzeihen. Ich hätte hier sein müssen, um sie aufzufangen und zu halten.

Aber jetzt, jetzt bin ich zu Hause. Jetzt bin ich hier, und ich habe noch gut zwei Monate, um ihr in Scherben liegendes Leben wieder zusammenzusetzen.

Ich muss ihr klarmachen, dass sie mich braucht.

Genauso, wie ich sie brauche.

»Ihr sind alle anderen Menschen außer ihr selbst egal, das hast du doch selbst gesehen.« Myra reibt sich übers Gesicht.

»Ich glaube nicht, dass ihr alle egal sind«, widerspreche ich vorsichtig. »Sie weiß nur nicht, wie sie damit umgehen soll. Ich glaube, sie vermisst ihn einfach so sehr, dass sie diese Leere irgendwie füllen will.«

»Sie wird diese Leere aber nie füllen. Egal, wie viel sie rebelliert, nichts wird ihr Cam ersetzen.« Ray seufzt. »Und sie will einfach nicht mehr auf uns hören. Wir haben zu lange zugesehen, ehe wir etwas unternommen haben, und jetzt müssen wir dafür bezahlen. Wir hätten sie früher einfangen und ihr so lange Hausarrest verordnen sollen, bis sie wieder zur Vernunft kommt.«

Iz schnaubt. »Sie hätte einen Weg gefunden auszubrechen. Okay, sie war früher vielleicht mal still und süß, aber sie hatte immer ihren Dickkopf. Wir wissen doch alle, dass Roxy am Ende immer ihren Willen durchgesetzt hat, egal, was andere davon hielten.«

»Da hast du allerdings recht, Iz«, stimmt Myra zu. »Ihre

Entschlossenheit habe ich früher als etwas Positives empfunden, was jetzt …« Sie hält inne und schließt die Augen.

Ray streckt den Arm aus und nimmt ihre Hand. Mir tut es in der Seele weh, sie so verletzt zu sehen. Sie war immer wie eine zweite Mutter für mich, und dieser Anblick bricht mir grad echt das Herz.

Iz nimmt Myras andere Hand.

»Ich frage mich, ob es anders gelaufen wäre, wenn wir ihrer Trauer mehr Aufmerksamkeit geschenkt hätten.« Myra öffnet die Augen und sie sind gefüllt mit Tränen. »Kein Elternpaar sollte sein eigenes Kind begraben müssen. An dem Tag, als wir Cam verloren haben, war es, als hätte man mir die Hälfte meiner Seele aus der Brust gerissen. Von allen Menschen auf der Welt musste es ausgerechnet meinen Jungen treffen. Meinen wundervollen, schlauen Jungen. Meine Welt zerbrach. Ich habe mich so oft gefragt, wieso ausgerechnet er gehen musste. Ich habe es einfach nicht verstanden. Er war so jung, so offen für alles, was das Leben für ihn bereithielt. Und keiner von uns ahnte auch nur im Entferntesten, dass es eine Sackgasse für ihn vorgesehen hatte. Eine vermaledeite Sackgasse. Ich glaube, ich war in meinem eigenen Schmerz so gefangen, dass ich vergessen habe, wie sehr auch sie trauert.«

»Myra –«

»Nein. Ich wollte vor ihr stark sein, aber es hat nicht funktioniert.« Sie schüttelt den Kopf, Tränen laufen ihr über die Wangen. »Sie hat den Unfall gesehen, und sie war bei ihm, als er gestorben ist. Sie allein hatte diesen Moment. Aber das haben wir alle vergessen. Wir waren so mit unserer eigenen Trauer beschäftigt, dass wir vergessen haben, dass sie es war, die ihn hat sterben sehen. Unsere letzte Erinnerung ist ein fröhlicher, lebendiger Cam. Aber ihre Erinnerung ist eine ganz andere, sie hat gesehen, wie das Leben aus seinem Körper entwichen ist. Roxy hat so viel durchgemacht, es ist unvorstellbar.«

»Myra Hughes, jetzt hör mir mal zu!« Iz schlägt mit der Handfläche auf den Tisch. »An diesem gottverdammten Tag habt ihr alle ihn verloren. Nicht nur du, nicht nur Roxy. Ihr alle, okay? Ihr hattet alle das Recht – und habt es immer noch –, um ihn zu trauern, jeder auf seine Weise. Sophia Loren hat mal gesagt, ein Kind zu haben, ist so, als ließe man einen Teil seines Herzens außerhalb des eigenen Körpers umhergehen, oder so was in der Art. Und wenn es deine Art war, dich abzuschotten, um mit dem Verlust deines Herzens umzugehen, dann ist es eben so. Du hast das Recht zu trauern, und du solltest dich niemals schuldig fühlen dafür!

Roxy hat nicht richtig trauern können. Und sie trauert jetzt nicht einmal richtig. Sie kämpft dagegen an – der Alkohol beamt sie weg, damit sie sich nicht erinnern muss. Und das liegt nicht daran, dass du und Ray irgendwas falsch gemacht habt. Sie hat diesen Weg gewählt. Sie zieht es vor, zu vergessen, anstatt zu trauern. Auf Dauer ist das mit Sicherheit keine gute Lösung. Ich könnte mir vorstellen, dass es eine Weile lang ganz gut funktioniert, aber irgendwann wird alles zusammenbrechen.«

»Ich weiß einfach nicht, was wir tun sollen.« Myra bricht zusammen. Sie stützt sich auf den Tisch und vergräbt das Gesicht in den Händen. Ihre Schultern zucken und einen Moment lang ist ihr Schluchzen das einzige Geräusch im stillen Café.

Ich gehe um den Tisch herum und lege ihr die Arme um die Schultern. Ich weiß nicht, was ich sonst tun soll. Diese Frau, die mich immer wie ihr eigenes Kind behandelt hat, die für mich da war, als ich mit meiner Mutter über bestimmte

Sachen, wie Mädchen, nicht reden konnte – diese Frau ist gebrochen. Sie hat ein Kind verloren und fürchtet, das zweite auch noch zu verlieren.

»Wir sind ja jetzt wieder da«, versuche ich, sie aufzubauen. »Du weißt, dass wir euch helfen werden.«

»Kyle hat sie schon von was – zwei Partys – weggeschleift.« Iz schaut mich an.

Ich lasse Myra los, grinse und nicke. »Das war echt kein Spaß.« Mein Handy klingelt in meiner Hosentasche. Roxy. »Hey«, gehe ich ran.

»Kylooomat.« Sie kichert. »Du musst mir einen Gefallung tun. Upsi, nein, das stimmt nicht. Einen … äh …«

»Einen Gefallen?«

»Ja!« Sie kichert wieder. »Ich … äh, bin irgendwie in Portland. Und bin bissi betunken.«

»Du meinst betrunken?«

»Genau! Siehst du, du weißt einfach immer, was ich sagen will.« Wieder Gekicher.

Iz, Myra und Ray sehen mich fragend an.

»Also, du willst, dass ich nach Portland fahre und dich nach Hause schleife?«

»Muss mich nicht scheifen. Komme diesmal freiwillig. Ich komme … Hah!« Sie kichert wieder. Mannomann … Die muss echt betrunken sein. »Wo bist du denn?«, frage ich seufzend.

»Ich bin … bin beim McDonald's. Hmmm, Hamburger.«

»Ist Selena bei dir?«

»Nein, Dummerchen. Die ist zu Hause. Die ist nämlich laaangweilig. Laaaaaaaangweilig!«

»Okay, okay. Bist du allein?«

»Nö, hab hier so 'nen kleinen Transformer aus 'm Happy Meal. Bumblebee.«

Ich hab keine Ahnung, ob ich lachen oder weinen soll. »Okay, Roxy. Bleib, wo du bist, ich finde dich schon irgendwie.«

»Hierbleiben? Genau hier?«

»Yep. Genau da, wo du bist.«

»Was, wenn ich pinkeln muss?«

Meint sie das ernst? »Du kannst schon aufs Klo gehen, verlass einfach nicht das Restaurant, okay?«

»Okay.« Sie legt abrupt auf.

Ich starre mein Telefon an und dann Myra. »Sieht so aus, als müsste ich deine Tochter von einer Sauftour aus Portland abholen.«

»Wieso hast du so lang gebraucht?«

Roxy sitzt in einer Ecke auf einer Bank, den Rücken ans Fenster gelehnt, die Füße hochgelegt. Sie hält eine winzige Spielfigur in der Hand. Vermutlich diesen Bumblebee.

»Die Fahrt dauert eine Stunde, erinnerst du dich?« Ich hebe ihre Füße an, setze mich auf den Platz und lege ihre Beine über meinen Schoß.

»Und du bist den ganzen Weg nur gefahren, um mich abzuholen.«

»Sieht fast so aus, oder?«

Sie dreht die Figur zwischen den Fingern. »Weil *Cam* es so gewollt hätte.«

Ich ignoriere die Bitterkeit in ihrer Stimme und konzentriere mich stattdessen auf die Traurigkeit, die sie vor mir verstecken will.

»Nein«, erwidere ich. »Ich bin hier, weil du mich darum gebeten hast.«

Blaue Augen schauen mich groß an. »Wieso?«

»Roxy, du musst doch inzwischen wissen, dass ich alles

tue, worum du mich bittest.« Ich lege ihr einen Finger auf den Mund, um sie daran zu hindern, mir zu widersprechen. »Weil ich es will, okay? Nicht für Cam. Für mich.«

Sie nickt, schließt den Mund. Ich nehme die Hand runter.

»Bumblebee war sein Liebling«, flüstert sie. »Ich hab das blöde Happy Meal nur bestellt, weil ich ihn haben wollte. Aber es fühlt sich alles so falsch an. Cam sollte mir gegenübersitzen und mir das blöde Ding schneller wegnehmen, als ich überhaupt die Plastikhülle abziehen kann.«

»Wie damals, als du am Ende doch alle Furbys hattest.«

»Genau.« Roxys Lippen zucken, obwohl sie versucht, hart zu bleiben. »Ich hab das Happy Meal nur bestellt, weil ich dachte, wenn ich Bumblebee bekomme, kann ich ihn Cam geben. Aber dann habe ich mich erinnert, dass er nie wieder da sein wird.«

»Roxy«, sage ich leise und rutsche zu ihr. Ich lege die Arme um sie, und sie kuschelt sich an mich, Tränen kullern ihr über die Wangen.

»Wie konnte ich das vergessen, Kyle? Wie konnte ich vergessen, dass er tot ist? Fuck, er ist *tot*!«

Ich vergrabe die Hand in ihren Haaren und halte sie fester. Ihr Körper bebt unter den Schluchzern und ihre Tränen durchweichen mein Shirt. Ich habe keine Antwort für sie.

»Lass uns fahren.« Sie setzt sich auf, über ihr Gesicht laufen Streifen aus Mascara. »Ich will nach Hause.«

»Warte.« Ich streiche ihr mit dem Daumen über die Wangen. Es tut mir weh, sie weinen zu sehen. Ihre Augen blicken mich groß an, als ich versuche, die Wimperntusche wegzuwischen. Ihre Pupillen sind groß und feucht und leuchten im harten Licht des Schnellrestaurants. Eine weitere Träne fällt, und ich wische sie weg. Ich drücke ihr einen sanften Kuss auf die Stirn, ehe ich aufstehe und ihr die Hand hinstrecke.

»Los«, fordere ich sie auf, »lass uns heimfahren, Roxanne Jane Hughes.«

Sie blickt mich finster an, lässt aber zu, dass ich sie auf die Beine ziehe. »Na schön, Kyle Michael Daniels.«

Ich grinse. Ich mag es, wie sie meinen vollen Namen sagt.

Sie fummelt am Radio herum, als wir aus dem Parkplatz auf die Straße biegen. Ich knirsche genervt mit den Zähnen, weil ich das ständige Summen des Sendersuchlaufs nicht mehr ertrage.

»Roxy. Was tust du da?«, frage ich schließlich.

Sie lässt vom Radio ab, als hätte sie sich daran verbrannt, und betrachtet dann ihre Hände im Schoß. »Ähm. Ich will nicht heim«, flüstert sie.

»Aber du hast gesagt –«

»Ich will nach Verity Point, aber nicht zu mir nach Hause.«

»Deine Mom macht sich tierisch Sorgen um dich.«

»Wann tut sie das mal nicht?«, entgegnet sie trotzig. »Ich will nicht heim.«

Verdammt nochmal. Ich dachte immer, die Mädchen im College wären schwierig, aber Roxy toppt sie echt alle. Ihre Launen sind unberechenbarer als ein Buschfeuer im australischen Outback.

»Willst du, dass ich rechts ranfahre? Bist du dir sicher, dass du dich auf der Straße wohler fühlst?«

»Du bist zwar nicht immer ein Arschloch, aber wenn du eins bist, dann ein ganz großes.«

»Na super. Dann passe ich ja zu dir.«

»Was ist denn aus dem ›Ich tue alles, worum du mich bittest‹ geworden?«

»Ich nehm zurück, was ich gesagt habe: Ich tue, worum du mich bittest, wenn ich denke, dass es sinnvoll ist.«

»Du bist auf meiner Arschloch-Skala gerade ziemlich gestiegen.«

»Wunderbar.« Ich biege in die Auffahrt zu meinem Elternhaus und drehe mich zu ihr um. »Heißt das, dass du bald mit mir Sex haben wirst?«

Sie reißt erstaunt den Mund auf, ohne etwas zu erwidern. Stattdessen starrt sie mich nur groß an. Gut. Das war die Reaktion, auf die ich gehofft hatte.

Ich steige aus dem Auto aus und gehe um den Wagen herum. »Steigst du auch aus, oder willst du in meinem Auto übernachten?«

»Ich kann nicht glauben, was du gerade gesagt hast.«

»Ach, sorry. Bei dir kommen ja nur voll ausgebildete Arschlöcher zum Zug.«

Roxy steigt aus und funkelt mich böse an. Sie pikst mir mit dem Zeigefinger gegen die Brust. »Manchmal bist du echt ein Vollidiot, weißt du das eigentlich?«

»Yep.« Ich grinse schief. »Und du stehst drauf.«

»Tue ich nicht. Ich hasse es.« Sie stürmt an mir vorbei.

»Nur weil ich der einzige Mensch bin, der dich zum Schweigen bringen kann.«

Sie hält auf der Treppe inne. »Mich haben schon viele zum Schweigen gebracht, Kyle. Auf verschiedene Arten.«

Sie spielt wieder mit mir. Sie weiß es, und ich weiß es. Egal, was passiert, wir enden immer damit, dass wir uns streiten. Das Problem ist, dass ich es mag, sie zu necken. Wenn sie sauer ist, versteckt sie sich wenigstens nicht vor mir.

Mit langen Schritten durchmesse ich den Vorgarten und bleibe hinter ihr stehen. Ich schlinge einen Arm um ihre Taille und ziehe sie an mich. Ihr Rücken liegt jetzt an meiner Brust, und ich schiebe ihr mit der anderen Hand die Haare nach hinten. Meine Lippen sind ganz nah an ihrem freigelegten Ohr. Sie schaudert.

»Ich hab dir das schon mal gesagt. Treib nicht deine Spielchen mit mir, Roxy. Versuch es erst gar nicht. Denn du wirst nur verlieren.«

Sie schluckt und atmet tief ein.

»Oh – und ich kann dich auch sehr gut zum Schweigen bringen.«

Sie holt tief Luft und ihr Körper versteift sich. Meine Finger liegen auf ihrem flachen Bauch, sie dreht den Kopf zu mir um. Ihre Augen leuchten trotz der Dunkelheit, ihre Stimme ist atemlos.

»Ist das eine Drohung?«

»Nein. Es ist ein Versprechen.« Ich lasse ihren Bauch los und schiebe die Haustür auf. »Los, geh rein.«

»Du fährst mich nicht nach Hause?«

»Roxy, du hast mich darum gebeten, es nicht zu tun, also ... Du kannst heute Nacht hierbleiben. Und ehrlich gesagt, bin ich bald an dem Punkt angelangt, wo es mir egal ist, ob du bei meiner Schwester oder bei mir pennst. Also sieh zu, dass du reinkommst und sie findest, ehe ich es mir anders überlege.«

Sie über Nacht bei mir zu haben wäre ein Desaster, weil ich nur daran denken könnte, sie zu küssen. Und wegen der Latte in meiner Hose, die immer größer wird.

Sie läuft ins Haus, und ich folge ihr die Treppen hoch. Oben klopfe ich an Iz' Tür.

»Was willst du?«, ruft meine Schwester von innen.

»Hab ein Geschenk für dich.«

»Wenn es wieder 'ne Stinkbombe ist, kannst du sie behalten.«

Ich schaue Roxy von der Seite an und grinse. »Nö, aber sie ist definitiv 'ne Zeitbombe.«

Sie boxt mich gegen die Schulter. Ich grinse.

Iz öffnet die Tür und sieht Roxy an. »Ich schätze, wir haben einen Übernachtungsgast. Du kommst gerade rechtzeitig, ich hab Kyles Süßigkeitenvorrat geplündert.«

»Blöde Kuh«, murmele ich und gehe zu meinem Zimmer. Ich bereue schon jetzt, dass ich Roxy zu ihr geschickt habe.

13. Kapitel

Roxy

»Fuckfuckfuck«, murmele ich und schiele zur Kaffeetasse in Iz' Hand. »Mein Kopf tut weh.«

»Das liegt daran, dass du dich gestern Abend zugeschüttet hast.« Kyle schlendert wie selbstverständlich ins Zimmer seiner Schwester.

»Mann, wir könnten hier auch nackt sein!«, ruft Iz empört.

Er grinst und zeigt auf mich. »Ja, gern.« Dann auf sie. »Nein, danke.«

»Fick dich«, murmele ich. Yep, letzte Nacht steckt mir noch in den Knochen.

»Immer noch streitlustig, Rox?« Seine Augen funkeln amüsiert.

Ich kicke die Decke weg, setze mich auf und nehme Iz die Tasse aus der Hand. Kyles Blick wandert zu meinen nackten Beinen und dann meinen Körper hoch, der in einem übergroßen T-Shirt steckt.

»Es gibt auch Alternativen zum Streiten, jetzt wo ich so darüber nachdenke.«

»Kannst du dich nicht mal für fünf Minuten beherrschen?« Iz schiebt ihn zur Tür hinaus. »Nimm dein sexuell hyperaktives Gehirn und hol dir einen runter oder was auch immer.« Er lacht, während sie die Tür hinter ihm zuwirft. Iz schüttelt den Kopf. »Wie hältst du es nur mit dem aus?«, fragt sie mich.

»Ich spiele bei seinem Scheiß einfach mit. Das geht ganz gut für 'ne Weile.« Ich zucke mit den Schultern und nippe an dem heißen Kaffee. *Das geht so lange gut, bis er mich be-*

rührt und mir was ins Ohr flüstert. Damit hat er mich, dann falle ich auseinander und kann kaum von ihm wegkommen.

Letzte Nacht war eine besondere Herausforderung. Erst hab ich geweint, dann haben wir gestritten, am Ende hat er auf sexy gemacht. Und Fuck, das kann er verdammt gut. Es gibt nichts Gefährlicheres als 'nen Typen, der einen nur mit Worten anmachen kann.

Kyle weiß genau, was er sagen muss und wann. Verdammt, er weiß auch genau, *wie* er es sagen muss – angefangen bei der Geschwindigkeit, mit der er spricht, bis hin zur Betonung der einzelnen Worte.

Er ist so ein Idiot.

»Er ist wie ein hormongesteuerter Teenager, das ist echt erschreckend manchmal«, murmelt Iz. »Egal. Trink den Kaffee aus, dann machen wir uns fertig und gehen ein bisschen raus.«

Ich schaue sie an, und sie grinst.

»Alles klar, Chef.«

»Du hast Herzchen in den Augen.« Selena grinst.

»Bist du nicht langsam zu alt für diese Cartoon-Vergleiche?« Ich verdrehe die Augen.

»Sie hat aber recht«, stimmt Iz zu. »Du bist in meinen Bruder verknallt.«

»Sagt diejenige, die seit 'ner halben Stunde Si auf den Arsch starrt.«

»Er hat aber auch 'nen geilen Arsch. Was soll man da machen?«

»Hey, das ist mein Cousin!« Selena macht ein Kotzgeräusch.

»Ich muss mir den ganzen Tag das Gezanke von Roxy und meinem Bruder anhören. Ich hätte ja nie gedacht, dass ich das mal sage, aber …« Iz schaut mich an. »Ich würde mir fast wünschen, dass ihr zwei mal miteinander verschwindet und es hinter euch bringt.«

»An der Aussage stimmt von vorne bis hinten gar nichts«, erwidere ich. »Erstens, dass du mir sagst, ich solle mit deinem Bruder schlafen. Was übrigens nicht passieren wird.«

Selena grinst und schaut zu Kyle rüber. »Na klar. Weil es auch total furchtbar wäre, mit ihm zu schlafen. Wer würde schon auf diesen Körper und diese Augen stehen?«

Ich verenge die Augen zu Schlitzen. »Ich hab nie gesagt, dass ich ihn nicht attraktiv finde.«

»Du musst dich nicht gleich angegriffen fühlen, nur weil sie ausspricht, was die meisten Frauen in dieser Stadt denken«, raunt Iz mir zu.

»Ich fühl mich nicht angegriffen!«

Sie grinst nur.

»Na los, Rox«, meint Selena belustigt. »Geh einfach zu ihm rüber und küss ihn. Ich wette, er ist ein guter Küsser.«

Ich werde rot und weiß, dass ich mich nun verraten habe.

»Da hab ich wohl was verpasst! Du hast ihn schon geküsst?«

»Er hat mich geküsst«, korrigiere ich sie. »Na gut, ich hab ihm gesagt, dass er mich küssen soll. Ich war aber auch betrunken, okay?«

»Und das war's dann? Nur ein Kuss?«

»Nur ein Kuss.«

»Haha, du lügst doch wie gedruckt«, ruft Iz aus.

»Tue ich nicht!«, protestiere ich schwach. »Nur ein Kuss.«

»Wieso weichst du dann meinem Blick aus? Und wieso fasst du dir an die Nase?«

»Ich dachte, man zupft sich am Ohr.« Selena runzelt die Stirn.

»Das kommt drauf an. Ich glaub, das mit dem Ohrzupfen bezieht sich nur auf Männer«, meint Iz. »Ist ja auch egal. Tatsache ist, du, Roxy Hughes, bist eine miese Lügnerin.«

»Okay, zwei Küsse«, lüge ich wieder und setze mich vorsichtshalber auf meine Hände. »Zufrieden?«

»Deine Mundwinkel haben gezuckt.«

»Drei Küsse!« Ich werfe die Arme in die Luft. »Ich kann nicht fassen, dass ihr mich hier verhört, weil ich deinen Bruder geküsst habe.« *Und jetzt, wo ich ihn so anschaue, denke ich wieder daran, ihn zu küssen. Sein Körper an meinem, seine Lippen an meinem Ohr, sein Atem auf meiner Haut.*

Ich frage mich, wie sich seine Haut an meiner Haut anfühlt. Ich frage mich, wie es wäre, mit jemandem zu schlafen, für den ich Gefühle habe und der auch etwas für mich empfindet. Ich frage mich, wie es wäre, mit jemandem Sex zu haben, weil ich es wirklich will. Weil es ein übermächtiges, unkontrollierbares Bedürfnis ist. Weil ich verrückt werde, wenn ich der schreienden Lust in mir nicht irgendwann nachgebe.

Wegen Kyle werde ich wohl meine Arschloch-Regel brechen. Daran besteht kein Zweifel.

»Hey …«, meint Iz langsam.

»Hm?«

»Wollen wir was Verrücktes machen?«

Selena und ich sehen uns an. »Was denn?«, fragt Selena.

Iz zieht den Autoschlüssel aus der Tasche. »Lasst uns nach Portland fahren und uns ein Tattoo stechen lassen.«

»Das ist deine verrückte Idee? Ich hab doch schon zwei.«

»Dann mach dir eben ein drittes«, entgegne ich achselzuckend. Ich schaue zu den Jungs rüber, die Football spielen. *Okay. Ich schaue nur Kyle an.* »Lasst uns gehen.«

Ich verstecke meine Hand im Ärmel meines Parkas, als wir Kyle, Ben und Si zum Abendessen treffen. Das Pflaster, das Selenas Stern an ihrem Fuß verdeckt, ist gut zu sehen, da sie Sandalen trägt. Unter Iz' Shorts lugt ebenfalls ein Zipfel des Pflasters hervor, das ihr Tattoo bedeckt.

»Wo wart ihr denn?« Si schaut uns fragend an.

»Nirgends«, entgegnet Selena ausweichend.

»Netter Versuch.« Er mustert uns und entdeckt die verräterischen Pflaster an Selenas Fuß und Iz' Oberschenkel. »Noch eins?«

»Drei. Ich hab drei, Si. Das heißt nicht, dass ich ein wandelndes Bilderbuch bin oder so.«

Kyles Lippen verziehen sich. »Ihr habt euch Tattoos machen lassen?«

»Jede eins.« Ich berühre meine Hand.

»Was hast du für eins?«

Ich schüttle lächelnd den Kopf.

»Viel Glück«, murmelt Iz und schnappt sich die Speisekarte. »Ich konnte es auch nicht aus ihr rausbekommen. Sie hat es noch niemandem gezeigt.«

»Wieso denn nicht?« Kyle legt den Kopf schief, und ich zucke mit den Schultern.

»Ich will es einfach noch nicht mit euch teilen.«

Er steht auf und geht um den Tisch herum.

»Was machst du da?«

»Ich will es sehen.« Seine Augen funkeln verspielt.

»Nein.« Ich springe auf und weiche rückwärts vor ihm zurück. »Es gehört mir.«

»Zeig es mir.«

»Nein!«, quietsche ich und entwische gerade so seinem Griff. Ich renne durch das Café, reiße die Tür auf und laufe nach draußen. Ich biege um eine Ecke und muss anhalten, weil ich vom Lachen geschüttelt werde. Mein Bauch tut schon weh. Fast hätte ich nicht bemerkt, dass er mir gefolgt ist.

Fast. Seine Lippen auf meinen sind kaum zu ignorieren.

Er hält mein Gesicht in den Händen. »Da drinnen. Du hast so gelächelt, wie ich es lange nicht gesehen hab. Und lachen hab ich dich auch ewig nicht mehr gehört.«

»Und?« Ich hebe den Blick.

»Und es gefällt mir«, murmelt er. »Mir gefällt diese Roxy. Das hat sie immer.«

Wärme breitet sich in mir aus. Ich stelle mich auf die Zehenspitzen und küsse ihn – das erste Mal, dass ich ihn küsse. Er ist immer zu mir gekommen, aber das ist mein Moment. Seine Worte haben mich daran erinnert, dass ich mehr wert bin, als ich selbst glaube.

Ich kralle mich in seinen Kragen und drücke meinen Körper an seinen. Seine Finger liegen auf meinem Rücken, und ich genieße seine Berührung. Er erinnert mich daran, dass ich nicht gestorben bin in jener Nacht. Ein Teil von mir, ein großer Teil, ist noch am Leben.

»Vögel«, flüstere ich. »Fünf Vögel.«

»Darf ich es sehen?«

Vorsichtig löse ich das Pflaster an meinem linken Handgelenk. Auf der Innenseite meines Handgelenks prangen fünf winzige Vögel im Flug. Jeder Einzelne hat eine Bedeutung, jeder ist gleich wichtig.

»Wieso gerade die Vögel?«

Ich betrachte das noch rot umrandete Tattoo. »Sie symbolisieren Sachen, die mir etwas bedeuten. Einer steht für Trauer, einer für die Bewältigung, einer für Akzeptanz, einer für Freiheit und der letzte für … Liebe.«

Kyle nimmt meine Hand und fährt mit dem Daumen sanft

über die frische Tätowierung. Dann hebt er den Blick und schaut mir tief in die Augen. »Es ist perfekt«, flüstert er.

»Yep.«

Er schweigt einen Moment lang, streichelt mir nur die Hand, dann zieht er mich an sich. Ich schlinge die Arme um seine Taille und atme seinen typischen Geruch ein. Calvin Klein ist ab jetzt mein Lieblingsparfüm.

»Lass uns verschwinden«, sagt er in meine Haare.

»Wir sind doch noch beim Abendessen.«

»Und? Wir haben ja noch nicht einmal bestellt. Komm, wir gehen.«

»Wohin denn?«

»Ist doch egal!«

14. Kapitel

Kyle

»Zur Schlucht«, flüstert sie. »Lass uns zur Schlucht fahren.«

Ich nehme sie an der Hand. »Schnell, bevor uns die anderen bemerken.« Ich ziehe sie hinter mir her.

Sie kichert. »Das ist denen doch eh egal.«

»Meiner Schwester?«

»Der sowieso.« Roxys blaue Augen funkeln abenteuerlustig und so glücklich, wie ich es lange nicht gesehen habe. »Sie hat mir heute Morgen gesagt, ich soll mit dir schlafen.«

»Solltest du auch.« Die Worte sind heraus, ehe ich es verhindern kann, und sie erstarrt.

»Du bist aber kein Arschloch.«

»Stimmt.« Ich ziehe sie an mich. »Ich weiß, wie man mit einer Frau schläft, ohne sie nur gefühlslos zu ficken, als wäre sie wertlos.«

»Auch, wenn sie es ist?« Ihre Stimme ist kaum hörbar.

»Roxy.« Ich hebe ihr Kinn an, damit sie mich ansieht. »Nichts an dir ist wertlos. Du bist alles wert.«

Sie schluckt, blinzelt schnell und verschränkt ihre Finger mit meinen. »Ich wusste, dass du die Chancen am College nicht ungenutzt lassen würdest.«

Moment mal. »Nennst du mich etwa eine männliche Hure?« Ich grinse und lass sie mich hinter sich herziehen.

Sie zuckt mit den Schultern. »Du bist in einer Verbindung«, sagt sie nur. Als wäre das eine Erklärung. Na ja … ich muss an Braden und Aston denken, bevor sie gezähmt worden sind.

»Ich bin keine männliche Hure.« Schnell überbrücke ich

die zwei Meter, die uns trennen, und lege ihr die Arme von hinten um die Schultern.

»Das glaube ich dir nicht.« Ihre Wangen zucken, als sie lächelt.

Ich bringe meinen Mund dicht an ihr Ohr. »Man muss keine männliche Hure sein, um zu wissen, wie man mit einer Frau schläft. Man braucht nur das richtige Mädchen.«

Meine sorgsam gewählten Worte haben einen Effekt, mit dem ich nicht gerechnet hatte. Sie schluckt und als sie ausatmet, liegt ein Beben darin. *Hm. Scheint so, als wäre Miss-Unverbindlicher-Sex doch nicht so cool, wie sie immer tut.*

»Du hast gewonnen«, sagt sie atemlos.

Ich grinse und lasse sie los. Nicht, weil ich es möchte, sondern weil sie keinen Schritt vorwärts gehen kann. Wenn es ginge, würde ich sie den ganzen Tag an mich gedrückt halten. Was es bestimmt einfacher machen würde, wenn sie mal wieder ihre Anwandlungen hat.

»Hast du mich eigentlich absichtlich hierhergebracht?« Sie schaut mich fragend an.

»Wohin denn?« Ich schaue mich um und bemerke, dass wir an dem Pool sind, in den Cam sie vor ein paar Jahren geschubst hat. »Äh, nein.«

»Glaub ich dir nicht.«

»Ich meine es aber ernst. Ich war viel zu beschäftigt damit, dir auf den Arsch zu starren.«

Sie lacht laut auf und gibt mir einen Klaps. »Beweise es.«

Was hat dieses Mädchen nur, dass sie mich immer so provozieren muss?

»Du hast es nicht anders gewollt.« Ich drehe sie um und schiebe sie rückwärts gegen einen Baumstamm.

Meine Lippen sind auf ihrem Mund, und ich versinke in der Weichheit ihres Körpers. Fast rechne ich damit, dass sie mich wegschiebt, aber sie tut es nicht. Sie packt mich am Shirt, krallt die Finger in den Stoff und hält mich an sich gedrückt. Ihre Zunge spielt mit meiner, neckt mich. Sie nagt an meiner Unterlippe.

Ich fahre ihr mit einer Hand über den Rücken, während die andere in ihrem Nacken bleibt. Meine Finger umfassen ihren Po, ich ziehe ihre Hüfte an mich. Sie gibt einen leisen Laut von sich, der aus ihrer Kehle zu kommen scheint. Ich schwöre, in dem Moment schießt mein gesamtes Blut in meinen Schwanz. Meine Erektion drückt sich an ihren Bauch. Sie bewegt sich, nimmt meine Hand aus ihrem Nacken und führt sie zu ihren Oberschenkeln. Ich verstehe.

Ihre Zunge taucht in meinen Mund ein, ich hebe sie gegen den Baumstamm hoch. Ihre Beine schlingen sich um meine Taille, die Füße hinter meinem Rücken verschränkt. Ich streiche ihr über die Oberschenkel, mit dem Daumen komme ich ganz nah an ihre Mitte, und sie drückt sich an mich.

Ich will diese Frau.

Fuck, ich will sie mehr, als ich je etwas oder jemanden in meinem Leben gewollt habe, und wenn sie nur ein ganz klein bisschen weniger als alles für mich wäre, würde ich keine Sekunde zögern, es hier an diesem Baum mit ihr zu treiben.

Aber sie ist es. Sie bedeutet mir zu viel. Wenn wir miteinander Sex haben, dann soll es irgendwo sein, wo ich jeden Zentimeter ihres Körpers erkunden kann, so wie er es wert ist, erkundet zu werden.

»Roxy«, flüstere ich an ihrem Gesicht. »Wir müssen aufhören.«

Sie atmet zittrig aus, ihre Lippen sind ganz rot. »Wieso?«

Ich setze sie langsam ab und schiebe ihr die Haare aus dem Gesicht. »Wir müssen einfach, okay?«

Ich werde ihr nicht sagen, dass wir deshalb aufhören müssen, weil ich befürchte, dass einmal genügen wird, um mich Hals über Kopf in sie zu verlieben.

»Du musst sie beschützen.«
»Was meinst du damit?«
»Wenn mir mal etwas zustoßen sollte, dann –«
»Hör doch auf mit dem Scheiß, Cam. Dir wird nichts zustoßen.«
»Ja … Man weiß aber nie, was passiert, Mann. Einen Tag bist du noch glücklich und denkst an nichts Böses, und am nächsten Tag kannst du schon im Krankenhaus liegen, und deine Familie verabschiedet sich von dir.«
»Das ist aber tiefsinniger Scheiß.«
»Halt die Klappe. Ich sag ja nur, okay? Roxy bedeutet mir alles, das weißt du. Also, wenn mir mal was passieren sollte, egal wann, dann musst du dich um sie kümmern, okay? Sie ist verloren ohne mich.«
»Okay.«
»Versprich es mir, Mann. Versprich mir, dass du für sie da sein wirst. Du bist der Einzige, dem ich, was das angeht, vertraue.«
»Ich verspreche es. Ich werde für sie da sein und sie vor den Arschlöchern beschützen.«

Wir waren damals 14, und es war, als wüssten wir es beide. Damals schon. Als wüsste er, dass er nicht ewig für sie da sein würde. Als wüsste ich, dass ich mich irgendwann in sie verlieben würde.

Und wie gut das alles zusammenpasst, oder? Er stirbt. Ich komme daher, um sie zu retten. Sie weint sich an meiner Schulter aus. Wir verlieben uns.

Im Film wäre das wahrscheinlich so. Oder in einem Buch. Aber das ist die verdammte Realität. Und es wird nie so einfach sein. Angefangen damit, dass ich sechs Monate zu spät kam, um sie zu retten. Dann hat sie mir erst mal in den Arsch getreten, bevor sie sich bei mir ausgeweint hat. Wir streiten uns ständig, wenn wir nicht gerade miteinander rummachen. Wenn es nur so einfach wäre, wie es vielleicht von außen aussieht.

»Okay.« Iz schüttelt ihre Haare. »Ich gehe mal zum Café rüber. Myra hat was von 'nem Job erzählt.«

»Du hast doch 'nen Job«, meine ich.

»In Miami, Schlauberger. Das hier ist zufällig Oregon.«

»Schon klar, verstehe.«

»Bis später!« Sie öffnet die Tür, wirft uns dann einen vielsagenden Blick über die Schulter zu. »Tut nichts, was ich nicht auch tun würde!«

»Dann ist ja die Bahn frei«, murmelt Roxy, als Iz die Tür ins Schloss wirft.

Ich lache und klopfe dann auffordernd aufs Sofa hinter mir. Sie zieht fragend die Augenbrauen hoch.

»Wieso sitzt du eigentlich auf dem Boden?«

»Scamp lässt den Ball dauernd auf den Boden fallen, statt ihn mir zu bringen. Ich hab keine Lust mich ständig danach zu bücken, deshalb sitze ich einfach gleich hier.«

Ich schnappe mir den blauen Ball und nicke dem Terrier zu, der sich gerade in einer Ecke des Zimmers zusammenrollt. »Blöder Hund.«

»Hey. Er ist total süß. Solange er nicht mein Bein bespringt.« Sie setzt sich neben mich.

Ich lehne den Kopf zurück und schaue sie an.

»Du weißt schon, dass Hunde nach ihren Herrchen kommen, oder?«

»Ja, stimmt. Dein Dad ist echt ganz süß.«

Ich lache und packe ihre Beine. Sie lehnt sich nach vorn, und ihre Haare kitzeln meine nackten Schultern.

»Deine Haare kitzeln.«

»Dann zieh dir halt was an«, erwidert sie grinsend.

»Das meinst du nicht ernst!« Ich kitzle sie am Oberschenkel. Sie sagt nichts. »Roxy!« Sie grinst breiter. »Oder doch?«

»Nö«, gibt sie schließlich zu. »Es würde allerdings das Problem lösen.«

»Wer sagt denn, dass es ein Problem gibt? Von mir aus könnten mich deine Haare noch an ganz anderen Stellen kitzeln.«

»Kyle!« Sie schlägt mir auf die Finger, und ich lache.

Ich liebe es, sie zu ärgern. »Was?«

»Schwein!«

»Äh, das ist besser als Arschloch.«

Sie zieht die Beine heran. »Schon wieder das Thema, ernsthaft?«

Ich wünschte, wir könnten es vermeiden. »So sehr ich es auch hasse, über die Idioten zu reden, mit denen du deine Nächte verbringst, ja.«

»Falls du es vergessen haben solltest, seit du wieder hier bist, ist deine Schwester die Einzige, mit der ich meine Nächte verbracht habe.«

Ich drehe mich zu ihr um. Ich weiß, dass mein Gesichtsausdruck hart wirkt – meine Kiefer sind aufeinander gepresst. »Ich hoffe es doch sehr. Aber das ist nicht das einzige Problem.« Meine Stimme wird beim letzten Satz etwas weicher.

Sie zieht scharf die Luft ein und funkelt mich böse an. »Du hast mit meinen Eltern gesprochen.«

Ich sage nichts. Sie weiß es sowieso. Es bringt nichts, die Sache abzustreiten.

»Ich fasse es nicht.« Sie rückt von mir weg.

»Ich hab mit ihnen gesprochen, weil ich es wissen wollte.«

»Dann sprich halt mit mir!«

»Das hab ich doch versucht. Aber du wimmelst mich jedes Mal ab, weil es dir egal ist. Nur noch mal zum Mitschreiben, *mir* ist es aber nicht egal, Rox.«

Sie schüttelt vehement den Kopf. »Weil du immer über Cam reden möchtest. Dabei habe ich doch getan, was du wolltest. Die Erinnerungen, der Filmabend … Ich ertrage nicht noch mehr davon.«

»Na schön. Dann reden wir eben nicht mehr über Cam. Wollen wir mal zur Abwechslung über dich reden?«

Nichts. Schweigen. Ich nehme ihre Hände.

»Da gibt es nichts zu reden«, sagt sie leise.

»Außer über deinen Alkohol- und Drogenkonsum.«

»Ich nehme fast nie Drogen.«

»Fast nie ist noch zu viel. Es sollte *niemals* sein, Rox. Niemals.«

Sie zieht ihre Hände weg und fährt sich durch die Haare. »Darüber kann und will ich nicht reden, okay?«

»Dann musst du jetzt eben mal in den sauren Apfel beißen und den Tatsachen ins Auge schauen.«

»Ich kann nicht –«

»Sieben Monate«, unterbreche ich sie. »Es ist sieben Monate her, und du kannst immer noch nicht darüber reden? Ich bin kein Experte, was Trauer angeht, aber du drückst dich definitiv. Du willst einfach nicht über ihn reden.«

»Ich war dabei, als er gestorben ist. Natürlich will ich nicht darüber reden. Ich will diesen Moment vergessen.«

»Aber es war gut, dass du an seiner Seite warst. Du bist die Liebe seines Lebens gewesen. Für ihn kam niemand auch nur annähernd an seine kleine Schwester ran. Doch mittlerweile bist du nicht mehr die Roxy, die er geliebt hat.« Ich sehe in ihren Augen, wie sie die Worte schmerzen, und ich hasse es, dass ich derjenige bin, der ihr das antut. Aber sie muss das hören. Irgendjemand muss sie zur Vernunft bringen. Wahrscheinlich gehe ich völlig falsch an die Sache ran, aber die Wahrheit muss raus. »Die Roxy, die er geliebt hat, hätte all das, was du seit seinem Tod getan hast, nie gemacht. Sie wäre hier gewesen bei ihren Eltern und hätte das mit ihnen gemeinsam durchgestanden.«

»Die Roxy, die er geliebt hat, ist in dem Moment gestorben, als er gestorben ist.«

»Quatsch. Sie ist immer noch da. Ich sehe sie, wenn ich mit dir zusammen bin. Wenn wir zu zweit sind, ist sie noch da. Die neue Roxy ist doch nur eine Person, die sie glaubt, sein zu wollen. Sie lebt für die Scheiße, mit der sie ihr Leben zerstört.«

Sie springt auf. »Ich zerstöre also mein Leben?«

Ich schaue zu ihr hoch. »Das tust du doch, oder? Du schießt dich ständig ab. Kannst dich nicht mehr erinnern. Weder an die Typen noch die Partys an sich. Dein Alkoholkonsum ist beängstigend gestiegen. Mittlerweile verträgst du mehr als ein zwei Meter großer Profisportler, oder?«

»Das geht dich nichts an.«

»Tut es doch. Es geht mich sehr wohl was an.«

»Du bist nicht mein Bruder!«

Mein Blick huscht zu ihren Lippen und zurück zu ihren Augen. »Offenbar bin ich ganz und gar nicht dein Bruder.«

Ihr Blick wird hart. »Und es macht auf einmal alles einen Sinn.« Sie wirbelt herum und verlässt das Zimmer.

»Warte doch. Was macht einen Sinn?« Ich springe vom Sofa auf und laufe ihr nach. »Roxy!«

Sie hält an der Tür inne, den Kopf gesenkt, den Türgriff bereits in der Hand. »Alles – seit du zurück bist. Dass du mich bei den Partys abgeholt hast, mit mir zur Schlucht gefahren bist, mich gehalten hast, als ich geweint habe ... mich geküsst hast ... Ich verstehe es jetzt.«

»Das freut mich für dich. Ich verstehe es nämlich nicht.«

Sie reißt die Tür auf. »Du hast das alles nur getan, um mich vom Alkohol abzuhalten, stimmt's? Es war alles für meine Eltern und für das Versprechen, das du Cam gegeben hast.«

Ich starre sie ungläubig an, während sie zu ihrem Auto läuft. »Das ist nicht wahr. Kein bisschen, Roxy.«

Sie öffnet die Fahrertür und starrt mich an. »Wir wissen beide, dass es wahr ist.« Sie steigt ein und lässt den Motor an.

»Roxy!« Ich laufe auf das Auto zu, aber sie setzt schon zurück. »Roxy!«

Sie braust davon, und Scamp bellt im Haus. Ich schließe die Tür und lehne mich von innen dagegen. *Wie kann sie das nur denken? Wie kann sie denken, dass alles nur für die anderen war?*

Und auf einmal verstehe ich es. Ich verstehe, was sie denkt: Ich habe mit ihren Eltern gesprochen. Ich habe ihrem Bruder versprochen, mich um sie zu kümmern. Das tue ich jetzt, und sie glaubt mir nicht, dass sie mir wirklich so wichtig ist. Sie glaubt, nichts in dieser ganzen Woche war echt.

Und als sie mich eben angesehen hat, kurz bevor sie ins Auto gestiegen ist, da war keine Wut in ihren Augen. Sie waren feucht, weil sie geweint hat. Die letzte Woche hat ihr genauso viel bedeutet wie mir.

Jemand öffnet die Haustür und ich werde unsanft weggeschoben.

»Okay, Roxy fährt wie eine gesengte Sau davon, und du stehst da, als hättest du einen Geist gesehen. Was zur Hölle ist in den letzten 20 Minuten passiert, als ich weg war?« Iz kickt Scamp ein Spielzeug hin und starrt mich an.

Fuck.

Ich reibe mir mit den Handballen über die Augen. Als ich Iz wieder anschaue, ist ihr Blick besorgt.

»Ich hab es verkackt, Iz. Ich hab es echt verkackt.«

15. Kapitel

Roxy

Alles. Alles war eine einzige große Lüge für ihn, und jetzt weiß ich nicht mehr, weshalb mein Herz mehr schmerzt. Wegen Cam oder wegen Kyle. Ich weiß nicht, was mehr wehtut, die Liebe, die ich verloren habe, oder die, die ich nie hatte.

Mein Mund ist trocken und mein Kopf pocht. Ich bin direkt zu Layla, nachdem ich gestern bei Kyle abgehauen bin. Jetzt bereue ich den Besuch bei Layla – teilweise ein wenig wegen ihm. Bis mir wieder einfällt, dass er sich ja nur um mich sorgt, weil er sich dazu verpflichtet fühlt. Weil er es versprochen hat.

Aber es hat sich so echt angefühlt. Jede Berührung, jeder Kuss schien für ihn genauso echt gewesen zu sein wie für mich. Da war dieses Leuchten in seinen Augen, wenn wir miteinander gelacht haben.

Vielleicht hätte ich ihm sagen sollen, dass der Grund dafür, dass ich keinen Typen mehr hatte, seit er zurück ist, der ist, dass ich niemanden anderes als ihn wollte. Vielleicht hätte das etwas geändert.

Vielleicht auch nicht.

»Bitte lach doch mal.« Iz reicht mir ein Kleid vom Ständer. »Mit dir und meinem Bruder um mich kann ich ja nur depressiv werden.«

Ich lächle traurig und hänge das rote Kleid zurück. »Mir geht's gut.«

»Ja klar. Und ich bin die Präsidentin der Vereinigten Staaten. Du willst mir sicher nicht erzählen, was passiert ist? Ihn hab ich gestern auch schon den ganzen Tag gelöchert, aber er wollte nicht damit rausrücken.«

»Ich will nicht drüber reden.«

»Roxy.«

»Iz, bitte. Ich …«

Sie mustert das Kleid und schüttelt den Kopf. »Es geht mich nichts an. Das weiß ich ja. Aber ihr beide seid einfach meine Lieblingsmenschen auf der Welt. Kyle nervt mich manchmal, manchmal sogar sehr, aber er ist immer noch mein Bruder. Und dass ihr beide euch etwas bedeutet, dafür bräuchte ich nicht mal mein Hauptfach, um das zu merken. Verdammt, ich spür doch, dass du ihn schon viel länger magst.«

Ich öffne den Mund und schließe ihn wieder, ohne etwas zu sagen.

»Man muss auch echt kein Psychologe sein, um zu sehen, dass da was Großes passiert ist zwischen euch. Und das ganze Hin und Her bereitet mir Kopfschmerzen. Ich will doch nur, dass ihr glücklich seid.«

»Okay.« Ich schnappe mir ein Paar helle Skinny-Jeans aus einem Regal und lege sie mir über den Arm. »Können wir das jetzt mal für einen Moment vergessen? Du hast heute Geburtstag.«

»Nur wenn du mir versprichst, dass du heute Abend mit ihm redest.«

Na super. Ich knirsche mit den Zähnen. »Na gut. Ich rede später mit ihm.«

»Danke.« Sie lächelt zufrieden. Ihr Blick fällt auf die Jeans über meinem Arm. »Jeans?«

Ich streiche über den weichen Stoff. »Ich hab eigentlich keine Lust, mich heute Abend rauszuputzen.«

»Lächeln, Rox. Er kann manchmal ein Arsch sein, aber er ist ein liebenswerter Arsch.«

»Das ist ja das Problem«, flüstere ich mehr zu mir selbst, denn Iz ist schon in die Umkleide verschwunden.

Ich wackle mit den Zehen in meinen hohen Stiefeln und stecke mir noch eine Klammer in die Haare. Selena hat die letzte halbe Stunde damit verbracht, mir Locken einzudrehen. Aber abgesehen von Haaren und Make-up würde man nicht denken, dass ich gleich zu einer Party gehe. Zum ersten Mal seit langem bin ich so angezogen, wie die Roxy von früher.

»Du bist der einzige Mensch, den ich kenne, der sich den Doppel-Jeans-Style leisten kann«, verkündet Selena, als ich aufstehe und mich den anderen präsentiere.

»Das liegt daran, dass die Hose quasi weiß ist«, erwidere ich und zupfe an der Jacke. »Da muss man zweimal hinschauen, um zu sehen, dass es Jeans ist.«

»Trotzdem. Ich würde aussehen wie eine Zeitreisende aus den Achtzigern, wenn ich das tragen würde.«

Ich betrachte ihren Lockenkopf und grinse.

»Tust du doch eh schon, Süße«, flötet Iz, die gerade vor dem Spiegel steht und sich das trägerlose blassrosa Kleid glattstreicht.

»Wow, Iz! Wenn dich mein Cousin heute Nacht nicht abschleppt, werde ich wohl mal 'nen Augentest mit ihm machen müssen«, meint Selena begeistert.

Ich kichere, als Iz rot wird.

»Wenn dein Cousin versucht, mich abzuschleppen, werde ich –«

»Ihm bereitwillig folgen und seine wilden Spiele mitmachen!«, beende ich den Satz mit einer dramatischen Geste.

»Halt die Klappe!« Iz schmeißt mit einem Kissen nach mir, das ich aber geschickt mit beiden Händen fange.

»Sie hast es nicht abgestritten, stimmt's, Leney?«

Selena schüttelt den Kopf. »Also, bei mir ist nichts angekommen, Roxy.«

»Ms Daniels, Sie sind durchschaut.«

»Ihr beide!« Iz zeigt warnend mit dem Finger auf uns. »Ihr seid unverbesserlich.«

Ich lege den Kopf schief und grinse sie an. »Deshalb hast du uns ja so lieb.«

»Klar.« Sie verdreht die Augen. Obwohl sie zwei Jahre älter ist als wir, sind wir drei schon durch dick und dünn gegangen. »Wenigstens hast du gelacht, Roxy.«

»Sie lacht jetzt noch … aber wart mal, bis sie Kyle sieht.« Selena fängt den Lipgloss, mit dem ich sie bewerfe. »Hey, danke.«

»Sie hat recht. Wer weiß, in welcher Laune ich dann sein werde?« *Bestimmt hab ich dann einen Herzschmerz-Rückfall.*

»Wir sollten uns mal beeilen, sonst finden wir es nie heraus«, entgegnet Iz. »Je schneller ihr zwei euch küsst und wieder vertragt, desto schneller können wir alle wieder fröhlich sein und uns betrinken.«

»Ich werde mich nicht betrinken«, entgegne ich spontan.

Die beiden sehen mich erstaunt an, Selena wirkt geradezu geschockt.

»Was denn? Ich hab keine Lust, dass mir meine Eltern wegen der Trinkerei immer so 'ne Szene machen. Und mein Dad wird heute Abend auf jeden Fall ein Auge auf mich haben. Ich hab die ewigen Diskussionen wegen meines missratenen Verhaltens satt.«

»Du warst schon immer missraten.« Selena öffnet die Tür.

»Na ja, ich meine, niemand hätte erwartet, dass die ruhige, kleine Roxanne Hughes mal zu so 'nem heißen Feger mutiert«, meint Iz achselzuckend.

Ich verdrehe die Augen. »Also, bitte. Ich war nie ruhig – ich hab nur vieles mit mir rumgetragen. Jetzt lasse ich einfach alles raus.«

»Das erzählt sie auch ihren One-Night-Stands«, raunt Selena Iz zu.

Obwohl ich mich darüber ärgere, lächle ich und stupse sie mit dem Ellenbogen an. »Sau!«

»Ist doch wahr.«

»Ich erzähl denen fast gar nichts.« Ich hake mich bei ihr unter und wir verlassen das Haus, um uns auf den Weg zum Bürgerhaus zu machen. »Habt ihr auch das Gefühl, wieder zehn zu sein? Ich meine, wann waren wir das letzte Mal auf 'ner Party im Bürgerhaus?«

Iz quietscht freudig auf. »Oh, war das nicht mein zwölfter Geburtstag? Ich erinnere mich daran, dass wir uns alle diese Tattoos gemacht haben, die man mit Wasser aufträgt. Cam hat uns dabei erwischt, wie wir uns die Dinger gegenseitig auf den Po geklebt haben, und wollte uns verpetzen.«

»Unsere Ärsche waren ein echter Hingucker an dem Abend«, murmelt Selena nachdenklich.

»Waaaaas? Macht ihr euch die auf den Hintern?« Cam kann sich gar nicht mehr einkriegen vor Lachen.

»O mein Gott!«, ruft Iz. Wir ziehen alle hastig unsere Hosen wieder hoch und rennen davon. Dabei hören wir, wie Cam den anderen zuruft, dass wir uns die Tattoos auf den Po geklebt haben. Als wir schließlich zurück zur Party kommen, glühen unsere Gesichter purpurrot.

»Ihr habt ein Tattoo auf dem Po?« Kyle sieht uns amüsiert an. »Echt?«

»Haben sie. Mit Furby drauf«, petzt Cam.

»Hau ab!«, schrei ich ihn an. »Sei nicht immer so gemein.«

»Wir sind nicht gemein«, protestierte Kyle. »Ich frage doch nur, Roxy.«

»Dann lass es, du Idiot.« Iz schubst ihn.

Wir wenden uns zum Gehen. Wir hören gerade noch, dass die Jungs bis drei zählen, und dann werden uns unsere Hosen runtergezogen. Alle im Saal sehen unsere Hintern, während Cam und Kyle sich vor Lachen schütteln.

Meine Mundwinkel zucken. »Er war so gemein. Er und Kyle zusammen – die waren echt die Schlimmsten. Und als du auf die Highschool gekommen bist, Iz, haben sie sogar 'nen Jungen, der gerade von Utah hergezogen war, dafür bezahlt, dass er den Feueralarm auslöst.«

»Das waren die zwei?!« Iz bleibt stehen.

Ich nicke. »Ich war dabei. Ich hatte danach jeden Tag Nachsitzen, bis ich Rektor Gough gesagt hab, wer es war.«

»Und hast du sie verraten?«

»Yep. Er hat mich zwei Wochen lang immer nach der Schule dort behalten, aber am letzten Tag hab ich es ihm gesagt.«

»Mann«, Selena pfeift anerkennend durch die Zähne. »Ich wette, der war so richtig sauer.«

»Nicht so sauer wie Kyle und Cam.« Ich drücke die große Eingangstür zum Bürgerhaus auf. »Sie dachten, sie wären davongekommen. Mann, das war ein süßer Moment.«

Wir sind die Letzten, die bei der Party ankommen – was nicht anders zu erwarten war. Erstaunt bleiben wir am Eingang stehen. Es ist Iz' 20. Geburtstag, aber das hier könnte vom Aufwand her auf jeden Fall an ihren 16. rankommen. Für nächstes Jahr müssen wir uns was Krasses überlegen, um das hier noch zu toppen. Silberne und rosafarbene Schleifen hängen von der Decke. Ein DJ-Set ist in einer Ecke aufgebaut, in der anderen sind Tische voll mit Essen. In der Mitte thront ein vierstöckiger Geburtstagkuchen, der mit silbernen Schmetterlingen und pinken Blumen dekoriert ist. Ihre Eltern haben es echt drauf, ein muffiges Bürgerhaus in eine supergeile Party-Location zu verwandeln.

»Wow«, sagen wir drei wie aus einem Mund.

Selena und ich stehen neben ihr, als die Leute aus Verity Point Iz nacheinander zum Geburtstag gratulieren. Ich drehe gedankenverloren eine Haarsträhne zwischen den Fingern, ganz beseelt davon, dass meine beste Freundin von Menschen umgeben ist, die sie liebhaben. Da ist so viel Liebe und Freude in diesem Raum, es ist schon fast unwirklich. Wenn dies ein Film wäre, würde man die Szene vielleicht als kitschig empfinden. Wir haben alle eine Tragödie erlebt vor ein paar Monaten, meine Familie natürlich am meisten, aber es haben alle mitgelitten. Alle haben Cam gemocht und alle haben um ihn getrauert, als er gestorben ist. Aber jetzt … jetzt werde ich gerade daran erinnert, was Verity Point ist.

Es ist eine Gemeinschaft. Ein Ort, an dem es immer jemanden gibt, der dir ein nettes Wort sagt, dich mit einem Witz aufheitert oder deine Hand hält. In harten Zeiten halten wir zusammen. Wir lachen zusammen, wir weinen zusammen.

Ich habe es oft verflucht, dass ich in einer so kleinen Gemeinde wohne und nicht in einer Großstadt. So oft habe ich mich beschwert, dass es hier langweilig ist. Oft habe ich auf unsere kleine, von Wald umgebene Gemeinde geschimpft. Aber jetzt, da ich meine Freundin so sehe, umgeben von so viel Liebe, geht mir auf, wie sehr ich diesen Ort schätze.

Vertraute Hände legen sich um meine Taille, und mein Herz macht unwillkürlich einen Sprung.

»Was tust du da?«, zische ich Kyle zu, als er mich von den anderen wegzieht.

»Ich muss mit dir reden«, raunt er mir ins Ohr. Er nimmt meine Hand und führt mich nach draußen.

»Du hast schon genug geredet.«

Seine starken Hände ziehen mich zu ihm ran. Ich hebe den Blick.

»Nein, habe ich nicht. Nicht mal annährend genug, Roxy.«

Ich reiße mich los. »Kyle, das ist die Geburtstagsparty deiner Schwester. Wollen wir uns hier wirklich streiten?«

»Die Einzige, die hier streitet, bist doch du.«

Ich schließe die Augen. Mein Herz hat seinen Rhythmus zwar wieder gefunden, schlägt aber gefährlich laut in meiner Brust. Wenn ich nicht bald von ihm wegkomme, drohen die Tränen, die sich hinter meinen Augen sammeln, überzulaufen.

»Ich streite nicht mit dir. Nicht heute Abend. Können wir nicht einfach so tun, als würden wir uns verstehen?«

Er seufzt, seine Gesichtszüge sind vom Dämmerlicht beleuchtet. »Nach all den Jahren meinst du, wir müssten etwas vorspielen?«

Ich antworte nicht darauf.

»Genau. Das ist kein Spiel, okay?«

»Das hab ich nie behauptet.«

»Gut, weil es nämlich nicht stimmen würde. Weißt du, du bist ziemlich gut darin, falschzuliegen.«

Ich verenge die Augen zu Schlitzen. »Was soll das denn heißen?«

Er nimmt eine Haarsträhne von mir zwischen Zeigefinger und Daumen. »Rox … Als du neulich bei uns weg bist, hast du behauptet, du wärst mir egal. Du hast gesagt, es war alles gelogen. Aber da liegst du falsch, okay? Du bedeutest mir etwas – nicht nur wegen deiner Eltern oder Cam. Du bedeutest mir etwas … weil du es eben tust.« Er schiebt mir eine Locke aus dem Gesicht. Ich hebe den Blick vom Boden und sehe ihn an. »Du bedeutest mir etwas, weil *du* du bist.«

»Okay«, sage ich leise. Ich drehe mich um und gehe zurück

in den Saal. Ich habe einen Kloß im Hals, den ich vergeblich versuche runterzuschlucken. Ich bedeute ihm etwas. Cams Schwester. Ich kann mir nichts mehr vormachen.

Mein Blick scannt den großen Raum. Meine Eltern sind noch nicht da – Mom ist bestimmt noch dabei, das Café zu schließen. *Gott sei Dank!* Ich finde Selena bei den Getränken.

»Nein«, sagt sie bestimmt, als ich zu den Flaschen greife.

»Nur einen«, bettele ich. »Komm schon, Leney. Ich benehme mich auch heute Abend.«

Sie mustert einen Moment lang mein Gesicht, ehe sie nachgibt. »Na gut. Aber ich mach den Drink.«

»Na gut.« Ich verschränke die Arme und beobachte missmutig, wie sie mir einen Tropfen Wodka in einen Becher gießt. »Jetzt übertreibst du aber, Leney.«

»Gib ihr doch mehr«, ruft Iz und legt einen Arm um meine Schultern. »Sei nicht so laaaaaangweilig.«

Ich grinse triumphierend.

Selena gießt ein bisschen Wodka nach und füllt den Becher mit Cola auf. *Na also.* Ich habe meine Nicht-Trinken-Regel für den Abend längst über den Haufen geworfen. Je mehr ich trinke, ehe meine Eltern hier aufschlagen, umso besser. Der Alkohol brennt nicht mal, weil Selena ihn so verdünnt hat, aber noch fünf von den Bechern und alles wird gut sein.

Um mich herum ist die Party in vollem Gange. Die Zwillinge haben anscheinend ihren Traummann überredet, noch etwas länger zu bleiben, und sogar der alte Mr Yeo chillt in einer Ecke. Iz flirtet mit Si, Selena tanzt mit Ben, und alle scheinen glücklich und beschäftigt zu sein. Ich sitze in der Ecke, beobachte die Leute, die an mir vorbeigehen und sich einen Drink nach dem anderen holen. Kyle sitzt an einer Wand mir gegenüber im Schneidersitz, die Arme vor der Brust verschränkt, den Blick auf mich gerichtet.

Ein Schaudern läuft mir über den Rücken. Sein Blick ist intensiv, und ich bin mir ziemlich sicher, dass er das Schaudern verursacht. Die Party wird immer ausgelassener, aber nach drei weiteren erschlichenen Drinks habe ich nur noch Augen für ihn. Obwohl da noch hundert Leute um uns rum sind, ist es, als wären wir zu zweit im Raum.

Das Gefühl ist unglaublich. Ein kleiner Teil von mir hat schon immer zu ihm gehört, aber jetzt fühlt es sich so an, als würde alles ihm gehören. Als wäre jeder Körperteil mit seinem Siegel gebrandmarkt. Sein Blick durchdringt mich und verbreitet Hitze in meinem Körper. Früher habe ich die Mädchen immer ausgelacht, die behaupteten, sie hätten *den Einen* gefunden. Ich habe das für Schwachsinn gehalten. Aber ich lag falsch. Das bei mir mit Kyle ist nicht nur eine unbedeutende Schwärmerei gewesen.

Ich lag so falsch. Jedes beschissene Mal.

Ich würde sofort zugeben, dass ich ziemlich naiv sein kann. Ich kann auch dumm und impulsiv und gedankenlos sein. Aber jetzt bin ich mir einer Sache wirklich sicher: Kyle Daniels ist der Eine für mich.

Er ist der Eine. Punkt.

Ich stelle krachend den leeren Becher auf dem Tisch neben mir ab. Das Bedürfnis, von hier zu verschwinden, seinem durchdringenden Blick zu entkommen, wird immer stärker. Ich ertrage es nicht mehr, dabei will mich etwas wie ein magischer Faden zu ihm ziehen.

Überstürzt laufe ich nach draußen in die Nacht. Nach Hause. Meine Absätze klackern auf dem Bürgersteig, als ich in Richtung meines Elternhauses losmarschiere.

»Was ist das nur mit dir?« Seine Stimme tönt hinter mir.

»Was hast du nur an dir, dass ich immer wieder zu dir zurückkehre, egal, wie oft ich auch versuche, von dir wegzukommen?«

Ich erstarre für einen kurzen Moment. »Es ist wegen meines Bruders … vielleicht«, werfe ich ihm über meine Schulter zu.

»Nein. Es ist nicht wegen Cam. Ehrlich gesagt würde er mich wahrscheinlich umbringen, wenn er wüsste, was ich gerade denke.«

Meine Füße bleiben wie angewurzelt stehen. *Geht weiter, ihr Scheißdinger!*

»Ich versuche, das zu ergründen, seit ich wieder hier bin. Jeden Tag hab ich mich hingesetzt und versucht rauszufinden, wieso ich mich einfach nicht von dir fernhalten kann. Und weißt du was? Ich hab keine verdammte Ahnung, Rox. Ich weiß nicht, wie und weshalb, aber du bist es, die mich immer wieder zu dir zurückkehren lässt.«

Atmen. »Geh zurück zur Party, Kyle.«

Schritte. Er bleibt hinter mir stehen. »Ich hab es versucht. Fuck, ich hab es echt versucht, Rox! Glaubst du mir nicht, dass ich versucht habe, mich von dir fernzuhalten? Glaubst du mir nicht, dass ich alles getan habe, um diese Scheiße in meinem Kopf zu stoppen? Ich hab das sonst immer geschafft, aber dieses Mal klappt es einfach nicht. Und irgendwie will ich auch nicht von dir weggehen.«

Ich atme tief ein. *Ich will das nicht hören. Ich kann das nicht hören.* »Du lügst.«

Seine Hand legt sich von hinten an meine Taille. »Tue ich das? Lüge ich, wenn ich dir sage, dass ich so oft daran gedacht habe, dich im Arm zu halten? Lüge ich, wenn ich dir sage, dass ich dich gehalten habe und mir wünschte, dass keine Kleider zwischen uns wären? Lüge ich, wenn ich dir sage, dass mein Verlangen nach dir so stark ist, dass ich fast verrückt werde?«

Herz. Kein Schlag. Lunge. Kein Atem. Kopf. Kein Gedanke.

»Kyle.«

Lippen in meinem Nacken. »Ich habe es versucht, Rox. Ich habe es wirklich versucht, aber es liegt an dir. Ich kann nicht mehr dagegen ankämpfen. Alles ist wahr. Jedes verdammte Wort.«

»Du bist betrunken.«

»Lüge ich, wenn ich dir sage, dass ich mich in dich verliebt habe? Dass deine Augen die sind, in die ich schauen will, deine Lippen die sind, die ich jeden Tag küssen will? Lüge ich, wenn ich dir sage, dass es dein Körper ist, den ich ein-, zwei-, dreimal, verdammt zehnmal pro Tag halten möchte? Verdammt nochmal, nein!« Seine Stimme hallt durch die stille Straße. »Hast du eine Ahnung, was es mit mir gemacht hat, dich weinen zu sehen und zu wissen, dass ich diese Tränen verursacht habe? Ich weiß, Babe, dass du genauso empfindest. Wieso gibst du es nicht zu und erlöst uns beide von unserer Qual?«

Ich kann das nicht. Ich kann nicht hier stehen und ihm zuhören. Ich sollte weglaufen. Ich weiß es. Aber ich tue es nicht.

»Wieso?«, schreie ich ihn an, obwohl er direkt vor mir steht. Meine Stimme scheint von den Häusern widerzuhallen. »Wieso Kyle? Ich bin nichts Besonderes. Ich bin nicht so toll, dass du so einen Aufriss um mich machen musst.«

»Doch, das bist du.« Er greift in meine gelockten Haare. »Ich hab dir doch gesagt, dass du alles für mich bist. Das war die Wahrheit. Rox, Babe, glaub mir, bitte glaub mir doch.«

Ich drücke meine Lippen auf seinen Mund. Es könnte am Alkohol liegen oder an seinen Worten. Ich weiß es nicht, und es ist mir auch egal. Ich weiß nur, dass ich ihn will. Dass ich ihn brauche. Vier Jahre war ich in ihn verliebt und ich kann jetzt nicht aufgeben. Unsere Vergangenheit ist mir in diesem

Moment egal, genau wie der Schmerz, den wir teilen. Alles, was zählt, ist der Typ, an dem ich mich festhalte, als würde mein Leben davon abhängen.

»Spring mal auf meinen Rücken.« Er lächelt langsam.

»Machst du Witze?«

»Na los, mach schon, bevor ich dich über die Schulter werfe.«

Kyle grinst wie ein kleines Kind, und ich stelle mich hinter ihn. Die Hände an seinen Schultern springe ich hoch, er hält mich an den Oberschenkeln. Ich muss auf einmal lachen.

»Ich fühle mich, als wäre ich wieder sechs Jahre alt.« Ich schlinge die Arme um seinen Hals.

Er lacht und galoppiert auf den Wald zu. Ich klammere mich an ihn, versuche, mein hysterisches Kichern zu unterdrücken, und frage mich, wie es sein kann, warum ich eben noch nicht in seiner Nähe sein wollte. Denn es fühlt sich so gut an. Es erscheint mir geradezu absurd, wie schnell sich meine Gefühle ändern – überhaupt wie schnell sich meine Laune verändert, wenn ich mit ihm zusammen bin.

Seine Hand schiebt sich in meine Jackentasche, und er zieht meinen Hausschlüssel hervor. Er steckt den Schlüssel ins Schloss und öffnet die Haustür. Dann geht er hinein und setzt mich ab.

In die Stille des dunklen Hauses flüstert er: »Sag es mir jetzt, wenn ich mich täusche und wenn du lieber mit irgendeinem Arschloch zusammen wärst als mit mir.«

Ich fasse ihm in die Haare und neige sein Gesicht zu mir runter. »Du bist das einzige Arschloch, mit dem ich zusammen sein will«, murmele ich an seinen Lippen.

Ich küsse ihn flüchtig und laufe dann die Treppen zu meinem Zimmer hoch. Donnernde Schritte hinter mir beweisen, dass er mir folgt, und ich muss lachen, als ich im Laufen meine Jacke auf den Boden werfe. Ich bin nicht daran gewöhnt, gejagt zu werden. Jeder Schritt, jedes Beben des Holzbodens lässt meine Aufregung wachsen.

Kyle fängt mich, als ich gerade durch die Tür meines Zimmers bin. Seine Lippen sind heiß und gierig an meinem Mund. Ich gehe rückwärts, er folgt, ohne dass unsere Münder sich trennen. Wir fallen auf mein Bett, lächeln uns an. Mein Körper steht in Flammen, als er mich berührt, und ich brauche mehr. Immer mehr. Ich werde nie genug davon bekommen – ich begehre ihn seit Jahren, und ich weiß nicht, ob sich das jemals ändern wird.

Er zieht mir das Shirt über den Kopf, seine Lippen hinterlassen eine flammende Spur auf meiner Haut. Das Bedürfnis, seine Haut an meiner zu spüren, wird übermächtig, und ich reiße ihm das Hemd vom Leib. Alles glüht, ist heiß, leidenschaftlich. Erfüllt von einer brennenden Leidenschaft, die nie befriedigt werden kann.

Sein Hemd landet auf dem Boden, und ich fahre mit den Fingerspitzen unter den Bund seiner Jeans. Seine Lippen drücken sich an meinen Hals, bis meine Haut kribbelt und jeder Kuss und jede Berührung ein Ziehen in meinem Bauch verursacht. Ich begehre ihn, verzweifelt, gierig, unersättlich. Ich frage mich, ob ihm bewusst ist, was er in mir verursacht. Ob er weiß, wie sehr mein Körper nach ihm schreit. Ich knöpfe seine Jeans auf und streife sie ihm über den Po. Mit jeder Faser meines Körpers begehre ich ihn.

Eine seiner Hände fährt unter meinen BH, während die andere zu meinem Spitzenslip wandert. Er berührt mich an Brustwarze und Klitoris zugleich, bis ich so feucht bin, dass er ganz leicht in mich hineingleiten kann.

Was er auch tut, und ich nehme ihn in mich auf, lang und

hart, drücke den Rücken durch, als er noch tiefer in mich hineinstößt.

Trotzdem ist es nicht genug. Ich brauche alles von ihm. Meine Hände ziehen seinen Kopf zu mir runter, unsere Münder krachen aufeinander. Ich lasse meine Zunge über seine Lippen huschen. Seine Zunge taucht tief in meinen Mund ein, imitiert die Stoßbewegung seines Schwanzes. Ich muss jeden Zentimeter von ihm spüren. Ich will, dass er mich besitzt, komplett und ausnahmslos.

Ich brauche alles, was er mir geben kann.

Und er gibt es mir. Er gibt mir alles von sich. Mit jeder Bewegung seiner Zunge, jeder Berührung seiner Finger, jedem Stoß in meinem Unterleib. Er gibt mir alles, bis ich es nicht mehr aushalte.

Mein Körper zieht sich um ihn zusammen, ich halte mich an ihm fest und schreie in seine Schulter. Eins, zwei, drei, vier – er stößt in mich hinein, bis auch er laut aufstöhnt. Unsere Körper fallen in sich zusammen, meine Finger sind in seinen Rücken gekrallt.

Er hatte recht. Es gibt einen Unterschied zwischen ›ficken‹ und ›Liebe machen‹. Und so wie er sich jetzt neben mich legt und mich an sich zieht, weiß ich, dass das ›Liebe machen‹ war. In den letzten Wochen habe ich immer wieder versucht, mir einzureden, dass es nur eine Schwärmerei ist. Aber es ist so viel mehr.

Ich kuschle mich an seine Brust, Glücksgefühle durchfluten mich, und ich muss einfach grinsen. Kyles Brust hebt und senkt sich, sein Herz schlägt unter meiner Wange, unsere Beine sind ineinander verschlungen.

Das heute Nacht war echte Liebe.

16. Kapitel

Kyle

Ich schlüpfe möglichst lautlos aus Roxys Bett, um sie nicht zu wecken, und gebe ihr einen Kuss auf die Stirn. Sie schläft so friedlich. Ihre Haare liegen ausgebreitet auf dem Kissen, und ihre Lippen sind leicht geöffnet. Sie atmet ruhig und gleichmäßig. Ich zögere kurz, ehe ich mich anziehe.

Ich will eigentlich nicht gehen.

Ich würde am liebsten zurück in ihr Bett klettern, meine Arme um sie legen und sie nie wieder loslassen. Ich versuche, nicht daran zu denken, wie sie reagiert, wenn sie nachher allein aufwacht. Aber ich weiß auch, dass wir beide nicht scharf drauf sind, ihren Eltern morgen in der Frühe zu erklären, wieso ich hier bin.

Mit angehaltenem Atem schließe ich ihre Zimmertür hinter mir und schleiche durchs Haus. Cams Zimmertür schaue ich absichtlich nicht an. Ein Teil von KyleundCam ist in diesem Zimmer, und ich bin noch nicht bereit, mich damit auseinanderzusetzen.

Mein Handy sagt mir, dass es drei Uhr morgens ist, und ich weiß, es ist eigentlich zu spät, um dorthin zu gehen, wo ich hingehen will. Aber ich tue es trotzdem. Ich laufe durch das kleine Waldstück und auf den Friedhof zu. Ganz leise meldet sich mein schlechtes Gewissen, aber ich tröste mich damit, dass ich ihm sicher lieber bin als so ein Arschloch-Typ.

Wenn sich schon jemand in Roxy verliebt, dann wäre ich ihm am liebsten.

Ich muss mich an dem Gedanken festhalten.

Der Friedhof ist geschlossen, das Tor verriegelt. Also

klettere ich am Gitter hoch. Ich brauche nur fünf Sekunden, um drüberzuspringen und zum Grab zu gehen. Sogar in der Dunkelheit finde ich den Weg sofort, denn im letzten Monat war ich oft hier.

Ich atme tief durch, nachdem ich mich vor Cams Grabstein ins Gras gesetzt habe. In meinem Kopf wirbeln die Gedanken, es gibt so vieles, das ich ihm gern sagen würde.

Also sitze ich einfach nur da. Sitze schweigend da, während der Lärm in meinem Kopf zu einem Konzert wird, und starre auf seinen Namen im Marmor. Der Schmerz pocht in meiner Brust, aber ich fühle auch Freude. Roxy und ich zum Beispiel. Es ist so falsch und trotzdem so richtig. Alles in den letzten Wochen hat auf diesen Moment hingeführt. Jedes Wort, jeder Blick, jede Berührung, jeder Kuss. Eine Lawine, die irgendwann nicht mehr aufzuhalten war.

Ich konnte sie auf keinen Fall allein von dieser Party weggehen lassen. Um nichts auf der Welt hätte ich sie verschwinden lassen, ohne dass ich ihr gesagt habe, was ich empfinde.

Sie aber hat diese unglaubliche Fähigkeit, zuzuhören und nur das aufzunehmen, was sie hören wollte – was sie geglaubt hat. Und als sie dann verschwunden ist, wusste ich, dass ich sie dazu bringen musste, das Gesagte auch zu begreifen.

Jetzt sitze ich hier am Grab meines besten Freundes und frage mich, was er wohl sagen würde. Er würde mir sicher nicht auf den Rücken klopfen oder mit mir darüber lachen. Er würde auch nicht nach Details fragen oder mir High five geben. Er würde mich fragen, was mir einfällt, mit seiner Schwester zu schlafen. Er würde wahrscheinlich total ausrasten und mir alle Schimpfworte um die Ohren hauen, die er je gehört hat. Erst danach würde er mir sagen, dass er froh ist, dass ich derjenige war.

Denn so ist es. Er wollte immer, dass ich es bin. Er hat mir vertraut, und er hat daran geglaubt, dass ich sie beschütze. Aber das schlechte Gewissen ist trotzdem noch da, genau wie das Gefühl, dass ich seine Abwesenheit irgendwie ausgenützt habe. Als hätte ich das Ganze geplant. Es ist egal, wie oft ich mir selbst sage, dass es nicht so war.

Als ich nach Hause gekommen bin, war es natürlich nicht mein Plan, mit Roxy zu schlafen. Ich wollte mich auch nicht als der große Retter aufspielen, der sie wieder auf die rechte Bahn bringt. Aber als wir uns das zweite Mal getroffen haben, wusste ich, dass mehr passieren würde. Sie war auf einmal mehr als Cams Schwester. Ich habe noch nie so viel gefühlt. Sie ist so viel, für das ich keine Worte finde.

Ich bleibe hier, bis die Sonne aufgeht. Sie breitet ihre hellroten Strahlen über den Himmel aus, bricht durch das Laub der Bäume und taucht den Friedhof in ein versöhnliches Licht. Ich stehe auf. Dann sage ich die einzigen Worte, die ich sagen kann. Die einzigen Worte, die ihn je besänftigen würden.

»Tut mir leid, Mann. Ich schätze, ich habe mich in deine Schwester verliebt.«

17. Kapitel

Roxy

Leer.

Ich setze mich auf und schaue mich um. Er ist weg. Seine Klamotten sind weg. Mein Magen zieht sich zusammen, und mein Herz schlägt schmerzhaft. *Das war ja klar.* Ich schlage mir die Hände vors Gesicht.

Da vibriert mein Handy.

Ich werfe mich über mein Bett, taste auf dem Boden wie besessen nach dem Telefon.

Dachte mir, dass du das nicht unbedingt deinen Eltern beim Frühstück erklären wolltest.

Ich lächle, und mir fällt ein Stein vom Herzen. Das ist Kyle. Ich muss mich selbst daran erinnern. Kyle.

Ich schreibe zurück: *Ja, das hätte peinlich werden können.*

Sofort piepst das Handy. Seine Antwort: *Denk nicht immer gleich das Schlimmste, Rox. Ich hab alles so gemeint, wie ich es gestern gesagt habe.*

Ich will es glauben. Also tue ich es. Ich glaube es, weil es Kyle ist und ich ihm blind vertraue.

Das Haus ist noch still, ich ziehe mich schnell an und schleiche nach unten. Ich vermeide es, Cams Zimmertür anzusehen. Ich muss zu ihm gehen. Es ist fast so, als müsste ich mich ihm gegenüber verteidigen … Obwohl ich keine Ahnung habe, wie ich das anstellen sollte.

Verity Point ist ruhig, als ich durch die verlassenen Straßen gehe. Der Friedhof hat gerade aufgemacht, und ich schlendere durch die Reihen mit den Grabsteinen, bis ich am Grab meines Bruders ankomme. Ich setze mich langsam hin, umfasse meine Knie mit den Armen, und lese wieder und wieder die Inschrift. Erst danach fühle ich mich bereit, etwas zu sagen.

»Ich wünschte, du wärst hier«, flüstere ich. »Ich wünschte, du wärst hier, um mir zu sagen, was ich tun soll. Du solltest hier sein, um ihm eine reinzuschlagen. Vielleicht würdest du das nicht tun, weil es Kyle ist, aber egal.

Es wäre definitiv leichter, wenn du noch da wärst. Ich könnte dich fragen, ob Kyle mich wirklich um meiner selbst willen mag. Ich glaube schon, dass es so ist, aber du wüsstest es ganz bestimmt. Dann würde ich dich natürlich auch noch fragen, ob es dir etwas ausmacht. Ich fühle mich nämlich ein bisschen so wie damals, als ich sechs war und deinen Lego-Mann gebraucht habe, um meine Barbie mit ihm zu verheiraten. Mein Ken war mir ja verlorengegangen. Dummer Vergleich, ich weiß. Aber komm bloß nicht auf die Idee, mich als Geist zu verfolgen oder so, okay? Ich kenne dich doch. Du würdest einen ganz schön nervigen Geist abgeben und mich wahrscheinlich ständig erschrecken.« Ich lache leise und reibe mir die Augen.

»Ich vermisse dich einfach, weißt du? Ich vermisse es, dass du immer hier bist und mich alle fünf Sekunden mit irgendeinem Scheiß ärgerst. Ich vermisse es, dass du mich wie ein kleines Kind behandelst und alle Typen verscheuchst, die mit mir ausgehen wollen; und ich vermisse es, wie du dann den großen Bruder hast raushängen lassen, wenn ich mich trotzdem mit einem getroffen habe. Jetzt vermisse ich dieses Verhalten, obwohl ich es gehasst habe. Ich weiß, dass du mich nur beschützen wolltest. Ich wünschte, du könntest das immer noch tun. Ich wünschte, du könntest dir Kyle vornehmen und ihm deine Große-Bruder-Rede halten.

Ich schätze, es war unvermeidbar. Du hast ihm nie erzählt,

wie ich für ihn empfinde. Verdammt, Cam, du hättest es auch gar nicht wissen sollen. Das hast du ja nur, weil du vor zwei Jahren mein Tagebuch gelesen hast – weshalb ich übrigens immer noch sauer auf dich bin! Aber du hast nie etwas gesagt, du hast mich auch nicht damit aufgezogen. Ich hab es nie verstanden, aber jetzt tue ich es: Wenn deine Schwester sich schon in jemanden verliebt, dann ist es nur passend, wenn es der einzige Typ ist, dem du vertraust.

Ich hätte gern, dass du mir jetzt widersprichst. Ich will, dass du durch die Bäume zu mir kommst und mich anschreist! Ich will, dass du mir sagst, wie dumm ich war, mit ihm zu schlafen. Und ich will, dass du ihn dafür fertigmachst! Ich will, dass du hier bist. So wie du es sein solltest. Bei mir! Ich will meinen Bruder zurück. Ich würde alles tun, um dich zurückzubekommen.

Nichts fühlt sich seit deinem Tod mehr richtig an. Außer Kyle. Er ist der Einzige, den ich um mich haben mag. Er füllt etwas, das leer war, nachdem du gestorben warst. Er heilt mein gebrochenes Herz. Ich bin in ihn verliebt, Cam. Ich weiß nicht genau, wann oder wie es passiert ist, aber es ist passiert. Und ich habe ein schlechtes Gewissen. Ich muss wissen, dass es für dich okay ist. Ich muss von dir hören, dass du glücklich damit bist, dass du es gut findest, wenn wir zusammen sind.«

Tränen kullern mir über die Wangen. Sie verschleiern mir den Blick, aber seinen Namen auf dem Grabstein kann ich trotzdem noch erkennen. Ich kann kaum noch atmen, so sehr schmerzt es mich, so stark spüre ich mein gebrochenes Herz.

»Du bist mein bester Freund und mein Bruder. Wieso musstest du sterben, hm? Wie konntest du mich einfach so verlassen? Siehst du nicht, dass ich dich brauche? Ich fühle mich so verdammt verloren ohne dich, ich glaub, ich werde noch verrückt. Verdammt, Cam! Sag mir, dass es okay ist!«

Ich vergrabe das Gesicht in meinen Armen. Mein Körper bebt unter meinen Schluchzern, und ich lasse meine Tränen ungehindert auf meine Kleidung fallen. Jede Träne scheint größer zu sein als die vorherige, und sie durchnässen meine Kleidung. Ich bin völlig haltlos.

Bis ich aufschaue.

Ein Vogel sitzt oben auf dem Grabstein. Er sitzt ganz still da und schaut sich um. Dann fällt sein Blick auf mich. Ich schniefe und wische mir die Tränen von der Wange. Ich berühre mein Tattoo. Der Vogel zwitschert kurz und fliegt davon.

Ich fasse es als Segen meines Bruders auf.

18. Kapitel

Kyle

»In den Zoo?« Roxy dreht sich zu mir um, während sie mit ihrem Zopf spielt, der ihr über die Schulter hängt.

Ich mache den Motor aus und grinse sie an. »Was spricht denn gegen den Zoo?«

»Nichts, ich bin nur überrascht.«

»Wieso? Glaubst du, ich steh nicht auf den Zoo? Ich bin als Kind total gern in den Zoo gegangen.«

»Hey, das hab ich nie bezweifelt.« Sie wirft die Tür hinter sich zu. »Verdreh mir nicht die Worte im Mund, vor allem, wenn ich sie nicht mal gesagt habe.«

Ich lege ihr lachend den Arm um die Schultern. »Ich mach doch nur Spaß, Rox.«

»Mhmmm.« Sie versucht zu schmollen, was aber dadurch untergraben wird, dass sie ihren Arm um meine Taille legt.

Ich bezahle den Eintritt für uns beide, und Roxy öffnet die Karte, in der alle Gehege verzeichnet sind.

Ich muss lachen, als sie die Stirn runzelt. »Wir sind hier, schau!« Ich zeige auf die gelben Pfeile, die Eingang und Ausgang markieren.

»Das weiß ich auch.« Roxy dreht die Karte herum.

»Klar.« Ich ziehe sie an mich ran und führe sie den Weg entlang, der auf die Nordwest-Gehege zuläuft. »Ich fasse es nicht, dass du dich hier nicht mehr auskennst, nach all der Zeit.«

»Dir ist schon klar, dass man die meisten Tiere hier auch in der Wildnis sehen kann, oder?« Sie schaut zu mir hoch und ignoriert meine letzten Worte, als wir an den Bären vorbeigehen.

»Na und?«

»Ich sag ja nur.«

»Psst«, hauche ich in ihre Haare. »Können wir uns mal einen Tag nicht streiten?«

»Na schön.« Sie schnaubt gespielt und murmelt: »So lange wir nachher noch zu den Pinguinen gehen.«

Ich drehe mich lächelnd zu ihr. Natürlich gehen wir zu den Pinguinen. Der Ausflug in den Zoo gehörte jedes Jahr zu unseren Highlights der Sommerferien – wir gingen immer alle zusammen. Und fast jedes Mal verloren wir Roxy irgendwann, nur um sie bei den Pinguinen wiederzufinden.

»Wo ist Roxy?« Myra sieht sich panisch um.

»Bei den Pinguinen«, kommt es von Cam und mir wie aus der Pistole geschossen.

Myra seufzt. »Natürlich, da ist sie bestimmt. Eines Tages werde ich ihr einen Eisring in den Garten stellen müssen, damit sie sich einen Pinguin halten kann.«

»Was ist mit Wasser?«, fragt Cam.

»Ja, die müssen schwimmen können«, stimme ich zu.

»Und was essen«, sagen wir beide und nicken bekräftigend.

Meine Mom rollt mit den Augen. »Sie hat doch nur Spaß gemacht, Jungs.«

»Schade«, murmele ich.

»Hey, Mom, Dad? Wenn Roxy schon keinen Pinguin bekommt, kann ich dann vielleicht 'nen Löwen haben?«, fragt Cam mit hoffnungsvoll leuchtenden Augen.

»Treib es nicht zu weit, mein Sohn.« Ray kichert.

»O Mann!«

Ich renne um die Ecke zum Pinguingehege, obwohl meine

Mom hinter mir ruft, dass ich warten soll. Als ich Roxy erblicke, muss ich grinsen. Sie steht an der Glasscheibe, die Hände dagegengepresst, das Gesicht vor Staunen verzogen, während sie den Pinguinen beim Schwimmen zusieht.

Wir gehen den Weg weiter, weichen Horden schreiender Kinder aus und steuern auf die Gehege mit Tieren von der Pazifikküste zu. Roxy geht zielstrebig an den Eisbären vorbei.

Schon okay. Die wollte ich eh nicht unbedingt sehen.

Sie reißt sich von mir los und läuft die letzten paar Meter zu den Pinguinen, wo sie sich an die Scheibe drückt. Ihre Hände liegen flach am Glas, ihr Gesicht ganz dicht davor, während sie die Pinguine beobachtet, wie sie schwimmen und sich im Wasser drehen. Sie ist aufgeregter als die Kids um sie herum. Ich muss lächeln. *So ein Kind.*

Die kleinen Kinder quietschen laut auf, als einer der Pinguine ganz nah an die Scheibe heranschwimmt, und Roxy lacht. Ein echtes Lachen. Eins, das ich selten von ihr höre.

Ich stelle mich hinter sie, als die Kinder mit ihren Eltern weitergehen. Ich lege ihr die Hände an die Hüfte und küsse sie auf den Hals. Sie dreht mir das Gesicht zu und grinst.

»Ich liebe die Pinguine.«

»Ich weiß«, erwidere ich lachend. »Du würdest den ganzen Tag hier verbringen, wenn du könntest.«

Ein Pinguin schwimmt auf uns zu und tippt mit der Nase ans Glas, wo Roxys Hand liegt. Roxy bewegt die Finger über die Scheibe und der Pinguin folgt ihr. Dann taucht er kurz auf und lässt sich wieder zurückfallen, wobei Wasser über den Rand des Beckens auf uns runter spritzt. Roxy schreit, als sie den kalten Schwall abbekommt, und drückt sich an mich. Ich lege ihr die Arme um den Bauch. Fasziniert beobachte ich, wie sie ausgelassen mit dem Pinguin spielt. Sie wirkt so glücklich und sorgenfrei.

Das ist die Roxy, die ich kenne. Das ist meine Roxy.

»Ich glaub, ich würde gern mit Pinguinen arbeiten«, sagt sie leise, den Kopf auf die Seite gelegt. »Oder für sie. In einem Naturschutzgebiet oder so. Vielleicht auch als Tierarzt im Zoo, weißt du? Kannst du dir vorstellen, wie es sein muss, diesen Tieren nah sein zu können? Das muss einfach großartig sein.«

»Was müsstest du tun, um das machen zu können?«

»Keine Ahnung. Vielleicht Biologie studieren?« Sie nimmt die Hände runter.

»Und warum tust du das nicht?«

Sie zuckt mit den Achseln. »Dieses Jahr ist es zu spät, denke ich.«

»Dann bewirb dich doch für nächstes Jahr.«

»Und wo?«

»Berkeley.«

»Wo du bist?« Sie dreht sich um und zieht die Augenbrauen hoch.

Ich zucke mit den Schultern. »Oder an der UCLA. In Kalifornien gibt es jede Menge Unis.«

»Weiß nicht.« Roxy geht weiter.

Ich nehme ihre Hand.

»Ich hab ja noch Zeit, drüber nachzudenken. Ich werde mich über den Sommer mal ein bisschen informieren. Mir die Kurse anschauen. Vielleicht gehe ich auch nach Miami mit Iz.«

So ein Quatsch. Sie soll nicht nach Miami gehen. Ich muss sie überreden, mit mir nach Kalifornien zu gehen. Dringend.

Wir spazieren noch ein bisschen durch den Zoo, bis es Zeit fürs Mittagessen ist, wofür wir ins *BearWalk Café* gehen. Sie spielt mit dem Besteck herum, bis mir das Geklapper auf die Nerven geht.

»Worüber denkst du nach, Rox?« Ich berühre ihre Finger.

Sie schaut ihre Hand an, ihr Blick ist auf einmal traurig. Seufzend sagt sie schließlich: »Ich glaube, es ist das erste Mal, dass ich ohne Cam hier bin.«

Sie hat recht. Das geht mir genauso.

»Fühlt sich komisch an, oder?«, frage ich leise.

»Ja.« Sie lacht leise. »Erinnerst du dich daran, als wir die Affen gesehen haben und er danach auf dem Spielplatz so getan hat, als wäre er auch ein Affe? Ich glaub, ich war sieben oder so. Er hatte gesehen, wie sie von Baum zu Baum geklettert sind, und wollte das auch können. Er hat sich eine Banane in den Mund gesteckt und ist an den Kletterstangen langgehangelt ...«

»... dann ist er runtergefallen und hat sich an der Banane verschluckt«, beende ich die Geschichte und grinse. »Damals fanden wir das total witzig, im Nachhinein war es bestimmt voll gefährlich.«

»Ich hab mich immer gewundert, dass du ihm solche Sachen nicht nachgemacht hast.«

»Hey, ich war vielleicht ein Idiot, aber ich war nicht so dumm. So was kann schlimm ausgehen.«

»Ja, aber es hat mich immer zum Lachen gebracht.«

Ich verschränke meine Finger mit ihren und drücke ihre Hand. »Und Cam hat das alles nur gemacht, um dich zum Lachen zu bringen.«

Roxy lächelt traurig über meine Worte. Die Beziehung der Geschwister war wirklich besonders. Ich glaube, ich hab es nur einmal oder zweimal erlebt, dass sie sich richtig gestritten haben. Bei Iz und mir war ein Tag ohne einen Streit eine Ausnahme.

»Wer weiß«, füge ich an und halte ihrem Blick stand. »Vielleicht wollte er, dass das zwischen uns passiert.«

Sie blinzelt nachdenklich. »Vielleicht.«

»Okay, du hast absolut miese Laune, seit wir den Zoo verlassen haben. Was ist los, Rox?« Ich lasse hilflos die Arme fallen und starre ihren Rücken an.

Seit dem Mittagessen war sie betrübt, was nicht verwunderlich ist nach unserem Gespräch; aber seit wir in meinem Auto sind, hat sie mich regelrecht ignoriert. Sie hat mich nicht mehr berührt, nicht mehr gelacht, kein Wort gesprochen, sondern nur aus dem Fenster gestarrt.

Dieses Mal habe ich nicht mal was getan.

Roxy zieht ihr Haargummi ab und löst mit den Fingern ihren Zopf. Ihr fallen die schwarzen Haare in Wellen über den Rücken.

»Was ist es?«, fragt sie unvermittelt.

»Was ist was?«

»Das.« Sie dreht sich zu mir um und hält inne. »… Mit uns.«

Ich lege den Kopf schief. »Ich verstehe die Frage nicht ganz.«

»Das!« Sie wirft die Arme in die Luft. »Alles. Ich weiß nicht, wie ich es beschreiben soll. Die letzten Wochen, neulich die Nacht … Heute. Was ist das?«

Ah, jetzt verstehe ich.

Ich gehe zu ihr und fahre ihr mit den Fingern durch die Haare, streiche ihr eine Strähne aus dem Gesicht. »Das ist eine Beziehung.« Ich muss beinahe lachen, als sie die Augen aufreißt. »Was? Hast du mir immer noch nicht geglaubt, was ich gesagt habe?«

Sie schweigt.

»Du bist mir mehr als wichtig, Rox. Versteh das doch endlich. ›Das‹, wie du es nennst, sind wir. Du und ich.« Ich lege ihr die Hände an die Wangen und küsse sie auf den Mund.

»Wieso? Hast du nicht jemanden, der in Kalifornien auf dich wartet?«

Ich lache.

»Was ist daran so komisch?«, will sie wissen.

»Die Tatsache ist komisch, dass du mich das erst fragst, nachdem wir schon Sex hatten.«

Sie öffnet den Mund und schließt ihn wieder, ehe sie etwas erwidert. »Halt die Klappe, okay?«

»Nein. Da ist niemand am College. Es gibt nur dich. Immer nur dich.« Ich fahre ihr mit dem Daumen über die Lippen. »Sollte ich dich nicht dasselbe fragen?«

»Niemand«, antwortet sie schnell. »Niemand, seit du wieder da bist.«

»Wieso?«

Sie hebt den Blick und legt den Kopf in meine Hand. »Nur du. Immer nur du«, flüstert sie dann.

Ich ziehe sie an mich, sie schlingt die Arme um mich und vergräbt das Gesicht an meinem Hals. Ihre Finger liegen auf meinem Rücken, und ich küsse ihr auf die Haare.

»Es wäre okay für ihn.« Meine Worte sind gedämpft durch ihre Haare. »Er hat mir mal gesagt, wenn du mit irgendjemandem zusammen sein sollst, dann mit mir.«

Roxy drückt mich fester. »Wenn ich mit jemandem zusammen sein sollte, wäre ich auch am liebsten mit dir zusammen.«

»Dann hör auf mit dem Zweifeln.«

Sie weicht ein wenig zurück. Ich nehme ihr Kinn in die Hand.

»Das mit dem Trinken. Die ganze Scheiße … Hör auf damit, Rox. Du brauchst das nicht.«

Sie senkt den Blick. »Das ist nicht so einfach. Ich hab es schon ein paarmal versucht. Es ist eben … da. Es hilft mir zu vergessen, wenn es zu sehr wehtut. Manchmal vergesse ich sogar, dass er tot ist, und für ein paar kurze Momente ist alles wieder okay. Es ist schwer, nein zu sagen, wenn einem die Rettung genau vor der Nase hängt.«

»Ich kann deine Rettung sein. Nicht der Alkohol.« *Und natürlich keine anderen Typen mehr.* Den würde ich gern sehen, der das jetzt noch versucht. Diese Frau hat sich in mein Herz geschlichen, wie es noch nie jemand getan hat. »Ich bin deine Rettung, wenn du nicht weißt, wo du mit dir hin sollst. Ich bin dein Versteck, wenn du dich fühlst, als würden dich alle anstarren, und ich bin dein Fels, wenn alles um dich herum zerbricht.«

»Ich will es versuchen. Aber ich kann es nur versuchen, ich kann dir nichts versprechen.« Ihre blauen Augen schimmern feucht, als sie mich wieder anschaut, und ich nicke. Sie legt mir die Arme um den Hals und zieht mein Gesicht zu sich. Ihr Kuss ist fest, als wollte sie damit das Versprechen besiegeln. »Danke«, flüstert sie.

»Wofür denn?«

»Für heute. Ich habe mich wieder wie die alte Roxy gefühlt.« Sie dreht sich zu mir um. »Ich fühle mich wie die alte Roxy, wenn ich bei dir bin.«

»Die mag ich am liebsten«, gestehe ich. »Deshalb tue ich Dinge, die dich so fühlen lassen wie die Roxy, die ich kenne. Meine Roxy.«

Ihre Mundwinkel zucken. »Deine Roxy?«

Unsere Blicke treffen sich. »Hatte ich das noch nicht klargemacht?«

Sie schüttelt den Kopf, ihre Augen funkeln amüsiert. »Nein. Noch nicht.«

»Komm her.«

Ich drücke ihr einen dicken Kuss auf die Lippen. Meine Arme umfassen ihre Taille, und sie vergräbt die Finger in meinen Haaren. Ich lasse meine Zunge in ihren Mund gleiten und schmecke noch die Süßigkeiten, die sie im Zoo gegessen hat. Ich vertiefe den Kuss, um sie genauso schwindelig zu machen, wie ich mich selbst fühle.

»Mmkay«, murmelt sie, als ich von ihr ablasse. »Jetzt ist es klar. Denke ich.«

»Meine. Roxy.« Ich unterstreiche jedes Wort mit einem Kuss. »Okay?«

Sie nickt langsam und lächelt. »Deine. Roxy.«

19. Kapitel

Roxy

Die Zwillinge verlassen ihren Tisch, und ich wische ihn mit einem breiten Lächeln ab. Dasselbe Lächeln, das ich seit gestern nicht mehr aus dem Gesicht bekomme.

»Wo hast du denn gesteckt?«, fragt Iz, als sie mit Selena in das leere Café kommt.

Ich grinse und gehe zurück zur Theke. »Überall und nirgendwo.«

Selena verengt die Augen zu Schlitzen. »Wohin bist du Samstagnacht verschwunden? Und wieso ist Kyle zur selben Zeit abgehauen?«

Iz schaut sie an. »Echt, war das zur selben Zeit?«

Beide fahren gleichzeitig zu mir herum. »Uuuuuuuh.«

Ich stemme eine Hand in die Hüfte. »Wir haben uns nur unterhalten.«

»Na klar. *Unterhalten.*« Selena malt Gänsefüßchen in die Luft, Iz kichert.

»Wie alt seid ihr denn bitte?« Ich ziehe die Augenbrauen hoch.

»Komm schon«, bettelt Selena. »Raus damit!«

»Iih. Er ist mein Bruder.« Iz windet sich. »Bitte nicht zu viele Details.«

»Sagt diejenige, die ich mit meinem Cousin in flagranti erwischt habe.«

Ich lasse fast das Glas fallen, das ich gerade poliere, und starre Iz groß an. »Du hast was?«

»Wir haben uns vielleicht ein bisschen geküsst.« Sie schaut schnell aus dem Fenster.

»Ein bisschen?«

»Okay, okay! Ein bisschen mehr. Eine ganze Weile. Wie auch immer.« Sie winkt ab. »Darum geht es doch jetzt gar nicht. Was viel interessanter ist ... Wie erfolgreich war deine ›Unterhaltung‹ mit Kyle?«

Ich lächle und senke den Blick. »Ich will es mal so sagen ... sehr erfolgreich.«

»Okay. Das reicht.« Iz steckt sich die Finger in die Ohren.

Selena grinst und ich zucke nur mit den Achseln. Es muss sowieso niemand mehr wissen. Die Nacht gehört nur mir und Kyle. Und es ist so viel mehr als nur eine Nacht.

»Aber ich bin schon ein bisschen enttäuscht, weil ich wohl den interessanten Teil des Abends verpasst habe.«

»Dass ich Si geküsst habe, war gar nicht interessant.«

Selena hebt die Augenbrauen. »Küssen ist ja wohl untertrieben. Es war beinahe Sex, wenn ihr nicht noch die Klamotten angehabt hättet.«

»Hey, man kann auch mit Klamotten Sex haben, weißt du«, entgegnet Iz.

Ich ziehe die Augenbrauen hoch. »Und, hast du das schon mal gemacht?«

Sie grinst. »Hey, der Typ sah ohne Shirt einfach nicht wirklich gut aus. Aber er konnte saugut küssen, also dachte ich mir, geb ich ihm mal 'ne Chance.«

»Und?« Ich stütze mich auf der Theke ab.

Iz pfeift durch die Zähne. »Das hat sich so was von gelohnt.«

»Okay. Und Si?«

Sie winkt ab. »Ich war betrunken.«

»Von drei Drinks?«, fragt Selena zweifelnd.

»Drei sehr starken Drinks«, protestiert sie. »Kommt schon,

Mädels, ich werde doch wohl noch mal 'nen Typen küssen dürfen, oder?«

»Iz, so wie ihr euch geküsst habt, grenzte das schon an Erregung öffentlichen Ärgernisses, oder wie das heißt.«

Ich ziehe die Augenbrauen hoch.

Iz lacht und wendet sich wieder an mich. »Wo seid ihr eigentlich hingegangen?«

»Irgendwohin, wo wir kein öffentliches Ärgernis erregen konnten.« Ich wische über die Theke. »Aber Erregung war definitiv vorhanden.«

»Ich glaub, mir ist schlecht.«

Ich setze mich auf meine Hände. Das hier ist eine fast unmögliche Mission. Verity Point ist so ab vom Schuss, dass es jede Menge Orte gibt, wo man draußen feiern und Lagerfeuer machen kann. Heute Abend gibt es ein Lagerfeuer.

Heute Abend bin ich umgeben von Alkohol, und ich darf keinen Tropfen trinken.

Es ist schwerer, als ich gedacht hätte. Und Cam kann ich nicht länger als Ausrede benutzen.

Aber nein. Es ist keine Ausrede. Es ist die Wahrheit. Alkohol trinken lässt mich vergessen, dass er nicht hier ist. Sich irgendwo abseits hinzusetzen und zu trinken macht den Schmerz erträglicher. Diese Art zu denken wird noch mal mein Untergang sein.

Jemand setzt sich hinter mich, und zwei Beine strecken sich rechts und links von mir aus. Ich drehe mein Gesicht zu Kyle und umfasse meine Oberschenkel fester. Er fährt mit den Händen meine Arme entlang bis zu meinen Händen. Danach legt er sie mit seinen Armen über meinen Bauch. Ich drücke seine Hände und kuschle mich an ihn, soweit es unsere Sitzposition zulässt.

»Alle schauen uns an«, flüstert er mir ins Ohr. Es scheint ihn zu amüsieren.

»Was? Haben die noch nie zwei Leute in einer Beziehung gesehen?«, erwidere ich mit erhobener Stimme.

»Klar, haben wir das«, ruft Olly von gegenüber. »Wir sind es nur nicht gewöhnt, wenn die Frau 'ne Schlampe ist.«

Wichser. »Große Worte von jemandem, der mit seinem kleinen Schwanz noch nie 'ne Frau befriedigt hat.«

Alle lachen, aber ich bemerke nur Kyles Reaktion. Er hat sich versteift, sein Griff um meine Hände ist so fest, als würde er mir gleich die Finger brechen wollen.

»Dir ist schon klar, dass ich kurz davor bin, ihm die Fresse zu polieren.«

Ich schüttle den Kopf. »Du kannst ihn nicht schlagen, wenn er doch recht hat«, sage ich traurig.

»Rox …«

»Nein. Er hat recht. Ich war so. Ich hab kein Problem damit, das zuzugeben. Aber Olly ist ja nur sauer, dass er mich nie haben konnte.«

»Woher weißt du dann, dass er 'nen kleinen Schwanz hat?«

Ich grinse schelmisch. »Er hat kleine Hände.«

Kyle hebt unsere Hände und streckt unsere Finger gegeneinander. Seine Hand ist etwa doppelt so groß wie meine. Er nickt. »Hm.«

Ich lache in mich hinein. Er nimmt die Hand runter und dreht mich in seinem Arm, so dass ich ihn anschaue. Er fährt mir mit der Hand durch die Haare, und seine braunen Augen funkeln im Licht des Feuers.

»Wie auch immer. Der nächste Typ, der so über dich redet, wird auf jeden Fall ordentlich dafür bezahlen müssen.«

Ich fahre ihm mit dem Daumen übers Kinn. »Ich kann mit Arschlöchern umgehen, weißt du?«

»Ich weiß«, murmelt er und unsere Gesichter kommen sich näher. »Aber ich fürchte, sie können nicht mit dir umgehen.«

»Kannst du es denn? Mit mir umgehen?«

»Ich kann so was von mit dir umgehen, Roxanne. Muss ich dich wirklich daran erinnern?«

»Du musst gleich noch mit ganz anderen Dingen umgehen, wenn du mich weiter Roxanne nennst.«

Er küsst mich und grinst. »Daran werde ich dich erinnern.«

»Das hätte ich mir ja denken können.« Ich verdrehe die Augen.

Kyle lacht und mein Körper bebt mit seinem. Ich kuschle mich näher an ihn. Er zieht den Arm um mich enger. In diesem Moment vergesse ich, dass Cam nicht hier ist. Ich vergesse, dass es wehtut. Ich vergesse alles, außer Kyle. Mit ihm hier so zu sitzen fühlt sich verrückt an. Mit ihm zusammen zu sein ist wie ein Traum, und ich habe Angst, dass er mir durch die Finger gleitet, wenn ich ihn nicht fest genug halte. Ich habe Angst, dass mich irgendwann jemand zwickt und ich aufwache, um zu merken, dass das alles nur eine romantische Phantasie eines verwirrten Mädchens war.

»Wie geht es dir?«

Seine Worte holen mich in die Realität zurück. »Meinst du damit, ob ich was trinken will?«, murmele ich an seine Brust.

Er schweigt.

»Ja. Tue ich.«

»Wieso?«

»Ist das ein Verhör?«

»Hey.« Er pikst mich in die Seite. »Schließ mich nicht aus. Wenn du dich scheiße fühlst, will ich es wissen.«

Ich hole tief Luft. »Ich warte drauf, dass Cam auftaucht und dir 'ne Abreibung verpasst, wenn er uns so sieht. Oder darauf, dass ihr zwei den anderen Idioten einen eurer Streiche spielt.« Ich nicke zu den anderen. »Ich warte auf etwas, das nicht passieren wird.«

Er murmelt etwas Unverständliches und hält mich noch fester. Ich kneife die Augen zu. Gerade tut es wieder sehr weh, wirklich weh. Ich spüre es mit jedem Atemzug und mein Magen zieht sich zusammen, als müsste er den Schmerz verdauen. Meine Augen brennen und meine Unterlippe fängt an zu zittern. *Fuck.*

Ist das die Trauer? Ist das das richtige Trauern? Muss es wohl sein. Das muss es sein, wovor ich mich die ganze Zeit versteckt habe. Was ich nicht akzeptieren wollte.

Die Trauer wacht jeden Morgen mit einem Funken Hoffnung auf, nur um jedes Mal enttäuscht zu werden. Sie hält an Erinnerungen fest und wünscht sich, dass weitere folgen. Die Trauer behält die ganze Zeit die Tür im Auge und wartet darauf, dass er um die Ecke gerannt kommt, was niemals passieren wird. Und die Trauer bricht dir jedes Mal das Herz, wenn du realisierst, dass er für immer fort ist.

»Vergiss nichts, Roxy.« Kyle küsst mich auf den Kopf und flüstert in mein Ohr. »Erinnere dich mit mir.«

»Ich kann nicht.« Meine Augen füllen sich mit Tränen.

»Doch, du kannst.« Er streichelt mir über die Haare. »Lass uns verschwinden.«

»Wohin denn?«

»Wo uns niemand finden kann.« Er steht auf und zieht mich mit hoch.

»Zur Schlucht?«

»Genau.«

Seine starken Arme legen sich um meinen Körper und drehen mich in eine Umarmung. Ich umfasse seine Taille, die ganze Zeit bemüht, nicht auf die neugierigen Blicke zu achten. Das Bedürfnis, mich umzudrehen und ihnen was Patziges zu sagen, ist groß. Aber das ist etwas, das die neue Roxy tun würde. Ich bin aber die alte Roxy. Glaube ich. Oder besser: Ich versuche es.

Die Erkenntnis trifft mich wie ein Faustschlag.

Ich weiß nicht, wer ich bin.

Ich weiß nicht, wer ich sein sollte oder wer ich sein will. Ich werde nie wieder dieselbe sein wie früher, aber ich weiß auch nicht, wer ich stattdessen sein werde.

Ich bin verloren.

»Dreimal dürft ihr raten, wo die hingehen!«, ruft uns Olly hinterher.

Ehe ich den Mund aufmachen kann, um etwas zu erwidern, ruft Kyle schon zurück: »Du hast doch keinen Plan, Olly. Ehe du das raten kannst, müsstest du erst wissen, was man mit einer Frau macht.«

Ich pruste los und vergrabe das Gesicht an Kyles Seite. Die anderen lachen, und ich würde mich am liebsten umdrehen und ihm das triumphierende Grinsen präsentieren, das sich auf meinem Gesicht breitgemacht hat.

»Ich hatte zwei Möglichkeiten«, meint Kyle achselzuckend, während wir den Pfad in Richtung der Schlucht einschlagen. »Ich hätte ihm eine reinschlagen oder ihn vor den Mädchen lächerlich machen können, die er die ganze Zeit versucht zu beeindrucken.«

Ich beiße mir auf die Unterlippe. »Das Letztere war jedenfalls die lustigere Option.«

»Freut mich, dass du das so siehst.« Er drückt mich.

Den Rest des Weges gehen wir schweigend nebeneinanderher, bis zu dem Platz, den er mit Cam entdeckt hat. *Ich glaube, das ist mein neuer Lieblingsplatz.*

Die Abgeschiedenheit und die Geräusche der Natur machen es zu einem Ort, der schon fast magisch wirkt. Er erinnert mich daran, dass es trotz Herzschmerz und Verzweiflung Perfektion auf der Welt gibt.

Ich trete ans Ufer des kleinen Flusses, der vor uns vorbeirauscht. Das rötliche Licht der fast schon untergegangenen Sonne sickert durch das Laub der Bäume auf der anderen Uferseite. Um uns macht sich die Dämmerung breit. Ich weiß, wenn ich jetzt hochschaue, werden am Himmel schon die ersten Sterne zu sehen sein.

»Als Cam und ich das erste Mal hier waren, sind wir den Fluss ganz raufgelaufen – noch weiter rauf, als wir das letzte Mal gegangen sind. Ganz oben ist ein winziger Wasserfall, und das Wasser sammelt sich darunter. Ich fand, dass es ein extrem schöner Ort ist – anders als Cam. Nein, er hatte nur im Kopf, dass er dich da mal reinschmeißen wollte.«

Ich schiele über meine Schulter. »Und, was hast du gesagt?«

Kyle steckt die Hände in die Hosentaschen und zuckt mit den Schultern. »Ich hab ihm gesagt, dass wir bestimmt noch einen größeren Teich finden, wo es noch lustiger wird.«

»Idiot«, murmele ich beleidigt. »Ihr zwei hattet es immer auf mich abgesehen.«

»Na ja, das ist nun mal so mit einem großen Bruder.«

»Ach ja? Und was ist dann deine Ausrede?«

»Ich glaube, ich wollte, dass du mich magst.« Er grinst.

Ich lache leise. »Das hat ja offenbar funktioniert.« Ich berühre den Baumstamm neben mir, die Rinde ist rau unter meinen Fingern. »Er hat ab und zu mein Tagebuch geklaut. Er dachte, ich würde es nicht bemerken.«

»Das wusste ich nicht.«

Gott sei Dank.

»Was glaubst du, wie er sonst immer gewusst hätte, wo er

mich findet, als ich angefangen hab, mit Jungs auszugehen?« Ich drehe mich zu ihm um. »Er wusste das alles aus meinem Tagebuch. Bis ich mir ein zweites zugelegt habe, um ihn auf die falsche Fährt zu locken.«

Kyle lacht. »Und er dachte, er hätte alle Typen verscheucht.«

»Nee, so furchteinflößend war Cam nun wirklich nicht.« *War. War.* »Ich hasse es, das zu sagen.«

»Was zu sagen?«

»*War.* Über ihn in der Vergangenheit zu reden, als wäre er nicht hier. Ich weiß, das ist er auch nicht, aber es scheint mir trotzdem falsch.« Ich senke den Blick, und Kyle kommt zu mir.

»Du hast echt noch nicht viel über ihn geredet, außer mit mir, oder?«

Ich schüttle den Kopf. »Würdest du das tun? Würdest du über Iz reden, wenn sie fort wäre?«

Er hält inne und überlegt. »Nein«, sagt er dann. »Ich glaube, ich könnte es nicht.«

»Es tut weh, an ihn zu denken. Er ist ja nicht wirklich irgendwohin gegangen, weißt du? Er ist immer noch hier in Verity Point. Er ist an jeder Straßenecke, um die wir biegen, in jeder Tür, durch die wir gehen. Der Quatsch, den er dauernd im Kopf hatte, lebt in uns weiter, genau wie die Streiche, die ihr allen in der Stadt immer gespielt habt. Er … Er ist immer noch in unseren Herzen. Er wird nie weggehen. Er ist nicht *hier*, aber ist es doch. Das ergibt keinen Sinn, ich weiß, aber nur sein Körper ist tot. Alles andere an ihm ist noch am Leben. Ich muss ihn irgendwie am Leben halten. Ich ertrage es nicht, ohne ihn weiterzuleben.«

20. Kapitel
Kyle

Ihre Worte hallen in mir wider: *Er ist so lang am Leben, wie wir uns an ihn erinnern. Cam ist noch am Leben, wenn wir ihn in uns lebendig halten.*

Es ist so, wie Iz gesagt hat. Nur weil jemand tot ist, heißt das nicht, dass er weg ist.

Ich schlinge von hinten die Arme um Roxys Taille und lege mein Kinn auf ihrer Schulter ab. »Ich weiß, was du meinst. Ich empfinde es genauso, weißt du? Er ist noch hier. Ich rechne insgeheim auch immer noch damit, dass er mich beiseitezieht und mir ein paar Feuerwerkskracher in die Hand drückt, damit ich sie auf dem Bürgersteig hochgehen lasse. Oder ich warte darauf, dass er mir 'ne SMS schickt, mit irgendeiner neuen verrückten Idee von ihm.«

»Die verrückten Ideen hatten für gewöhnlich damit zu tun, mich zu ärgern«, flüstert sie lächelnd.

»O ja. In neun von zehn Fällen hast du recht. Wir haben allerdings nur ungefähr die Hälfte davon umgesetzt, sonst wärst du wahrscheinlich ständig sauer auf uns gewesen.«

»Oje, wenn die ganzen Streiche, bei denen ihr meine Sachen versteckt oder mein Shampoo mit Rasierschaum aufgefüllt habt, nur die Hälfte waren, bin ich echt froh, dass ihr nicht alle Pläne ausgeführt habt.«

»Das mit dem Shampoo war Cams Idee. Zumindest beim ersten Mal.« Ich grinse beim Gedanken daran, wie sie geschrien hat, als sie bemerkte, was wir getan hatten. »Aber wenn ich so drüber nachdenke, hast du echt gut ausgesehen in dem Handtuch.«

Roxy verpasst mir einen Stoß mit dem Ellenbogen und lacht. »Kannst du dir vorstellen, wie entrüstet er war, dass ich so aus dem Bad gelaufen kam? Das hat er mir noch tagelang vorgehalten.«

»Oh, das kann ich mir vorstellen.« Ich ziehe sie zu Boden und lege mich nach hinten auf den Waldboden ab. Sie legt den Kopf an meine Brust, ihr Arm über meinem Bauch. Ich halte sie fest an mich gedrückt, atme ihren Geruch ein und lächle selig.

»Er war so empfindlich, wenn es um mich ging«, sagt sie leise und malt Kreise auf meinen Bauch. »Was, meinst du, würde er sagen, wenn er uns jetzt so sehen könnte?«

»Ich denke, er würde mir eine knallen, und dann aber auch drüber hinwegkommen.«

»Ich denke, es wäre okay für ihn.« Ihre Stimme ist noch leiser und klingt brüchig.

»Weißt du was? Das glaube ich auch. Er hat es mir sogar einmal gesagt. Außerdem ist es so das Beste für alle.«

Sie legt den Kopf in den Nacken und schaut mich an. »Wie meinst du das?«

Ich grinse schief und streiche ihr die Haare aus dem Gesicht. »Na ja, so kann ich mein Versprechen halten *und* dich glücklich machen. Und wenn du glücklich bist, bin ich auch glücklich, und damit gewinnen alle.«

»Er würde dich eine Pussy nennen für das, was du grad gesagt hast.« Roxy lacht, kuschelt sich aber noch enger an mich. Ich schaue in den Himmel.

»Ach ja, das wäre mir auch egal, ehrlich gesagt.« Ich lache mit ihr.

Wenn mir vor einem Jahr jemand gesagt hätte, dass ich heute mit Roxy hier liegen und mich so fühlen würde, hätte ich ihn ausgelacht. Ich hätte nie gedacht, dass ich mal etwas anderes als Cams Schwester in ihr sehen könnte, aber so ist es. Ich empfinde mehr für sie, als ich jemals für jemanden empfunden habe – und ich weiß auch, warum.

Ich kenne sie. Ich kenne jede kleine Macke an ihr und ihre Gewohnheiten; ich weiß, was sie gern mag und kann ihre Laune nur mit einem kurzen Blick abschätzen. Und sie kennt mich genauso gut. Sie kennt mich genauso gut wie ich sie, und es funktioniert.

Wir teilen so viel Schmerz. Uns wurde beiden das Herz gebrochen, und es ist seltsam, dass es der Schmerz ist, der uns einander nähergebracht hat. Es ist schon fast ironisch, dass wir es geschafft haben, in einer so traurigen Zeit unser Glück zu finden.

Vielleicht hat es so sein sollen, dass wir uns gegenseitig heilen.

Ein Körper bewegt sich neben mir, und ich ziehe ihn instinktiv näher an mich. Roxys leises Kichern dringt an mein Ohr, und ich spüre, wie sie auf mich draufklettert.

»Was machst du da?« Ich öffne schläfrig die Augen.

Sie sitzt auf mir, die Knie rechts und links von mir, die Hände neben meinem Kopf auf dem Boden abgestützt. »Guten Morgen.« Sie strahlt und gibt mir einen Kuss.

Ich lege die Hände an ihre Hüfte und erwidere den Kuss. »O ja, das ist wirklich ein guter Morgen«, murmele ich. »Wieso sitzt du auf mir?«

»Beschwerst du dich etwa?« Sie bewegt sich auf mir hin und her, reibt dabei über meinen Schwanz, und ich spüre, wie ich hart werde. Ich schiebe ihr meine Hüfte entgegen.

»Fühlt es sich so an, als würde ich das tun?«

Sie leckt sich mit der Zunge über die Lippen und schüttelt den Kopf. Diese Geste in Verbindung mit dem Funkeln in ihren Augen ist nicht gerade hilfreich, was meine Erektion angeht. Denn sie trägt einen Rock, und das Einzige, was uns voneinander trennt, ist ihre Unterwäsche, meine Jeans und meine Boxershorts. Sie neigt den Kopf, so dass ihre Haare um unsere Gesichter fallen und legt ihre Stirn an meine.

Ihre Lippen sind so weich und süß, als sie sich auf meinen Mund senken. Ich schlinge die Arme um ihren Körper, und sie legt sich auf mir ab. Jetzt berühren sich unsere Körper der ganzen Länge nach, während ihre Zunge in meinen Mund gleitet. Ihre Finger fahren durch meine Haare, mit der anderen Hand schiebt sie mein Shirt hoch und kitzelt mich am Bauch.

»Rox. Wir sind im Freien.«

»Ist mir egal«, murmelt sie.

»Was, wenn es mir nicht egal ist?«

»Wir hätten neulich an dem Baum schon wesentlich mehr gemacht, wenn es nach mir gegangen wäre.«

Als ob ich das nicht wüsste.

Sie drückt sich an mich, und mein Körper reagiert sofort. Mein Gehirn kann nur noch daran denken, was unter ihrem Rock ist, meine Hände wollen sie ausziehen, und mein Schwanz will in ihr sein. Ganz in ihr.

Also, scheiß auf ›im Freien‹.

Ich streiche ihr über den Rücken und ziehe ihr Gesicht zu mir. Dieses Mal küsse ich sie. Ich küsse sie leidenschaftlich, halte unsere Münder aneinandergepresst, knabbere mit den Zähnen an ihrer Unterlippe. Sie schlingt ihre Beine um meine und fährt mit der Hand über meine Brust. Ich lasse die Finger über ihre nackten Oberschenkel gleiten, bis unter ihren Rock, wo ich ihren Po umfasse. Die ganze Zeit küsse ich sie weiter.

Ihre nackte Haut ist zu verlockend. Sie reibt sich wieder an mir, und ich fasse mit einer Hand nach unten. Ich fummele an meiner Jeans rum, wobei meine Finger die feuchte Wärme zwischen ihren Beinen berührt. Wenn ich nicht so von unserem Kuss gefangen wäre, müsste ich die Kiefer aufeinanderpressen, um nicht laut loszustöhnen.

Denn im Moment ist das Einzige, an das ich denken kann, sie auf den Rücken zu drehen und ihr das lächerliche Stück Stoff, das sie für Unterwäsche hält, runterzureißen. Ich will sie vögeln, so wie es unsere Körper verlangen.

Roxy streicht über meinen Bauch und weiter runter bis zu meinem Hosenbund. Sie braucht einen Moment, dann hat sie den Knopf geöffnet.

»Beeindruckend.« Ich küsse sie am Hals.

Sie grinst. »Effizient, um genau zu sein.«

»Ich mag deine Effizienz.«

»Ich auch«, haucht sie, die Hand in meiner Hose.

Als ihre Fingerspitzen meine Eichel berühren, zucke ich zusammen. Sie umschließt meinen Schwanz mit der Hand und reibt mit dem Daumen über die Eichel. *Ich muss in ihr sein. Jetzt.*

Ich lasse sie los und hole ein Kondom aus meiner Hosentasche. Roxy nimmt es mir ab und zieht es mir über, ohne hinzuschauen. Ihre Augen halten meinen Blick, während sie mich zu sich ranführt.

Ich setze mich auf und unterbinde es.

»Mistkerl«, murmelt sie.

»Mhmm.«

Ich streiche ihr über die offenen, langen Haare und weiter über den nackten Po. Sie setzt sich auf mich, so dass ich in sie eindringen muss. Nur einen kurzen Moment hält sie inne, dann nimmt sie mich ganz in sich auf. Ich stoße hastig die Luft aus. Sie ist feucht und *Fuck, sie fühlt sich so gut an.*

Sie kichert atemlos. »Das hast du davon.«

»Fies.« Ich küsse sie aufs Schlüsselbein, als sie sich aufrichtet, nur um gleich wieder den Oberkörper zu senken. Dabei bewegt sie die ganze Zeit die Hüfte auf mir.

»Mhmm.« Sie findet meinen Mund und bewegt ihre Zunge im Rhythmus ihres Körpers.

Sie ist verrückt. Sie ist verrückt, und sie macht mich verrückt. Mit jedem Zusammenziehen ihrer Mitte, jedem Schlag ihrer Zunge, jedem winzigen Stöhnen. Mit ihrem stoßweise gehenden Atem treibt sie mich jedes Mal ein Stückchen weiter in den Wahnsinn. Sie schafft es, dass ich sie so sehr begehre, dass ich fast den Verstand verliere. Ich kann mir nicht vorstellen, sie jemals nicht so halten zu wollen.

Ich drehe sie um und stoße mit der Hüfte gegen sie. Sie vergräbt das Gesicht an meinem Hals, und unser beider Atem geht schnell. Das Einzige, was ich spüre, ist das brennende Verlangen und den verzweifelten Wunsch, sie bis ans Ende zu bringen. Und das werde ich. Ich bin entschlossen, sie bis zum Äußersten zu treiben und darüber hinaus.

Ich habe jegliches Zeitgefühl verloren, doch auf einmal stürzt eine Welle über uns zusammen. Wir kommen gemeinsam. Ich bin völlig verloren.

»Scheiße«, haucht Roxy atemlos. »Wie viel Uhr ist es?«

»Das ist das Erste, was dir *danach* einfällt?« Ich grinse, als sie sich aufrappelt.

»Jetzt mal im Ernst, wie viel Uhr ist es?«

Ich ziehe mich an und stecke das Kondom zurück in die Verpackung. Dann krame ich mein Handy hervor. »Halb zehn.«

»Fuck! Ich muss um zehn bei der Arbeit sein.«

Ihre Augen sind groß, umrandet von verschmiertem Mascara, und sie hält sich entsetzt die Hand vor den Mund. Der Anblick ist unbezahlbar, und ich muss einfach lachen.

»Kyle!« Sie gibt mir einen Stups. »Lach nicht. Das ist alles deine Schuld.«

»Hey – wieso ist das jetzt meine Schuld?«

»Du … du hast mich verführt!«, stammelt sie.

Ich lache wieder und ziehe sie an mich. Ich küsse sie auf die geschwollenen Lippen. »Pass auf, was du sagst, oder ich tue es gleich wieder.«

»Das ist ja mal 'ne Drohung.« Sie grinst und versucht, sich die Mascara wegzuwischen. »Lass uns gehen.«

Ich folge ihr durch den Wald. »Wer hat denn gesagt, dass es eine Drohung ist?«

Sie wirft mir einen Blick über die Schulter zu und geht ungerührt weiter. Im letzten Moment schlägt sie die Abkürzung zu ihrem Haus ein. Ein Vorteil, wenn man im Nirgendwo wohnt. Ich schließe zu ihr auf und umfasse sie von hinten um die Taille, gebe ihr einen Kuss auf den Hals.

»Musst du wirklich zur Arbeit?«, murmele ich in ihren Nacken.

»Ja.« Sie drückt meine Hand. »Mom wundert sich bestimmt schon, wo ich stecke.«

»Was willst du ihr denn sagen?«

»Weiß noch nicht.«

Ich schmunzle, während wir das Haus erreichen und nach vorn auf die Haustür zugehen. Roxy löst sich von mir, gibt mir einen Kuss auf die Wange und wendet sich zur Tür. *Das nennt sie eine Verabschiedung?*

»Hey!«, rufe ich.

Sie bleibt stehen und dreht sich um, als ich auf sie zulaufe. Ich packe sie, beuge sie in meinem Arm nach hinten. Sie quietscht kurz auf, als ich sie küsse, hält sich aber an meiner Schulter fest und erwidert meinen Kuss leidenschaftlich.

»Das war ein Filmkuss«, murmelt sie.

Meine Mundwinkel zucken belustigt, und ich berühre ihre Nase mit meiner. »Sag das deiner Mom.«

Roxy schaut sich hastig um. Myras Gesicht lugt hinter dem Vorhang hervor, und sie lächelt – das erste ehrliche Lächeln, das ich bei ihr gesehen habe, seit Cam fort ist.

»Ich glaub nicht, dass ich ihr noch was sagen muss«, überlegt Roxy. »Vielleicht muss ich ihr was erklären, aber sagen muss ich ihr nichts mehr.«

Ich lache und küsse sie wieder, dieses Mal ganz undramatisch, und gebe ihr einen Klaps auf den Po, als sie aufs Haus zugeht.

Ray öffnet die Tür und zeigt mit dem Finger auf mich, die Stirn gerunzelt. »Was fällt dir ein, die ganze Nacht mit meiner Tochter unterwegs zu sein?«

»Dad!« Roxy stöhnt auf. »Echt jetzt?«

»Was glaubst du, wer du bist?«, beharrt Ray.

Ich lache wieder und hebe die Hand zum Gruß. »Du machst mir keine Angst, alter Mann!«

»Verdammt.« Er grinst achselzuckend. »War einen Versuch wert.«

Ich lächle dümmlich vor mich hin, während Iz in der Küche umherhuscht und Mittagessen macht. Sie wirft mir ab und zu einen Blick zu, und jedes Mal wird mein Grinsen breiter. Es macht sie wahnsinnig, weil sie nicht weiß, was ich im Schilde führe. Sie so auf die Palme zu bringen ist wohl meine absolute Lieblingsbeschäftigung.

Natürlich nach Roxy küssen.

Iz fährt herum und zeigt mit einem Brotmesser auf mich. »Okay, ich gebe auf. Wieso zur Hölle grinst du mich die ganze Zeit so dämlich an, du verrückter Kerl?«

Na also. Ich sag kein Wort, lächle nur weiter. Mann, das macht Spaß.

»Kyle.«

Grinsen.

»Kyle!«

Ich kratze mich an der Nase.

»Kyle!«

»Ich hab mich gefragt, ob du es genossen hast, mit einem meiner besten Freunde rumzumachen.«

»Lustig, das Gleiche habe ich mich auch gefragt.« Sie wedelt mit dem Messer in der Luft.

»Ja, hab ich. Sehr sogar.« Ich zwinkere ihr zu.

Sie verzieht angewidert das Gesicht. »Iiih.«

»Si. Wieso Si?«

»Fragst du mich das ernsthaft? Willst du echt wissen, wie mein Gehirn funktioniert?«

Nicht wirklich. »Ich hätte mir nur nie vorstellen können, dass ihr beide … Du weißt schon. Euch an die Wäsche geht.«

»Mann, dieses Verbindungshaus hat echt 'nen schlechten Einfluss auf dich, oder?«

»Dann ist es ja gut, dass ich nächstes Semester ausziehe«, meine ich achselzuckend. »Also … Wieso Si?«

Iz lächelt breit, ihre Mundwinkel scheinen fast bis zu ihren Augen zu reichen. »Weil er diese starke Brust hat, die ein Mädchen allein schon zum Weinen bringt, und einen Arsch, der so knackig ist, dass es schon fast wehtut, ihn anzuschauen. Und wenn man davon ausgeht –«

»Okay, okay!« Ich hebe die Hände. »Ich brauch von meiner Schwester keine Schätzung, wie groß der Schwanz von meinem Freund ist.«

»Und wenn man davon ausgeht, wie er küsst, fickt er wahrscheinlich wie ein Pornostar.«

Ich schnaube laut. »Dass du in so 'ner Frauen-Verbindung bist, hat wohl auch nicht den besten Einfluss auf dich, oder?«

»Dann ist es ja gut, dass mir das scheißegal ist, oder?« Sie beißt herzhaft in ihr Sandwich.

»Ich wollte dich mal was fragen.«

»Abgesehen von der sexuellen Anziehung, die ein Freund von dir auf mich hat?«

»Das ist mir wahrscheinlich nicht halb so wichtig wie dir Roxys Anziehung auf mich.« Okay, ich bluffe. Aber ich habe wenigstens ein Pokerface – Iz könnte nicht mal Kindergartenkindern was vormachen. Selbst die hätten sie innerhalb einer Sekunde durchschaut.

»Kann schon sein. Was willst du denn jetzt wissen?«

Ich tippe nervös mit dem Finger auf dem Tisch herum. Das Problem ist, dass ich selbst nicht ganz sicher bin, was ich eigentlich fragen will.

»Wie ...« Ich halte inne und ... *Ach, was soll's. Spuck es einfach aus!* »Wie bringe ich Roxy dazu, mit mir nach Berkeley zu kommen?«

Iz hält im Kauen inne und starrt mich entgeistert an. Langsam kaut sie weiter und schluckt den Bissen runter. »Hab ich dich richtig verstanden?«

»Keine Ahnung, was hast du denn verstanden?«

»Du willst, dass Roxy mit dir nach Berkeley geht?«

»Wenigstens hast du kein Problem mit deinen Ohren.«

»Verdammt, Kyle! Das ist 'ne ernste Sache.« Sie schlägt mit der Handfläche auf die Tischplatte.

»Ich weiß, Iz, ich weiß.« Ich fahre mir mit der Hand durch die Haare. »Es ist nur ... Ich kann sie nicht hier zurücklassen. Nicht jetzt.«

Meine Schwester setzt sich mir gegenüber auf den Stuhl

und mustert mich. Ein Lächeln breitet sich auf ihrem Gesicht aus.

»Jetzt komm mir nicht wieder mit deiner Psychokacke.«

Ich werfe ihr einen warnenden Blick zu.

»Du liebst sie.«

Verdammte Körpersprache.

»Es stimmt.« Sie macht große Augen. »Du liebst sie wirklich.«

»Du musst gar nicht so überrascht tun«, erwidere ich trocken.

»Bin ich auch nicht. Glaub ich. Weiß auch nicht.« Sie legt den Kopf schief. »Aber … willst du wirklich, dass sie mit dir nach Berkeley geht?«

Ich nicke bedächtig. »Es ist Roxy, weißt du? Wie soll ich sie denn hier zurücklassen?«

»So weit ist es jetzt auch nicht.«

»Wenn ich nicht in 'ner halben Stunde bei ihr sein kann, ist es zu weit, Iz.«

Sie seufzt und reibt sich übers Gesicht. »Ich weiß nicht. Hast du sie mal gefragt? Vielleicht bewirbt sie sich ja an der Uni. Sie würde es schaffen – sie ist echt klug. Sie ist nur ein bisschen vom Kurs abgekommen.«

»Ich weiß. Und natürlich habe ich sie noch nicht gefragt – sonst hätte ich dich ja nicht um deinen Rat gebeten, oder?« Ich ziehe die Augenbrauen hoch, und Iz zuckt nur mit den Schultern. »Na also. Ich … liebe sie, Iz. Fuck. Ich weiß ja auch nicht. Ich will einfach, dass sie mit mir nach Berkeley kommt.«

»Na ja, dann musst du sie wohl fragen«, entgegnet Iz. »Aber was ist, wenn sie nein sagt?«

Ich schweige. Soll sie doch ihre Psychokacke anwenden und mir selbst eine Antwort geben.

»Kyle Michael Daniels.« Iz dehnt jede Silbe meines Namens und legt so viel Frage hinein, wie möglich. »Sag mir jetzt nicht, dass du hierbleibst, wenn sie nicht mitkommt.«

Ich tippe wieder mit den Fingerspitzen auf die Tischplatte und schweige.

»Du wolltest Arzt werden, seit du … na ja, schon immer. Das kannst du doch nicht ernsthaft aufgeben wollen? Ich weiß, es ist Roxy, aber … Jetzt mal im Ernst? Das würdest du tatsächlich tun?«

Unsere Blicke treffen sich, ihre Augen haben dieselbe Farbe wie meine. »Ich weiß, dass das mein Traum war. Aber sie ist mehr als ein Traum, Iz. Roxy ist alles für mich, und sie ist echt. Ohne sie gibt es keinen Traum. Also, ja. Wenn es sein muss, bleibe ich hier. Bei ihr. Für sie. Ich würde alles tun für diese Frau.«

21. Kapitel

Roxy

Ich fahre meinen Computer hoch und öffne den Browser. *Was für ein Grundstudium brauche ich, um Tierarzt zu werden?* Aus einem Impuls heraus füge ich Berkeley zur Suche hinzu. UCLA war eigentlich mein Favorit … Ich weiß, das ist Südkalifornien, und Berkeley ist im Norden, aber egal. Das ist ja nur Recherche bisher.

Basiskurse in Naturwissenschaften und Fortgeschrittenenkurse in Tierbiologie und -verhalten. Dazu kommen noch ein paar andere Sachen. Alles zu schaffen. Naturwissenschaften sind mir schon immer leicht gefallen – und diese Kurse würden immerhin zu meinem Traumberuf führen.

Aber ich muss die Entscheidung nicht gleich treffen. Eigentlich sollte ich besser noch weiter googeln und mir auch andere Colleges im Land anschauen. Aber ich habe keine Lust mehr. Ich klappe den Laptop zu und stehe auf.

Das Haus ist immer so still, wenn Mom und Dad bei der Arbeit sind. Ich schlendere den Flur entlang, und meine Hand schwebt für einen Moment über der Türklinke zu Cams Zimmer. Langsam drücke ich sie runter und betrete den Raum. Meine Füße tragen mich unbewusst zu seinem Bett, wo ich mich auf die Bettdecke setze. Sein Geruch ist fast verflogen. Der fehlende Duft nach Davidoff lässt eine leichte Panik in mir aufsteigen. Sein Zimmer sollte danach riechen, also stehe ich kurzerhand auf und schnappe mir die Parfümflasche von der Kommode. Ein-, zweimal sprühe ich in die Luft. Der frische Duft lässt mich lächeln.

Das fühlt sich besser an. Hier ist er am lebendigsten. Hier erinnere ich mich am besten an ihn – und an Kyle.

»Ihr werdet bestimmt geschnappt«, warne ich sie. Ich sitze auf Kyles Schreibtischplatte und lasse die Beine baumeln.
»Ist doch egal.« Mein Bruder zuckt mit den Achseln.
»Die werden eh alle wissen, dass wir es waren«, murmelt Kyle. »Sonst hat doch niemand den Mumm, so was durchzuziehen.«
»Okay, da hast du recht. Aber wie wollt ihr es bitte schaffen, die ganze Schlagsahne mit Rasierschaum zu ersetzen?«
Die beiden grinsen verschlagen.
»Okay, zunächst mal, ihr zwei habt echt eine krankhafte Besessenheit mit dem Zeug. Und außerdem werde ich bestimmt nicht bei diesem bescheuerten Plan mitmachen.«
»Roxy«, bettelt Cam. »Du hast doch die Schlüssel zum Café.«
»Mom wird euch umbringen!«
»Nein, wird sie nicht.« Kyle grinst und zieht mich an den Haaren. »Du wirst ja diejenige sein, die es ausführt.«
»Ähm, hallo? Habt ihr meinen zweiten Punkt verpasst? Ich mache das nicht. Auf keinen Fall!«
»Na schön. Aber du lässt uns rein, oder?« Cam setzt seinen Hundeblick auf. Er ist nicht wirklich gut darin, aber ich kann ihm trotzdem nie widerstehen.
»Ich kann euch nicht reinlassen. Mom wird mich feuern und mir die Hölle heißmachen. In aller Öffentlichkeit«, betone ich.
»Aber wie –«
Ich steh auf und geh auf die Tür zu. Meine Hand liegt schon auf der Klinke, da drehe ich mich noch mal zu ihnen um. »Ich kann euch nicht reinlassen, aber ich kann euch nicht daran hindern, mir meine Schlüssel zu klauen. Die zufällig immer in der obersten Schublade meines Nachttischs liegen, wenn ich nicht arbeite.«

Kyle und Cam sehen mich grinsend an, und ihre Augen funkeln schelmisch.

Meine Mundwinkel zucken, wenn ich mich an die Situation erinnere. Cam und Kyle stahlen tatsächlich meine Schlüssel, und zwar ohne erwischt zu werden. Ich habe sie nie gefragt, wie sie den Rasierschaum in die Schlagsahnedosen reinbekommen haben. Sie haben die Konsequenzen jedenfalls allein getragen, haben immer felsenfest behauptet, ich hätte nichts davon gewusst. Und wenn ich ehrlich bin, hab ich auch keine Ahnung, wann sie es gemacht haben.

Ich war ihr stiller Verbündeter für ihre Streiche – wenn ich nicht gerade selbst das Opfer war – und es hat nie jemand herausgefunden. Ich glaube, ich vermisse uns drei zusammen fast genauso sehr wie Cam allein. Und es ist schwer, sich von jemandem zu verabschieden, von dem man dachte, dass er immer da sein würde.

Manche Leute sind Teufel in Menschengestalt.

Sie wollen dich die ganze Zeit zu etwas verführen, wofür du eh schon eine Schwäche hast. Sie riechen irgendwie, wenn du einen schlechten Tag hast, und tauchen dann mit einer scheinbar einfachen Lösung bei dir auf. Mit einem Gegenmittel. Einem Ausweg.

Aber es ist falsch. Es hilft immer nur für den Augenblick und macht die Gesamtsituation nicht besser. Nichts, was dir ein Teufel als Lösung anbietet, hilft dir weiterzukommen.

Und genau diese Gedanken habe ich gerade, während ich Layla anschaue.

»Komm schon, Roxy. Ich brauche das Geld. Und du brauchst das hier.«

Ich schaue in ihr sommersprossiges Gesicht mit den großen braunen Augen. Sie wirkt verzweifelt. Ich bin es nicht.

»Ich will das Zeug nicht, Layla. Ich brauch es nicht mehr, okay? Du musst dir jemand anderen suchen, der es dir abkauft.«

»Roxy!«

»Moment.« Ich ziehe mein Handy aus der Hosentasche und suche ihr die Nummer eines Typen raus, den ich vor ein paar Monaten in Portland kennengelernt habe. »Der sucht immer nach jemandem, der ihm Drogen verkauft. Ruf den mal an.«

»Der ist doch in Portland.«

Ich zucke mit den Schultern und wende mich zum Gehen. »Entweder brauchst du das Geld oder nicht.«

Im Moment will ich der Realität nicht entfliehen. Ich brauche nichts, das mich den Schmerz vergessen macht. Ich muss die Zähne zusammenbeißen und damit klarkommen. Kyle hilft mir.

Meine Familie verdient es, dass ich mich anstrenge.

Ich gehe mit schleppendem Gang nach Hause. Auf einmal wird mir erst bewusst, wie leer Verity Point ohne meinen Bruder ist. Und ich wünschte, ich hätte nicht die Gelegenheit versäumt, schon im September aufs College zu gehen. Jetzt sitze ich hier noch ein weiteres Jahr fest.

Ich stecke meinen Schlüssel in die Tür und will ihn gerade umdrehen, als sich zwei Hände auf meine Schultern legen. Ich schreie erschrocken auf.

»Ich bin's doch nur.« Kyle lacht.

»O mein Gott. Du Arsch, du hast mich zu Tode erschreckt.«

Er lacht wieder und folgt mir ins Haus. »Sorry. Dachte, du hättest mich kommen gehört.«

Ich schüttle den Kopf. »Nö, war in meiner eigenen kleinen Welt.«

»Kann ich dich mal was fragen?«

»Klar, frag.«

»Hast du was gekauft?«

Ich halte inne. »Was denn gekauft?«

»Du weißt, was ich meine.«

»Nein, weiß ich nicht.«

»Ben hat dich gerade mit Layla gesehen.«

Natürlich hat er das. Und natürlich musste er es gleich Kyle erzählen, war ja klar.

Ich presse die Lippen aufeinander, weil ich spüre, wie Ärger in mir aufsteigt. »Und du hast gleich angenommen, dass ich Alkohol oder Drogen von ihr gekauft habe, oder?«

»Nein … Na ja, irgendwie schon. Hab mich halt gefragt«, meint er kleinlaut.

Der Ärger verwandelt sich in Wut, und ich kaue auf der Unterlippe. Ich starre ihn ein paar Sekunden an, dann drehe ich mich weg. »Schön, dass du so viel Vertrauen in meine Fähigkeiten hast, nein zu sagen.« Ich stürme aus dem Zimmer.

Die Treppenstufen knarzen, als Kyle mir nachkommt. »Hey, das hab ich nicht gesagt!« Er stellt einen Fuß in die Tür, um zu verhindern, dass ich sie ihm vor der Nase zuwerfe.

»Das hast du aber gemeint.«

»Nein, habe ich nicht.«

»Quatsch!« Ich fahre wütend herum. »Du hast gehört, dass ich bei ihr war, und sofort angenommen, dass ich schwach geworden bin. Zu deiner Information, ich bin nicht schwach geworden! Sie meinte, sie bräuchte Geld, also hab ich ihr die Nummer von jemandem gegeben, der ihr vielleicht was abkauft. Ben hat diesen Part natürlich ausgespart, oder?«

»Er hat mir nur gesagt, was er gesehen hat.«

»Offenbar hat er nicht genug gesehen, oder?« Ich schreie schon fast. Es tut unendlich weh, dass er mich für so schwach hält, dass ich jeder Versuchung nachgebe, die mir vor der Nase baumelt. Außerdem schmerzt es, dass er denkt, ich habe mein Versprechen an ihn gebrochen. »Ich hab doch gesagt, dass ich es nicht tun werde. Ich hab dir versprochen, ich werde mein Bestes tun, die Scheiße nicht mehr zu machen. Aber du traust mir einfach nicht zu, dass ich es lassen kann, oder?«

Unsere Blicke treffen sich, und er macht einen Schritt auf mich zu.

»Rox.«

Ich weiche vor seinem ausgestreckten Arm zurück. »Du glaubst nicht, dass ich es schaffen kann, oder?«, wiederhole ich. »Gib es zu. Du hast es nicht geglaubt, deshalb bist du gleich hier rübergerannt, um mich zu kontrollieren. Du hast automatisch angenommen, dass ich es nicht geschafft habe.«

Kyle lässt die Schultern hängen und fährt sich nervös mit der Hand durch die Haare. Ich habe recht. Wir wissen es beide.

Ich hole tief Luft, mir ist auf einmal übel. »Du kannst jetzt gehen«, flüstere ich und wende mich ab.

»Was?«

»Bitte geh einfach«, flüstere ich wieder. »Ich weiß nicht, ob ich gerade mit jemandem in einem Raum sein will, der so wenig von mir hält.«

»Denkst du das wirklich?«

»Ja, und wenigstens geb ich das zu.«

»Ja, dann ignorieren wir mal die Tatsache, dass ich das alles nur gedacht habe, weil ich mich um dich sorge.«

»Richtiger wäre wohl: Du glaubst nicht, dass ich mit dem

Trinken und der anderen Scheiße aufhören kann, und sonst nichts.«

»Wie oft denn noch? Das hab ich nie so gesagt!«

Ich vergrabe das Gesicht in den Händen und ein Kloß formt sich in meinem Hals. »Nein, hast du nicht. Aber du hast es gemeint. Also, geh jetzt. Bitte.«

»Das ist nicht fair, Rox. Ruf mich an, wenn du dich beruhigt hast.«

Er verlässt mein Zimmer und seine Schritte hallen schwer auf der Treppe. Ich werfe die Tür hinter ihm zu, lehne mich dagegen und lasse den Tränen freien Lauf. Es ist gerade mal eine Woche her, dass er mich gebeten hat, mein Verhalten zu ändern, und jetzt hat er mich schon aufgegeben.

Ich will mir seine Argumentation nicht anhören. Denn das, was er gesagt hat, reicht schon. Er kennt mich besser als jeder andere – vielleicht sogar besser als Iz und Selena –, aber anscheinend kennt er mich nicht gut genug, um mir zuzutrauen, dass ich mein Wort halte. Tränen laufen mir über die Wangen und ich lasse den Kopf gegen die Tür sinken.

»Fick dich«, wispere ich.

22. Kapitel

Kyle

Drei Tage.

Es ist jetzt drei verdammte Scheißtage her, seit sie mich weggeschickt hat, und langsam gehen mir die Ideen aus. Ich weiß langsam nicht mehr, was ich noch tun kann, um sie davon abzuhalten, wieder in ihr altes Verhalten zurückzufallen. Ich weiß es nicht. Ich weiß es wirklich nicht.

Wir hatten echt Fortschritte gemacht, und ich konnte sie wirklich in manchen Dingen überzeugen. Doch dann mache ich alles kaputt, indem ich ihr signalisiere, dass sie bestimmt Drogen gekauft hat. Das ist ein krasser Rückschritt. Jetzt muss ich sie wirklich davon überzeugen, dass ich an sie glaube und dass ich weiß, was sie kann.

Shit, ich muss sie einfach dazu bringen. Für sie. Für mich. Für uns. Sie muss es schaffen. Sie muss akzeptieren, dass Cam weg ist, damit sie selbst weitermachen kann. Jedes Mal, wenn sie sich betrinkt, hält sie an etwas fest, das nicht mehr existiert. Sie muss weitergehen und sich auf das konzentrieren, was existiert.

Die Erinnerungen. Die guten Zeiten. Die Zukunft.

Ich weiß, dass sie diese eine Nacht nie vergessen wird. Sie hat mitansehen müssen, wie ihr Bruder bei einem Unfall gestorben ist, aber das darf nicht ihre Haupterinnerung an ihn bleiben. Sie muss sich die schönen Momente vor Augen führen – all die schönen, lustigen, verrückten Momente.

Ich bin der einzige Mensch, der ihr helfen kann, sich zu erinnern.

Und ich hab es vermasselt.

Ich habe alles zerstört, was sich zwischen uns entwickelt hat. Ich hätte mir denken können, dass sie verletzt ist, wenn ich sie nach den Drogen frage. Roxy ist immer gleich auf 180, ich hätte wissen müssen, dass sie ausrastet … Genau wie ich.

Erst reden, dann denken.

Impulsiv.

Aber alles bei uns war bisher impulsiv. Jeder Streit, jeder Kuss, jeder Sex … Das alles passierte in einem Rausch der Gefühle, der uns beide mitgerissen hat, ohne dass wir groß darüber nachdenken konnten. Deshalb ist es kein Wunder, dass es jetzt gekracht hat.

Ich grüble noch, als Si die Haustür öffnet.

Er gibt mir einen Klaps auf den Hinterkopf. »Beweg deinen faulen Arsch vom Sofa in mein Auto.«

»Wofür denn?«

»Party. Wir müssen dich mal ein bisschen aufheitern, du alter Miesepeter.«

»Ich will nicht aufgeheitert werden. Ich bin doch schon der reinste Sonnenschein.« Ich grinse gequält.

Er lacht. »Hör mal zu, Mann, Roxy ist heut Abend auch da. Komm mit und rede ein bisschen mit ihr, dann verschwindet ihr zwei, wohin auch immer.«

»Es wird ein bisschen mehr brauchen, als nur ein bisschen Gerede, um sie dazu zu bringen, mit mir überhaupt irgendwohin zu gehen.« Ich stehe auf und folge ihm zu seinem Auto. *Hey – sie wird in absehbarer Zeit nicht zu mir kommen, da muss ich wohl den ersten Schritt auf sie zumachen.*

»Ben hat nicht grad 'ne Glanzleistung abgeliefert, was?« Si schaut mich von der Seite an.

»Nee, das war allein meine Schuld. Er hat mir nur erzählt, was er gesehen hat. Ich bin derjenige, der die falschen Schlüsse daraus gezogen hat. Ich hätte sie einfach ganz normal fragen sollen, statt irgendwelche Anschuldigungen zu erheben. Oder noch besser – ich hätte einfach die Klappe halten sollen.«

Er zuckt mit den Schultern. »Du hast das nur getan, weil du dir Sorgen um sie machst.«

»Ach ja? Tu mir einen Gefallen, und erklär ihr das mal.«

»Würde ich ja, aber ich hab keine Lust, von ihr die Eier abgerissen zu bekommen.«

»Schön zu wissen, dass dir deine Eier wichtiger sind als unsere Freundschaft.«

Wir grinsen uns an, doch mein Lächeln ist immer noch halbherzig. Ich hab kein gutes Gefühl, was heute Abend angeht, weiß aber nicht genau warum. Meine Roxy auf 'ner Party, das ist einfach eine teuflische Kombination, und ich habe Angst vor dem, was mich dort erwartet. Ich habe Angst, sie betrunken anzutreffen, vielleicht auf Drogen, oder vielleicht sogar mit einem anderen Typen.

Und da wundere ich mich, wieso sie denkt, ich würde nicht an sie glauben. Fuck.

Musik wummert aus dem Haus, vor dem Si anhält. Mein Bedürfnis, sie zu sehen, nimmt fast überhand. Ich schiebe mich durch die Haustür und schaue in jedes Zimmer. Si hilft mir, schließlich finden wir sie in der Küche.

Sie schaut auf, als wir den Raum betreten, unsere Blicke treffen sich. Ihrer ist schwer. Traurig. Weich. Wütend. Und hart zugleich. Eine Mischung, die macht, dass sich mein Magen schmerzhaft zusammenzieht. Dann wendet sie sich ab.

»Autsch«, murmelt Si.

»Danke, Mann.« Ich nehme ihm ein Bier aus der Hand.

»Was hast du jetzt vor?«

»Dasselbe, was ich vorher auch gemacht habe, wenn ich wollte, dass sie mit mir redet. Ich ärgere sie.«

»Sei kein Vollidiot, Ky«, meint Iz, die hinter mir aufgetaucht ist. »Ich glaube, sie ist verärgert genug.«

»Hey, sie hat *mich* weggeschickt. Ich hab es verkackt, okay. Aber sie hat mir einfach nicht zuhören wollen, als ich es ihr erklären wollte.«

»Ihr zwei seid einfach so verdammt stur, das ist euer Problem. Keiner von euch will dem anderen zuhören oder nachgeben. Jeder steht in seiner Ecke und schmollt, bis der andere geht.«

»Danke für die Einschätzung. Muss ich gleich bezahlen oder geht das auch später?«

»Manchmal frage ich mich, wieso ich mir überhaupt die Mühe mache, Arschloch.«

Ich lege ihr den Arm um die Schulter und drücke sie kurz. »Ich weiß, Iz. Tut mir leid.«

Sie schüttelt meinen Arm ab. »Du musst dich nicht bei mir entschuldigen, sondern bei der Frau da drüben, die kurz davor ist, dich ganz aufzugeben.«

Schlag ruhig noch mal rein, Schwesterherz. Voll auf die Fresse! Dann kann ich es vielleicht leichter ertragen.

Doch dann sehe ich plötzlich, wie Roxy mit Selena einen Shot ext.

»Ja, genau.« Ich nicke in die Richtung der beiden. »Sieht echt so aus, als wäre sie kurz davor. Oder so, als hätte sie es schon getan.«

»Nein«, sagt Iz und lehnt sich an die Wand. »Sie hat es schon aufgegeben, dich aufzugeben. Sie dachte, du glaubst an sie, jetzt denkt sie, du tust es nicht, also in ihren Augen hat sie nichts mehr aufzugeben.«

Die Wahrheit tut weh. Verdammt weh.

Iz sieht Si an. Sie senkt die Stimme etwas. »Kyle war ihr Fels. Er ist der einzige Mensch, der Cam so gut kannte wie sie, der Einzige, der ihren Schmerz auch nur ansatzweise nachvollziehen kann. Das wissen wir alle, Si. Wir sind ja nicht blöd. Niemand kann das für sie tun, was Kyle tun kann.«

»Hey, ich stehe hier auch noch.« Missbilligend sehe ich zu, wie Roxy ein weiteres Schnapsglas leert.

»Und jetzt …«, fährt Iz fort, ohne auf mich einzugehen. »Jetzt glaubt sie, dass sie Kyle verloren hat.«

Ein Kerl geht auf sie zu, und Roxy lächelt ihn an. Ich kaue auf der Innenseite meiner Wangen, während die zwei ins Gespräch kommen. Ich kann Iz' und Sis Blick auf mir spüren. Sogar Selena schaut mich an, obwohl sie am anderen Ende des Raums steht.

Ich presse die Kiefer aufeinander, als der Typ sich zu ihr beugt. In mir schrillen alle Alarmglocken. Was glaubt dieser Arsch, wer er ist, dass er mein Mädchen angraben kann? Denn das ist sie. Egal, was sie sagt, sie gehört zu mir. Ich stütze mich an der Küchentheke ab. Ich kann nur noch daran denken, sie vor allen zu küssen, dass ihr Hören und Sehen vergeht.

»Ich glaub, das ist mein Einsatz«, murmelt Iz. Sie durchquert die Küche und tritt zwischen Roxy und den Typ. Er lässt sich von Iz ins Wohnzimmer führen.

Neben mir wird eine Flasche krachend auf der Theke abgestellt. Ich schiele zu Si rüber. Sieht fast so aus, als wäre ich nicht der Einzige, der heute Abend so seine Problemchen hat.

Schnell schaue ich wieder zu Roxy. Mein Blick verfolgt sie, egal, wohin sie geht. Jedem Typ, der sie anschaut, werfe ich böse Blicke zu, und irgendwann checkt sie es. Sie ist Sperrgebiet. Für jeden Arsch, der nicht Kyle Daniels heißt.

»Und los geht's«, murmelt Si, etwas zu amüsiert.

Aus dem Augenwinkel sehe ich, wie Roxy auf mich zustürmt. Wortlos packt sie mich am T-Shirt und zieht mich hinter sich her. Ich werfe Si einen hilflosen Blick über die Schulter zu, er lacht nur.

Roxy schiebt die Terrassentür auf und zieht mich in den Garten. Dort stemmt sie die Hände in die Hüften und funkelt mich wütend an. »Was zur Hölle tust du da?«

»Ich bin mir ziemlich sicher, dass das mein Text ist.«

»Ich würde dir ja sagen, dass du dich lieber nicht so dumm verhalten solltest, aber offenbar ist bei dir Hopfen und Malz verloren.«

»Rox.« Ich seufze. »Können wir nicht irgendwohin gehen und in Ruhe reden? Nicht hier. Bitte.«

Sie lässt die Schultern hängen und zuckt schwach die Achseln. »Ich weiß nicht, ob ich das will. Ich bin so verdammt wütend auf dich.«

»So wütend, dass du beschlossen hast, dich heute Abend zu betrinken.«

Sie hebt den Blick. »Ich dachte, da du mir eh nichts zutraust, ist es auch egal.«

Fuck, was? »Auch egal?«

»Ja, du glaubst doch eh, dass ich mein Alkoholproblem nicht in den Griff bekomme. Also, was soll's?«

Was soll's? Was soll's? »So ein Quatsch!«

Ich will sie packen und schütteln. Ich würde sie gern anflehen. Ich habe alles versucht, aber es hat nichts gebracht. Wenn sie mir jetzt nicht glaubt, dass sie mir alles bedeutet, dann habe ich keine andere Wahl, als das zu tun, was ich vermeiden wollte. Mit jeder Sekunde, die vergeht, ohne dass sie etwas sagt, weiß ich, dass ich es tun muss.

Ich muss das größte Risiko meines Lebens eingehen: Ich werde sie heute Abend verlassen müssen.

23. Kapitel

Roxy

Er sieht genauso aus, wie ich mich fühle. Wütend und verwirrt und verletzt.

»Aber du glaubst immer noch nicht an mich«, erwidere ich leise.

»Verdammt, Rox. Ich glaube an dich, okay? Das tue ich wirklich.« Er nimmt mein Gesicht in die Hände. »Ich weiß, dass du das schaffen kannst.«

»Und was, wenn nicht? Was ist dann, Kyle?« Ich weiche zurück. »Was, wenn ich jetzt eben so bin?«

»Das bist du aber nicht. Das wissen wir beide.«

»Nein, das wissen wir nicht. Wir denken, dass wir es wissen. Aber ich weiß nicht, wer ich bin. Verstehst du das nicht? Ich weiß nicht, ob ich die alte Roxy bin oder die neue Roxy oder irgendwas ganz anderes. Im Moment glaube ich, dass ich die neue Roxy bin, und du hasst sie. Du hasst alles, was sie ist, und alles, was sie tut. Und das hier«, ich gestikuliere zwischen uns hin und her, »wird nicht funktionieren.«

»Ich könnte dich nie hassen. Das weißt du doch.«

»Nein, tue ich nicht.« Ich schlucke schwer. »Du hast selbst gesagt, dass die Roxy, die ich früher war, deine Roxy ist. Und diese Roxy, die ich jetzt bin, ist es nicht, oder? Vielleicht haben wir uns nur was vorgemacht. Du willst nur eine bestimmte Seite von mir, oder?«

»Scheiße, Rox, ich will *dich*. Ich verstehe nicht, wie wir von einem kleinen Missverständnis dazu kommen konnten, dass du glaubst, ich will dich nicht mehr.«

»Aber du willst *diese* Roxy nicht!«, schreie ich ihn an. Es ist mir egal, dass sich Gesichter an die Scheibe pressen und die Leute im Garten verstummt sind. »Das könnte aber der Mensch sein, der ich jetzt bin. Wahrscheinlich ist es so. Ich schätze …« Ich halte für einen Moment inne. Ich muss mich konzentrieren, um die Tränen zurückzuhalten.

Wieso muss die Wahrheit immer so schmerzhaft sein? Wieso muss mir das Herz noch mehr gebrochen werden? Wieso kann die Wahrheit nicht auch mal schön sein?

»Du schätzt?«

Ich senke den Blick. »Ich schätze, wenn du den Mensch nicht willst, der auch in mir steckt, dann willst du mich nicht wirklich.«

Ich wage es nicht, ihn anzusehen. Ich will nicht sehen, wie die Wahrheit zu ihm durchdringt. Denn so ist es. Er hat es selbst gesagt – die alte Roxy ist seine Roxy. Ich werde aber nie wieder so sein, so sehr ich mich auch anstrenge.

»Die Roxy, die ich kenne, respektiert sich, sie respektiert andere, und sie hätte jemanden verachtet, der sich so verhält wie du gerade. Die Roxy, die ich kenne, sie hat das schönste Lächeln, das ich jemals gesehen habe, und sie hat es immer geschafft, mir den Tag zu versüßen, auch als sie noch die kleine Schwester meines besten Freundes war. Das ist die Roxy, die ich will – die Roxy, die du versuchst zu verstecken«, erwidert er leise.

»Ich kann nicht so sein, wie du mich willst.« Meine Augen füllen sich mit Tränen, und mir bricht es das Herz. Nicht nur ein bisschen, sondern es ist wie ein riesiger Riss, der sich durch meinen ganzen Körper zieht.

»Du kannst es nicht, oder du willst es nicht?«

Ich schüttle nur den Kopf.

»Dann schätze ich … bin ich hier fertig.«

Jetzt schaue ich auf.

»Wenn du dich selbst zerstören willst, Rox, kann ich nicht ruhig daneben stehen und dir dabei zusehen. Ich kann nicht dabei sein, wenn du dich auf einer Party völlig zuschüttest. Wenn du so weitermachst, bist du die Nächste, die sich in ein Auto setzt und einen Riesenunfall baut. Deine Eltern werden noch ein Kind begraben müssen.« Er wendet sich zum Gehen. »Wenn du abstürzen willst, tue es, aber ich werde nicht dabei sein. Ich werde nicht länger mit ansehen, wie du dir das antust.« Er geht.

Er geht wirklich.

»Ich hatte recht. Du glaubst nicht an mich.«

»Oh, ich glaube an dich. Das Problem ist, dass du es selbst nicht tust. Du glaubst nicht an dich, du glaubst nicht an mich, und du glaubst garantiert nicht an uns. Wenn du an uns glauben würdest, wärst du heut Abend nicht hier, um dich zu betrinken. Und ich würde uns nicht den Rücken kehren.«

»Du würdest nicht gehen, wenn es *dir* nicht egal wäre.« Meine Stimme bricht. Mir ist furchtbar schlecht, und mir ist schwindelig. *Er geht wirklich.*

Aber habe ich es nicht darauf angelegt?

Ja.

Nein.

Ich wollte ...

Ich hätte nicht gedacht, dass es so weit kommt.

Ich hätte nicht gedacht, dass es so wehtun würde.

»Es ist mir nicht egal, Rox. Du bedeutest mir so viel. Du glaubst, ich mach das gern? Du glaubst, ich will dir den Rücken zukehren und dich hier zurücklassen? So ist es nicht, aber du glaubst mir nicht. Du glaubst nicht an uns.«

Er dreht sich um und geht.

»Kyle«, rufe ich ihm hinterher. *Nein, nein, nein. Geh nicht.* »Kyle!«

»Du hast deinen Standpunkt klargemacht, Rox.« Seine Stimme klingt traurig.

Fuck, tu das nicht!

»Du hast selbst gesagt, du kannst nicht meine Roxy sein. Du hättest es nicht deutlicher betonen können.« Er biegt um die Ecke.

Ich halte meine Hände auf den Bauch gepresst und lasse den Kopf hängen. Tränen schießen mir in die Augen, und ich schüttle verzweifelt den Kopf.

Er hat recht.

Ich habe gesagt, ich kann nicht mehr seine Roxy sein. Ich habe gesagt, ich kann es nicht versuchen. Ich habe gesagt, ich glaube nicht an uns.

Er hat recht und ich unrecht.

Ich bin naiv und impulsiv, und das ist meine Dummheit. Ich denke nicht nach, bevor ich handle. Ich lasse mich von meinen Launen beherrschen, und jetzt hab ich das davon. Ich stehe hier und starre hilflos auf den leeren Fleck, wo er eben noch gestanden hat.

»Was gibt's denn hier zu sehen?«, schreie ich die Leute an, die mich anstarren, und laufe weg. *Ich will nicht mehr hier sein.* Es gibt nur einen Ort, an dem ich gerade sein kann.

Bei Cam.

Ich renne zum Friedhof, kämpfe die ganze Zeit gegen die Tränen an. Ich klettere durch ein Loch im Gebüsch, meine Füße tragen mich zu Cams Grab, und ich breche davor auf dem Gras zusammen. Ich lasse los. Ich lasse den Tränen freien Lauf, lege die Stirn an den Grabstein.

»Ich hab es kaputtgemacht, Cam. Ich habe endlich bekommen, was ich mir gewünscht hatte, und ich hab es kaputtgemacht. Jetzt ist alles schlimmer als vorher, weil ich keinen von euch beiden habe. Und mein Herz ist zweimal gebrochen.« Ich klammere mich an den kalten Marmor. »Ich hab alles kaputtgemacht, es ist alles meine Schuld.«

Die Tränen laufen mir in Strömen über die Wangen. Ich bin allein. Ich bin so allein, und ich weiß, dass es meine Schuld ist.

»Was soll ich nur tun?«

Es sollte regnen. Der Himmel sollte dunkel und grau sein, um meiner Stimmung zu entsprechen. Aber das ist er nicht. Er ist strahlend blau.

Wenigstens ist nicht viel los im Café. Ich weiß nicht, wie ich es schaffen würde, heute zu allen freundlich zu sein – ich bringe ja kaum ein Lächeln zustande.

»Du bist ja der reinste Sonnenschein heute.« Ich habe meine Cousine gar nicht bemerkt, die sich jetzt vor mir an die Theke setzt. »Ich hab gehört, was gestern passiert ist.«

»Wo ist denn eigentlich dein Laptop?«

»Bin gestern Abend fertig geworden. Hab mir den Tag freigenommen.« Sie rutscht auf ihrem Hocker herum. »Übrigens, netter Versuch, das Thema zu wechseln. Wie geht's dir?«

»Gut.« Ich nehme eine Tasse aus dem Regal und schalte die Kaffeemaschine ein.

»Okay, schon klar. Du willst nicht darüber reden.«

Ich seufze und schenke ihr einen Kaffee aus. »Keine Ahnung, Lou. Ich weiß nicht, was ich will.«

Sie nimmt die Tasse entgegen und sieht mich mitfühlend an. »Außer nach Hause zu gehen und dir die Augen auszuweinen?«

Ich schlucke und nicke langsam. »Das kommt hin.«

»Wieso entschuldigst du dich nicht einfach? Ihr habt beide Fehler gemacht.«

»So einfach ist es nicht.« Ich stütze die Ellenbogen auf dem Tresen ab. »Ich meine, ja, wir haben beide Sachen gesagt, die wir nicht hätten sagen sollen, aber es ist vorbei. Es würde nicht funktionieren. Er ist weggegangen, und das ist okay für mich.«

Louisa zieht zweifelnd die Augenbrauen hoch. »Wow. Das redest du dir selbst ein, was?«

Ich muss mir einreden, dass es für mich okay ist. Ansonsten weiß ich nicht, was ich tun würde.

»Roxy«, sagt sie leise. »Tu dir selbst einen Gefallen und bitte Myra, dir früher freizugeben. Geh heim, wein dich aus und schlaf ein bisschen. Du darfst das tun, weißt du. Sie wird es verstehen.«

Ich schüttle den Kopf. »Nein. Das will ich aber nicht. Ich –«

»Roxy, Liebes, sie hat recht, geh nach Hause.« Mom kommt aus der Küche. »Lou, kannst du mir helfen, bis Selena kommt?«

»Bezahlst du mich dann auch?« Louisa grinst.

»Kommt drauf an, wie du dich anstellst«, kontert Mom lächelnd.

»Okay. Ich übernehme.« Sie wendet sich an mich. »Siehst du? Du kannst beruhigt gehen.«

Mom streicht mir über die Haare. »Du fühlst dich dann bestimmt besser. Wir sprechen später, okay?«

Es sieht so aus, als hätte ich keine Wahl. Ich löse den Knoten meiner Schürze, ziehe sie aus und reiche sie meiner Cousine.

Das ist einer der wenigen Momente, in denen ich froh bin, dass Verity Point so klein ist. Okay, die Hälfte der Leute, die hier wohnen, sieht mich wahrscheinlich jetzt grade heimgehen, aber wenigstens bin ich schnell da.

Ich schließe die Zimmertür hinter mir, lehne mich mit

dem Rücken daran und schaue mich planlos im Zimmer um. Sogar hier erinnert mich alles an Kyle. Angefangen von dem Foto auf meiner Kommode bis zu dem schwachen Geruch nach ihm auf meinem Kissen. Ich kann nicht hierbleiben. Ich kann keine Sekunde länger in diesem Zimmer sein. Ich stopfe ein paar Klamotten in meinen Rucksack und verlasse das Haus.

Wenn kein Glaube mehr da ist, gibt es keinen Grund zu bleiben.

24. Kapitel

Kyle

»Bist du sicher, dass du okay bist?«

»Iz, es ist alles gut. Geh einfach, okay?«

Sie seufzt. »Na denn. Ich geh ins Café.«

Darauf erwidere ich nichts. Ich weiß, weshalb sie dorthin geht, und ich hab eh schon zu viel Roxy im Kopf. Zu wissen, wie schlecht es ihr geht, ist das Letzte, was ich jetzt noch brauchen kann.

Ihr Gesichtsausdruck, als ich gegangen bin, hat mich fast umgebracht. In ihren Augen lag so viel Traurigkeit und eine Verzweiflung, die ich noch nie zuvor gesehen habe. Als sie meinen Namen gerufen hat, habe ich mich gefühlt wie der größte Arsch auf der Welt, aber ich hatte keine andere Wahl.

Ich habe immer noch keine Wahl.

Das ist meine letzte Option. Sie zu verlassen, unsere beiden Herzen zu brechen ist mein letztes Druckmittel, um sie davon zu überzeugen dass sie aufhören muss. Ein kleines, dummes Missverständnis – eins, für das wir beide Schuld tragen – und sie ist gleich wieder in ihren alten Verhaltensmustern.

Trotzdem kann ich es selbst noch nicht fassen, dass ich wirklich gegangen bin.

Wenn ich jemand anderes wäre, würde ich mir eine reinschlagen dafür. *Scheiße, wem versuche ich eigentlich, was vorzumachen?* Ich würde mich am liebsten selbst ohrfeigen.

Ich stehe auf und gehe die Treppe hoch zu meinem Zimmer. *Fuck auf alles heute. Fuck auf alles, was nicht damit zu tun hat, meiner Schwester zum Café zu folgen, Roxy zu packen und mich so lange zu entschuldigen, bis ich keinen Atem mehr habe.*

Ich kann nichts tun, um uns vor diesem GAU zu bewahren. Ich bin nicht blöd. Das Einzige, was uns retten könnte, ist, dass sie zu mir kommt, nicht umgekehrt. Wenn ich zu ihr komme, wie ich es am liebsten tun würde, vergebe ich ihr damit alles, was in ihrem Leben schiefläuft. Ich vergebe ihr, dass sie sich selbst aufgegeben hat und dass sie uns aufgegeben hat. Im Moment kommt das nicht in Frage.

Ich habe nie aufgehört, an sie zu glauben. Ich habe nie aufgehört, an uns zu glauben. Nicht mal für eine Sekunde.

Vielleicht hätte ich mehr tun können, damit sie mir glaubt. Vielleicht hätte ich ehrlicher mit ihr sein können. »Du bedeutest mir etwas« ist so eine Untertreibung. *Es ist die Untertreibung des verfickten Millenniums!*

Wenn ich zurückkönnte, würde ich es tun. Wenn ich ihr sagen könnte, wie ich fühle, wenn ich bei ihr bleiben könnte, anstatt wegzugehen, würde ich es tun. Ich würde alles anders machen und wir wären jetzt nicht in dieser Situation. Ich würde ihr nicht das Herz brechen und sie hätte am Freitagabend nicht die Augen voller Tränen gehabt. Sie hätte mich nicht gehen sehen müssen.

Die Ironie daran ist, dass ich diesen Sommer alles getan habe, um ihr gebrochenes Herz zu heilen … Und jetzt habe ich es selbst wieder zerbrochen.

Ich hätte niemals gedacht, dass ich sie wirklich verlassen müsste. Ich dachte – auch wenn ich das nie geplant hatte –, dass es genügt, wenn wir einfach nur zusammen sind. Ich dachte, das würde ausreichen, um ihr Verhalten zu ändern. Ich dachte, alles, was zwischen uns war, würde ausreichen, um sie von ihrem Selbstzerstörungstrip abzubringen.

Denn das ist doch nicht ihr wahres Ich. Egal, wie oft sie

mir sagt, dass sie nicht mehr derselbe Mensch ist wie damals, ich weiß es doch besser. Ich kenne den Menschen, der sie vor Cams Tod war. Ich habe das Lächeln gesehen, habe sie lachen gehört und das Funkeln in ihren Augen gesehen. Ich kenne ihren spöttischen Sarkasmus, ihren Humor und wie sie gespielt die Augen verdreht.

Ich kenne auch ihren Schmerz und ihre Verwirrung. Wenn sie wirklich nichts mehr von der alten Roxy in sich hätte, wäre sie nicht so verletzt gewesen, als ich gegangen bin. Es wäre ihr egal gewesen.

Und außerdem habe ich mich in die Person verliebt, die sie jetzt gerade ist. Die Roxy, die verloren ist und verletzt, verwirrt und allein. Und trotz allem, ist sie auch die Roxy, die keine Scheu und es faustdick hinter den Ohren hat. Die in der einen Sekunde verspielt ist und sexy und provozierend, und in der nächsten sanft und zärtlich und ruhig. Sie ist eine Mischung aus so vielen widersprüchlichen Dingen, und ich habe mich in all diese Facetten von ihr verliebt.

Ich habe also nicht die neue, selbstzerstörerische Roxy verlassen. Ich habe die Roxy mit all ihren Facetten – guten und schlechten, alten und neuen – verlassen. Ich habe die Frau verlassen, in die ich mich verliebt habe.

Und das macht es noch schlimmer. Das verstärkt das Gefühlschaos in mir nur noch mehr. Weil ich jetzt nicht mehr glaube, ich muss mich ihretwillen von ihr fernhalten. Jetzt denke ich, dass ich den Arsch hochbekommen muss, um mein Mädchen zurückzuholen.

Ich muss mir daher noch mal ganz deutlich vor Augen führen, dass es meine dritte und letzte Option war, sie zu verlassen. Ich hätte nicht erwartet, dass es so schwierig werden würde. Ich hätte nicht gedacht, dass es mir so das Herz brechen würde.

Ich schätze, die Drei ist nicht unbedingt meine Glückszahl.

»Kyle!« Iz ruft laut von unten. Ich höre, wie sie die Treppen hochläuft. Sie reißt meine Tür auf. »Kyle!«

Ich springe auf. »Was? Was ist los?«

»Du musst was unternehmen.« Sie schluckt und blinzelt hastig, aber ich sehe, dass ihre Augen feucht sind.

»Was ist los?«

»Sie ist weg. Seit vier Tagen hat niemand was von ihr gehört.«

Und in diesem Moment bleibt alles stehen. Mein Herz, mein Atem, alles hält an. Jeder Muskel in meinem Körper spannt sich an. Ich starre auf meine Schwester, in der Hoffnung, dass ich sie falsch verstanden habe. In der Hoffnung, dass das flaue Gefühl in meinem Bauch nicht Recht behält.

»Wer?«

Iz schlägt sich die Hand vor den Mund.

»Iz, sag mir, wen du meinst!« *Fuck. Bitte sag es nicht. Sag nicht ihren Namen.*

Eine Träne läuft meiner Schwester über die Wange.

Bitte.

»Roxy. Sie wird vermisst.«

»Vermisst?«, wiederhole ich. Ich fasse mir an den Kopf und fahre mir durch die Haare. »Was meinst du mit ›vermisst‹?«

»Sie ist am Samstagabend verschwunden. Myra hat alle angerufen, bei denen sie sein könnte. Sie dachte erst, sie wäre bei Selena, aber da ist sie nicht. Selena hat auch nichts von ihr gehört.«

»Layla?« Ich bringe den Namen kaum über die Lippen.

Iz schüttelt den Kopf. »Hat sie auch nicht mehr gesehen, seit … Du weißt schon.«

Ich nicke. Ich weiß. »Wieso hat Myra uns nichts gesagt?

Ich sitze hier in meinem Selbstmitleid, und Roxy ist weiß der Teufel wo!«

»Sie wollte nicht, dass wir uns Sorgen machen. Sie dachte, sie wäre einfach ein, zwei Tage abgetaucht, bis sie sich beruhigt hat. Offenbar hat sie das direkt nach Cams Tod auch gemacht. Aber jetzt machen sie sich Sorgen. Sie ist noch nie so lange verschwunden.«

Ich lasse mich aufs Bett sinken und vergrabe das Gesicht in den Händen. »Haben sie die Polizei schon verständigt?«

»Nein. Sie wollten erst mit uns sprechen ... Ob wir vielleicht wissen, wo sie sein kann.«

»Dann lass uns gehen.«

»Warte noch«, ruft mir Iz hinterher. »Kyle! Das ist noch nicht alles.«

»Was? Wie kann es denn bitte noch schlimmer werden? Das Mädchen, das ich liebe, ist verschwunden!«, schreie ich in meiner Verzweiflung.

Meine Schwester geht auf mich zu und umarmt mich, wie sie es lange nicht mehr getan hat. Ich muss gegen die Tränen kämpfen, die in mir aufsteigen.

Ich bin natürlich sauer, dass sie weg ist, aber vor allem mache ich mir Sorgen. Und ich habe Angst. Vielleicht hatte ich noch nie so eine Angst. Ich dachte, ich hätte vorher Angst gehabt, sie zu verlieren, aber das war nichts im Vergleich zu der Angst, die ich jetzt empfinde.

Die Angst, sie für immer zu verlieren.

Sie könnte sonst wo sein. Mit sonst wem. Sonst was tun.

Ich muss wissen, dass es Roxy gutgeht.

Nichts anderes zählt mehr. Nichts anderes hat je gezählt.

»Myra ist zusammengebrochen«, sagt Iz, als sie mich losgelassen hat. »Wirklich zusammengebrochen. Sie hat sich in ihrem Schlafzimmer eingeschlossen und will nicht mehr rauskommen. Sie ist einfach … Gott, Ky. Sie weint nur noch. Sie hat einfach keine Kraft mehr, und ich mache mir Sorgen um sie. Sie lässt nicht mal Ray rein. Sie redet mit niemandem. Sie weint einfach die ganze Zeit.«

Ich antworte nicht. Wortlos laufe ich aus dem Haus. Meine Füße schlagen rhythmisch auf dem Asphalt auf, als ich so schnell renne, wie mich meine Beine tragen.

Ohne Cam bin ich der Einzige in dieser Familie, der die Kraft hat. Ich bin der Einzige, der übrig ist, um alles zusammenzuhalten – und das ist genau das, was ich tun werde.

Ich stürme ins Haus und laufe die Treppe rauf, bemerke erst jetzt, dass Iz mir schwer atmend nachgelaufen ist. Ray lehnt an Roxys Zimmertür, die Schultern nach vorn gesackt, die Fäuste geballt.

Ich habe meine halbe Kindheit lang zu diesem Mann aufgesehen, als wäre er mein zweiter Vater. Ich habe ihn in verschiedenen Launen erlebt, von furchtbar wütend bis zu vor Lachen prustend, aber ich habe ihn noch nie so verletzlich erlebt. Nie so gebrochen.

Ich reiße meinen Blick von ihm los und hämmere an Myras Tür. Einmal. Zweimal. Dreimal.

»Mach die Tür auf, Myra!«

Nichts.

»Myra, ich bin's.« Klopf. »Bitte.«

Nichts.

Klopf. Klopf. Klopf. »Ich schwöre dir, ich gehe nicht weg, bis du die Tür aufmachst! Und wenn ich tagelang hier sitzen muss.«

Nichts. Nur der Klang herzzerreißenden Schluchzens, der unter der geschlossenen Tür durchdringt. Nichts außer dem Klang kompletter Verzweiflung.

Von Schmerz.

Von Schmerz in seiner reinsten Form.

»Na gut«, rufe ich durch die Tür. »Ich setze mich hier hin, bis du bereit bist rauszukommen.«

Ich lehne mich an die Tür und rutsche daran zu Boden. Ray sieht mich aus blassblauen Augen fragend an.

Ich begegne seinem Blick und nicke ihm kaum merklich zu. »Ihr habt euren Sohn verloren, aber ihr habt immer noch mich.«

25. Kapitel

Roxy

Ich starre die Pinguine an, den Körper an die Glasscheibe gedrückt, so wie ich es schon oft getan habe. Die Kühle des Glases beruhigt mich. Einer der Pinguine folgt der Bewegung meines Fingers an der Scheibe.

Wir sind gar nicht so verschieden, ich und die Pinguine. Wir sind beide an einem Ort gefangen, an dem wir nicht sein wollen. Es gibt keinen Ausweg, stattdessen sind wir dazu verdammt, dieses Leben zu leben. Aber sie haben es sich nicht ausgesucht. Konnten nie mitbestimmen. Ich schon.

Ich habe diese Sackgasse gewählt. Ich habe zugelassen, dass mich meine Trauer beherrscht. Und jetzt bin ich wie die Pinguine.

Kalt. Allein. Gefangen.

Stecke fest in einem Teufelskreis, den ich vielleicht nie wieder durchbrechen kann.

»Entschuldigung«, sagt eine Stimme hinter mir. »Ich muss Sie bitten zu gehen. Der Zoo hat seit einer Viertelstunde geschlossen.«

»Oh, das tut mir leid. Ich habe nicht auf die Uhr geschaut.« Ich drücke mich vom Glas ab und gehe in Richtung Ausgang.

Die Straßen von Portland sind überfüllt mit Autos. Mit Menschen, die nach der Arbeit nach Hause fahren zu ihren perfekten Familien, zu ihren perfekten Abendessen. Die Bürgersteige sind voll mit Pärchen, die auf der Suche nach einem schönen Restaurant sind, Kindern, die ihre Eltern um Süßigkeiten anbetteln, und Teenagern, die herumalbern und zur nächsten Party ziehen.

Ich schiebe mich an all diesen Menschen vorbei, um zu dem Motel zu gelangen, in dem ich abgestiegen bin. Dort kann ich was trinken und warten, bis mich Layla abholt. Wir wollen zu ihrem Cousin gehen, um weiter zu trinken. Dort kann ich die ganze Scheiße vergessen, die dieses Jahr passiert ist, und einfach ich selbst sein. Ich kann mich in den endlosen See aus Wodka fallen lassen und abschalten. Keine Erinnerungen. Keine Gefühle. Kein gar nichts.

Denn Vergessen ist alles, was zählt. Sich zu betäuben ist das Beste, wenn es zu sehr wehtut.

Ich betrete mein winziges Zimmer. Das Geräusch, mit dem die Tür ins Schloss fällt, hat etwas Endgültiges an sich. Aber in den letzten Monaten war alles irgendwie endgültig, wieso sollte es hier anders sein? Ich setze mich aufs Bett und schraube eine Flasche Wodka auf. Ich führe die Flasche zum Mund und genieße das Brennen, das der Alkohol in meiner Kehle verursacht.

Ich habe alles verloren, sogar das, woran ich hätte festhalten sollen. Ich hätte Kyle nie gehen lassen sollen. Ich hätte nicht zulassen dürfen, dass er an jenem Freitag von mir weggegangen ist. Ich hätte ihm nachlaufen, ihn packen und ihm sagen sollen, dass ich nur Mist gelabert habe, dass ich ihn brauche.

Ich hätte den ganzen beschissenen Stolz runterschlucken und ihm sagen sollen, dass ich ihn liebe.

Jetzt ist es zu spät.

Ich habe es verbockt. Dieses Desaster geht auf meine Kappe.

Ich will gar nicht an ihn denken. An seine Lippen auf meinen. An seine Hand, die meine hält. Ich will mir nicht sein Lachen vorstellen, oder seine Stimme, wie er mich neckt. Ich will nicht … Ich will nicht!

Ich will ihn zurück. Ich will zurück, was ich weggeworfen habe.

Ein Teil von mir will ihn sogar mehr als Cam. Mein Herz ist gebrochen, weil die zwei Typen, die mein Leben lang für mich da waren, weg sind, aber meine Seele schreit nach Kyle. Es ist meine Seele, die mich für meine eigene Dummheit verflucht, mir meine Fehler vor Augen führt.

Und es ist zu spät. Er ist weg.

Ein Klopfen an der Tür reißt mich aus meinen Gedanken, und ich stelle die halbleere Flasche auf dem Nachttisch ab. Ich stopfe ein paar Notizen in meine Hosentasche und gehe zu Layla nach draußen.

Sie sagt nichts, als wir zu ihrem Auto gehen und zur Wohnung ihres Cousins fahren. Die Unterschiede zwischen ihr und Selena sind eklatant. Selena würde mich nie zu einer solchen Party mitnehmen. Sie fände es nicht gut, dass ich mich gezielt abschießen will. Sie würde mir daher auf Schritt und Tritt folgen, um sicherzugehen, dass ich okay bin. Iz genauso. Sie würden versuchen, mich zur Vernunft zu bringen.

Aber sie sind nicht hier. Sie sind in Verity Point und tun wer weiß was. Und ich bin hier, betäube mich und versinke in der Schwerelosigkeit.

Alex' Wohnung ist eine dauerhafte Party-Location. Seit er in einer runtergekommenen Gegend der Stadt wohnt, kümmert es niemanden mehr, was er treibt. Ich weiß zufällig, dass über ihm ein Drogendealer und unter ihm eine Prostituierte wohnt.

Blicke folgen mir, als ich ein Shotglas leere. Sie folgen mir, als ich einen weiteren und noch einen Drink kippe, und auch, als ich mich in die wabernde Menge aus tanzenden, betrunkenen Körpern stürze. Die Blicke sind forschend, gierig und anerkennend gleichzeitig.

Ein bedrohlicher Blick lässt mich innehalten. Ich weiß nicht, von wo er kommt, aber er lässt mir einen kalten Schauer über den Rücken laufen. Ich schaue mich in der überfüllten Wohnung um, kann niemanden entdecken.

Die Nacht schreitet voran. Ich trinke wieder und wieder, verliere mich im Alkohol und in der Musik, so wie ich es die letzten Tage immer getan habe. Trotzdem ist er noch da. Der Blick. Das Gefühl, dass jemand jede meiner Bewegungen verfolgt. Es ist schon fast so, als hätte ich einen Stalker.

Meine Augen scannen wieder den Raum, und schließlich entdecke ich den Typ in einer Ecke. Er hat dunkle Augen, helle Haare und ein Stoppelkinn. Ich erkenne ihn nicht, habe keine Ahnung, wer er ist.

Aber die Art, wie er mich anschaut, wie er meinen Blick erwidert, ist so intensiv, dass ich fast Angst bekomme. Irgendwie habe ich das Gefühl, ihn kennen zu müssen. Ich schlucke und drehe ihm den Rücken zu. Ich werde mir noch eine halbe Stunde geben, dann gehe ich zurück zum Motel. Ich fühle mich plötzlich total unwohl und will nicht länger bleiben als nötig.

Ich bin vielleicht betrunken, aber nicht bescheuert.

Ich schiebe mich durch die Menge auf die Tür zu, in der Hoffnung, dass er mein Fortgehen im dämmrigen Licht der Wohnung nicht bemerkt. Eine verzweifelte Hoffnung. Unbeachtet von den Leuten im Flur öffne ich die Haustür und schlüpfe auf die Straße hinaus.

Es ist unheimlich still, und ich schwanke ein wenig beim Gehen. Der Drang, mich umzudrehen, überkommt mich, weil ich plötzlich das Gefühl habe, verfolgt zu werden. Aus Angst schaue ich mich nicht um. Ich. Werde. Mich. Nicht. Umschauen.

Ich schaue mich um.

Der Typ von der Party ist hinter mir. Er folgt mir. Er geht schnell.

Ich schaue hastig wieder nach vorn und atme tief durch. *O Gott. Was soll ich tun? Soll ich loslaufen? Das wäre zu auffällig. Aber ich kann auch nicht einfach weitergehen. Fuck. Wieso bin ich hier draußen, wo man sich nirgends verstecken kann?* Wenn ich in der Innenstadt wäre, könnte ich in irgendein Restaurant gehen oder so.

»Roxy.«

Scheiße. Geh weiter. Geh weiter. Tu so, als würde er dich verwechseln.

Schritte hinter mir werden schneller, und ehe ich mich versehe, packt mich eine Hand am Arm.

»Netter Versuch, aber ich weiß, dass du es bist.«

Der Wodka macht mich mutiger, als ich bin, und ich fahre herum. »Wer bist du?«

»Du erinnerst dich nicht an mich? Das wundert mich nicht«, zischt er, sein Gesicht wirkt wütend. »Du erinnerst dich nie an die Typen, die du vögelst, oder?«

Ich reiße die Augen auf und versuche, mich von ihm loszureißen. »Ich … weiß nicht, wovon du redest.«

»Nicht jeder mag es, benutzt zu werden.« Er kommt näher, das Bier in seinem Atem lässt mich die Nase rümpfen. »Hast du irgendeine Ahnung, wie das ist?«

»Ich weiß wirklich nicht, wovon du redest.« Ich versuche wieder, meinen Arm loszureißen, während Panik in mir aufsteigt. Ich bin auf einen Schlag nüchtern, sehe nur noch den Typen vor mir. Ich weiche zurück, er kommt mir nach.

»Ich konnte es nicht glauben, als ich dich heute Abend hier gesehen habe. Scheint die perfekte Gelegenheit zu sein, um dir zu zeigen, was es heißt, benutzt zu werden, meinst du nicht auch?«

Atmen, Roxy.

»Ich … Bitte, lass mich los«, bettele ich, versuche wieder, meinen Arm wegzuziehen.

Stattdessen packt er mich auch am anderen Arm und zieht mich zu sich. Mein Körper ist mit Adrenalin geflutet, als er mich an eine Wand drückt. Mein Hals ist wie zugeschnürt. Ich winde mich unter seinem Griff, aber er lässt nicht locker, obwohl ich bettle und flehe. Ich öffne den Mund, um zu schreien und –

»Halt's Maul«, zischt er und hält mir den Mund zu.

Ich beiße ihm in die Haut. Beiße fest zu. Er flucht, und auf einmal ist seine Faust in meinem Gesicht. Ich beiße mir auf die Zunge, und dieses Mal handle ich instinktiv. Ich ziehe das Knie hoch, treffe ihn an einer empfindlichen Stelle.

Er stöhnt auf und lockert den Griff. Ich nutze die Gelegenheit, reiße mich los und laufe, so schnell ich kann. Ich wage es nicht, mich umzusehen, kein einziges Mal. Eine Hand presse ich auf meine Wange, als könnte das den pochenden Schmerz darin stillen.

Ich renne, bis ich beim Motel ankomme, und dort schließe ich mich in meinem Zimmer ein. Ich lehne mich mit dem Rücken an die Tür, bis sich meine Atmung normalisiert hat und die Angst weniger geworden ist. Doch auch nach langer Zeit zittere ich immer noch unkontrollierbar, ich kann es nicht fassen, was beinahe passiert wäre.

Ist es so weit mit mir gekommen?

Ich durchquere den Raum, gehe zum Spiegel. Ich nehme die Hand von meiner Wange, sie ist rot, genau wie mein Auge. Morgen wird das schlimm aussehen. Aber ein blaues Auge ist nichts im Vergleich zu dem, was hätte passieren können.

Das Bett quietscht, als ich mich darauf niederlasse. Ich

schaue mich im Spiegel an. Die Haare sind wirr, das Gesicht rot, die Lippen aufgerissen. Was hätte geschehen können …

Hab ich wirklich so einen schlechten Ruf?

Ich weiß, wie die Antwort lautet.

26. Kapitel

Kyle

Langsam öffnet sich die Tür und Myra kommt heraus. Die Haare hat sie sich zu einem strengen Dutt gedreht, das Gesicht ist rot und aufgedunsen, die Augen verquollen und leblos. Sie ist so voller Schmerz; er scheint beinahe greifbar zu sein.

Es ist die stärkste Art von Schmerz, die zerstörendste. Die Art, die alle um einen herum mit runterzieht.

»Du bist noch hier«, stellt sie leise fest.

»Ja.« Ich reibe mir über den Nacken und stehe auf. »Solltet hier wirklich mal 'nen Teppich hinlegen. Holzboden ist nicht so super zum Draufschlafen.«

»Du hättest nach Hause gehen sollen.«

»Ich hab dir doch gesagt, dass ich hierbleibe, bis du rauskommst«, erinnere ich sie leise. »Willst du reden?«

Sie atmet tief ein, und Tränen schimmern in ihren Augen. »Ich …«

Ihre Beine geben nach, und ich kann sie gerade noch auffangen. Myra klammert sich an mich und vergräbt ihr Gesicht an meiner Schulter, während sie weint. Sie weint genauso herzzerreißend wie gestern, und ich würde am liebsten mitweinen.

Ich halte sie, wie ich Roxy gehalten habe, als sie zusammengebrochen ist. Ich halte Myra, bis sie erschöpft ist und keine Tränen mehr hat.

»Lass uns nach unten gehen.« Ich lege ihr einen Arm um die Taille, um sie zu stabilisieren. »Wir trinken was Warmes und essen, dann geht's dir gleich besser.«

»Ich habe keinen Hunger, Kyle. Ich will nur mein kleines Mädchen zurück.«

Ich schlucke schwer. Das wollen wir beide. »Wenigstens ein heißes Getränk. Tee?«

Sie zögert, gibt dann aber nach. Sie weiß, dass ich nicht lockerlassen werde. Ich setze sie an den Küchentisch und drehe mich um, als Ray das Zimmer betritt.

»Ist Iz noch hier?«

»Nein«, antwortet Ray, »sie ist gestern Nacht noch nach Hause geflogen, nachdem ich ihr tausendmal versichern musste, dass es mir gutgeht.«

Drei Tassen also.

Ich setze mich zu meinen zweiten Eltern an den Tisch. »Ich kann es nicht fassen, dass sie verschwunden ist.«

»Du warst unsere letzte Hoffnung«, meint Ray traurig. »Wir dachten, sie wäre vielleicht bei dir untergetaucht.«

»Nein, ich habe sie seit Freitagabend nicht mehr gesehen.« Schuldgefühle überkommen mich. *Fuck.*

»Sie ist am Samstag verschwunden. Myra hat sie früher vom Café nach Hause geschickt. Als wir zurückgekommen sind, war sie weg. Wir haben uns nicht viel dabei gedacht. Es ist nicht wirklich eine Überraschung, wenn sie mal wieder abhaut – nach Cams Tod hat sie das ein paarmal gemacht –, aber sie ist immer nach kurzer Zeit wieder da gewesen. Fünf Nächte, so lange war sie noch nie weg. Und wir sind die letzten, die sie gesehen haben.«

»Habt ihr die Polizei gerufen?« Ich schaue Myra an und schiebe ihr die Tasse hin. »Trink was.«

»Nein«, antwortet sie kaum hörbar, hebt aber folgsam die Tasse. »Ich dachte … ich dachte, sie würde jederzeit zurückkommen. Jetzt habe ich zu viel Angst bei der Polizei anzurufen. Was, wenn ihr etwas zugestoßen ist.«

»Ist es nicht besser, es zu wissen?«

»Nein. Cam, und jetzt sie ... Wenn ihr etwas zugestoßen ist ... Ich weiß nicht, was ich tun würde, Kyle.« Sie zittert. »Ich kann nicht beide Kinder verlieren. Das geht nicht.«

Rays Augen sind feucht, als er sie an sich zieht und mich über ihre Schulter mustert. Ich wippe mit den Knien. Einer muss hier stark bleiben, und im Moment kann nur ich das sein. Ich muss derjenige sein, der alles zusammenhält.

Das bin ich meinem besten Freund schuldig.

»Okay.« Ich erhebe mich aus dem Stuhl. »Wo sind die Schlüssel zum Café?«

»Was?«, fragt Ray überrascht.

»Jemand muss doch das Café aufmachen. Wenn es nicht öffnet, verdient ihr nichts. Ich war schon oft genug da, ich denke, ich weiß, was zu tun ist.«

»Kyle, das musst du nicht tun.«

»Mach ich aber«, entgegne ich bestimmt und halte die Hand auf. »Ich rufe die Mädels an. Louisa kann kochen, Selena und ich übernehmen den Service.«

»Kyle?«

»Die Schlüssel!« Ich mache eine ungeduldige Handbewegung. »Ihr zwei braucht euch jetzt gegenseitig, und ich muss was Nützliches tun, also lasst mich das machen.«

»Steht es wirklich so schlecht um sie?«, fragt Louisa hinter dem Tresen.

Ich nicke. »Sie haben Angst, die Polizei anzurufen. Ich denke, das sagt schon alles, oder?

»Arme Tante Myra«, flüstert sie. »Ich kann nicht glauben, dass Roxy so etwas tut. Seit Cams Tod hat sie eigentlich an niemand anderen gedacht, aber ich hätte trotzdem niemals geahnt, dass sie so egoistisch sein könnte.«

»Ich schätze, sie hat das Gefühl, nichts mehr zu haben auf der Welt.« Ich schlucke. »Ich habe Mitschuld daran. Ich habe sie verlassen, Lou. Ich dachte, ich könnte ihr damit den Ansporn geben, den sie gebraucht hat. Ich hätte nie gedacht, dass sie wegläuft. Ich bin ein zu großes Risiko eingegangen, und das war es nicht wert.«

Sie boxt mich an den Oberarm. Ziemlich fest.

»Wofür war das denn?«

»Das ist doch nicht *deine* Schuld!«, ruft sie aufgebracht. »Das ist niemandes Schuld. Nicht mal Roxys. Das ist eine schlimme Situation, die niemand hat kommen sehen. Du hast nicht ahnen können, dass sie das tun würde, als du gegangen bist. Und weißt du was? Ich bin froh, dass du es getan hast. Sie zu verlassen war das Beste, was du tun konntest, Kyle. Irgendwann wird es ihr den Anstoß geben, den sie braucht. Und wir wissen alle, dass du auf sie warten wirst.«

»Woher weißt du das?«

»Weil ich sehe, wie es dir das Herz bricht, jedes Mal, wenn jemand ihren Namen sagt.«

»Hm. Hast du nicht in der Küche zu tun?«, frage ich Louisa.

»Yep. Ich habe nur gerade gedacht, dass das eine gute Geschichte abgeben würde.«

Ich schüttle den Kopf und zeige auf die Küchentür. »Na los.«

Die Glocke über der Eingangstür klingelt, als die Stevens-Schwestern das Café betreten. »Ist sie wieder da?«

»Nein. Wir haben sie immer noch nicht gefunden.«

»Ach du meine Güte.« Marie schlägt die Hände über dem Kopf zusammen.

»Ich wünschte, wir könnten was tun, um zu helfen«, fügt Isla hinzu.

»Das könnt ihr.« Ich lächle traurig. »Ihr könnt weiter hoffen.«

27. Kapitel

Roxy

Ich versuche, den bohrenden Schmerz in meinem Kopf und das Klopfen in meiner Wange zu ignorieren. Stattdessen starre ich das schwarze Display meines Handys an. Die Nachmittagssonne scheint durch das trübe Fensterglas und reflektiert auf der glatten Oberfläche des Smartphones.

Ich habe es nicht mehr angeschaltet, seit ich aus Verity Point weg bin. Es war die ganze Zeit in meiner Nachttischschublade, wahrscheinlich stapeln sich schon die Nachrichten. Alles in mir verlangt danach, es anzuschalten und die Nachrichten zu lesen, aber es würde mich nur dazu bringen zurückzugehen, und das kann ich nicht.

Ich verlasse das Motelzimmer und spaziere in die Innenstadt. Die frische Luft tut meinem Kopf gut, und als meine Beine schwer werden vom Gehen, biege ich kurzerhand in einen McDonald's ein und bestelle ein Happy Meal. Ich öffne die Tüte und fische nach dem Spielzeug: Optimus Prime.

Kyles Lieblings-Transformer.

Seufz. Ich stecke die winzige Figur in die Hosentasche und starre aus dem Fenster, während ich Burger und Pommes verspeise. Wenn es nicht Cam ist, dann ist es Kyle und umgekehrt. Einer von beiden ist immer in meinen Gedanken, und es tut jedes Mal weh. Die Zeit verfliegt, draußen zieht die Welt an mir vorbei. Ich frage mich, ob ich immer so taub sein werde. Nein. Ich fühle etwas – deshalb nimmt es mich so mit, an sie zu denken.

Ich starre wieder mein Handy an. Schließlich schalte ich es einfach ein, stelle aber schnell den Flugmodus an, ehe irgendwelche Nachrichten ankommen können. Ich weiß nicht mal mehr, welches Datum wir haben. Gestern Abend war ein Weckruf, ein Tritt in den Arsch, aber das ändert nichts an der Tatsache, dass ich den ganzen Tag, wie alle anderen Tage, seit ich weggelaufen bin, in einem Dämmerzustand verbracht habe.

Scheiße. Das Datum.

Ich klicke auf den Kalender und erschrecke, als ich den roten Punkt sehe, der das Datum vor fünf Tagen markiert. Warnend. Bedrohlich. Ich blinzle, wie erstarrt. Ich frage mich, wie ich das verpassen konnte.

Ich bin fünf Tage zu spät dran.

Lauf. Das war mein erster Gedanke. Lauf und versteck dich, verschwinde aus Portland. Alkohol kann mir jetzt auch nicht mehr helfen – wie könnte ich das tun? Wie könnte ich das tun, wenn ich weiß, dass da etwas sein könnte … ein *Baby* …, das in mir wächst? Das geht nicht. Auf keinen Fall.

Ich bin aus dem Restaurant gelaufen, direkt in den nächsten Drogeriemarkt und dann ins Motel. Dort habe ich meine Sachen gepackt, noch eine Wolldecke vom Hotel eingesteckt und den nächsten Bus nach Verity genommen. Die letzten zwei Tage schon verstecke ich mich in der Schlucht und versuche, den Kopf freizubekommen.

Das ist der einzige Ort, an dem ich mich verstecken kann.

Meine Hand fährt immer wieder über die Baumstämme, während ich ziellos umherwandere. Die raue Rinde ähnelt meinen Gedanken, sie ist zerfurcht und uneben. Ich kann mich kaum auf etwas konzentrieren, in meinem Kopf wirbelt alles wild umher.

Ich weiß, dass Weglaufen keine Lösung ist, und ich weiß, dass ich mich nicht ewig hier oben verstecken kann. Aber ich kann so nicht nach Hause gehen. Nicht, ohne *es* zu wissen.

Es wäre wahrscheinlich leichter, wenn ich mit jemandem darüber sprechen könnte, aber das trau ich mir nicht zu. Außerdem ist der einzige Mensch, den die Antwort auch etwas angeht, nicht da. Der Einzige, der mich im Arm halten würde, während ich warte, ist nicht hier. Und ich bin daran schuld.

Ich habe ihn weggestoßen. Ich habe ihn mit derselben Kraft weggestoßen, mit der ich ihn sonst festgehalten habe. Im Moment würde ich alles tun, um ihn zurückzubekommen.

Ich bin nur zu stur und zu feige, um mich zu entschuldigen. Und mein schlechtes Gewissen ist zu stark, um einfach mein Handy zu nehmen und seine Nummer zu wählen. Ich habe Angst, ihm die Wahrheit zu sagen. Die Wahrheit, die er verdient hat.

Die Wahrheit, an der wir beide schuld sind. Es ist das alte Klischee – berauscht vom Moment, vergisst man es. Ich habe es vorher nie vergessen, aber mit Kyle schon. Ich hab vergessen, in meine Nachttischschublade zu greifen und ein Kondom rauszuholen.

Wenn ich daran gedacht hätte, wäre ich jetzt nicht hier. Ich würde mich nicht im Wald verstecken wie ein Flüchtling, gelähmt von Angst und Schuld. Ich wäre wahrscheinlich noch in Portland und würde mich fragen, was ich tun soll.

Die weiße Schachtel lugt aus meiner Tasche hervor. Sie scheint zu wollen, dass ich sie aufmache. Sie will die Antwort geben, die ich so dringend brauche. Aber ich tue es nicht. Kämpfe noch mit mir, ob ich den Mut aufbringe, ihn anzurufen … auch wenn ich insgeheim weiß, dass das nie passieren wird.

Das Display meines Handys leuchtet mich an, als ich noch

einmal meinen Kalender checke. Als ob ich mich wirklich hätte verzählen können, wo ich es doch hundertmal überprüft habe.

Stille.

Das ist alles, was es hier gibt.

Sie bringt mich zum Nachdenken. Zwingt mich dazu. Ich habe mich damit abgefunden, dass mich hier oben niemand findet. Es ist wirklich das perfekte Versteck. Hier gibt es keine neugierigen Augen, kein Flüstern, gar nichts.

Ich bin gestern Abend nicht nach Hause gegangen. Ich wollte erst, aber ich bin noch nicht bereit, ihnen zu erzählen, was los ist.

Verdammt, ich muss es doch erst selbst verarbeiten.

Die kleine weiße Schachtel starrt mich an. Die Schrift auf der Packung brennt sich in mein Gehirn, und ich bin kurz davor, sie aufzumachen. Es ist der einzige Weg, wie ich meine Antwort bekommen kann. Ich bin jetzt eine Woche zu spät dran. Entweder bin ich schwanger oder nicht.

Ich hab keine Ahnung, was ich mache, wenn ich es bin. Und ich weiß nicht, wie ich es Kyle sagen soll.

Auf einmal habe ich mich entschieden, ich ziehe die Schachtel aus der Tasche und reiße sie auf. Dann halte ich inne, starre den länglichen Plastikgegenstand nur an. In fünf Minuten könnte ich es wissen. Ich könnte die Antwort haben, die ich brauche. Ich könnte meinem Zweifeln ein Ende setzen und sicher sein.

Ich könnte.

Ich weiß nicht, ob ich wirklich bereit bin, es zu wissen, so sehr mich mein Nichtwissen auch in den Wahnsinn treibt. Vielleicht tue ich es. Vielleicht nicht.

28. Kapitel

Kyle

Ich schleudere mein Handy aufs Sofa. Wieder nur die Mailbox. An diesem Punkt sollte ich mich wohl fragen, ob ich sie nicht vielleicht nur deshalb anrufe, um ihre Stimme zu hören.

»Wann haben Sie sie zuletzt gesehen?«

»Vor zehn Tagen«, antwortet Ray. »Sie hatte eine harte Nacht, also haben wir sie am Samstag früher von der Arbeit nach Hause gehen lassen.«

»Eine harte Nacht? Was heißt das?«

»Wir haben Schluss gemacht«, erkläre ich ruhig. Aber schuldbewusst. Myra nimmt meine Hand und drückt sie schwach.

Zehn Tage und sie hat schließlich eingesehen, dass es an der Zeit ist, die Polizei einzuschalten – egal, was am Ende dabei rauskommt.

»Okay.« Die Polizeibeamtin kritzelt etwas auf ihren Block. »Und Sie sagen, ihr Bruder ist Anfang des Jahres gestorben? Cameron?«

Myra nickt.

»Ah, ich erinnere mich daran«, meint der zweite Polizist und schüttelt den Kopf. »Furchtbarer Unfall.«

Wir schweigen alle einen Moment. Als ob er uns das sagen müsste.

»Und Sie glauben, dass ihr Verschwinden damit im Zusammenhang steht?«

»Natürlich tut es das.« Meine Schwester kommt durch die Tür. »Das weiß doch jeder.« Iz hat es nicht ausgehalten auf dem Campus und ist zurückgereist.

»Iz«, warne ich sie.

»Und Sie sind?« Der Polizist sieht sie fragend an.

»Ihre beste Freundin, und ich studiere Psychologie, weshalb ich mehr als qualifiziert bin, Einschätzungen zu ihrem geistigen Zustand abzugeben.«

»Iz!« Ich stehe auf. »Geh nach Hause.«

»Meine beste Freundin wird vermisst, und du willst, dass ich nach Hause gehe?«

»Ja. Ich ruf dich an. Bitte, Iz.«

Sie seufzt tief. »Nein, ich bin hier, um die Schlüssel zum Café zu holen. Ich öffne heute den Laden.«

»Im Flur neben der Tür«, sagt Ray schwach.

»Danke.« Sie holt sich die Schlüssel, wirft uns noch einen Blick zu und schmeißt die Tür hinter sich ins Schloss.

Ich setze mich wieder. »Sie müssen meine Schwester entschuldigen, sie macht sich auch Sorgen um Roxy.«

»Schon gut«, meint die Polizistin. »Also, um es noch mal zusammenzufassen: Sie haben Schluss gemacht, sie ist früher von der Arbeit nach Hause, dann ist sie verschwunden. Und sie ist auch sicher freiwillig weggegangen?«

»Ja«, antwortet Myra.

»Die Kombination der Vorfälle und der Tod ihres Bruders haben sie dazu gebracht wegzulaufen, richtig?«

»Das ist richtig.«

»Haben Sie eine Idee, wo sie sich verstecken könnte?«

Verstecken? »Ich weiß es«, sage ich langsam. »Ich weiß, wo sie ist.« *Natürlich. Es gibt nur einen Ort, wo sie sein kann. Unseren Platz.*

Ich springe auf, laufe aus dem Haus und renne wie besessen. Zweige peitschen mir ins Gesicht, aber es ist mir egal. Ich kann nicht fassen, dass ich jetzt erst daran gedacht habe. Ich hätte es wissen müssen.

Die Schlucht habe ich ihr doch selbst gezeigt. Ich hab ihr gesagt, dass es ein Ort zum Nachdenken ist.

Ich habe ihr das perfekte Versteck gezeigt.

Jetzt muss ich ihr Fels sein. Ich muss das wieder hinbiegen und sie nach Hause bringen. Wo sie hingehört.

Ich halte völlig außer Atem bei der kleinen Lichtung an. Sie sitzt an einem Baum, die Beine angezogen, und betrachtet etwas in ihrer Hand. Ich erhasche einen Blick auf den Gegenstand, den sie festhält. Ein weißer, kurzer Stab.

Was ist denn … O Fuck.

»Hast du mir was zu erzählen, Roxy?«

29. Kapitel

Roxy

O nein.

Ganz langsam hebe ich den Blick und schlucke mühsam. Kyle steht zwischen den Bäumen, eine Hand an einem Baumstamm abgestützt. Er sieht mich an.

»Wie hast du mich gefunden?«

»Ist doch egal.« Er kommt auf mich zu, und ich versuche schnell, den Test zu verstecken. Es ist sinnlos. Er hat ihn eh schon gesehen. Er weiß, was es ist.

»Ähm«, stammele ich.

»Wieso hast du mir nichts gesagt?«

»Ich weiß es ja noch nicht«, flüstere ich. »Ich warte noch auf das Ergebnis.«

Er holt tief Luft und setzt sich neben mich auf den Boden. Er schlingt die Arme um die Knie. »Ich warte mit dir. Danach kannst du mir erzählen, welcher Wichser dir das blaue Auge verpasst hat.«

Er fragt nicht, wessen Baby es ist, wenn der Test positiv sein sollte. Er bezweifelt offenbar nicht, dass es von ihm kommt.

Ich nicke langsam und ziehe den Test wieder aus dem Ärmel. Die kleine Sanduhr dreht sich in einer Ecke des Displays und jede Umdrehung erscheint mir wie eine Stunde. Meine Hand zittert, mein Herz rast, und Panik macht sich in mir breit. Mir ist schlecht. Ich kann kaum noch atmen. Bis –

»Negativ!« Ich atme erleichtert aus.

Ich lasse den Test sinken, während mir ein riesiger Stein vom Herzen fällt. Ich fahre mir mit den Händen übers Gesicht und atme tief durch. Kyles Blick durchbohrt mich, und ich weiß, es ist an der Zeit, ehrlich mit ihm zu sein.

»Wieso hast du mir nichts gesagt?«, fragt er leise.

»In der Nacht … das erste Mal, als wir Sex hatten, an Iz' Geburtstag, haben wir nicht verhütet.« Ich stehe auf und gehe ein paar Schritte. »Ich bin am nächsten Morgen nach Portland gefahren und habe mir die Pille danach geholt, und ich dachte, es wäre damit erledigt. Ich habe nicht mehr daran gedacht. Ich hab es total verdrängt. Am Samstag, als ich von der Arbeit kam … bin ich mit Layla nach Portland gefahren. Du hast nicht mehr an uns geglaubt und daher hab ich die Woche praktisch versoffen. So hab ich mir das hier eingehandelt.« Ich berühre meine Wange und erzähle ihm, was in der Nacht passiert ist.

»Er hat dir aber nichts angetan, oder?«

»Außer dem hier – nein. Ich hab ihm in die Eier getreten und bin, so schnell ich konnte, gerannt.« Ich atme tief ein und fahre fort, ehe er mich unterbrechen kann. »Aber das hier … Ich hab erst vor zwei Tagen bemerkt, dass meine Tage überfällig sind. Ich hab dir nichts gesagt, weil ich zu viel Angst hatte. Vielleicht wäre es anders gewesen, wenn wir nicht Schluss gemacht hätten. Aber ich konnte dich ja schlecht anrufen, so nach dem Motto, ›Hey, ich weiß, du hast gerade mit mir Schluss gemacht, aber nur damit du Bescheid weißt, ich bekomme vielleicht ein Kind von dir‹, oder? Deshalb habe ich nichts gesagt. Ich war verletzt, und ich hatte Angst.«

Blätter rascheln unter seinen Füßen. Kyle packt mich und zieht mich in seine Arme. Ich lege die Hände auf seine Taille und vergrabe das Gesicht an ihm. Ich kann die Tränen nicht zurückhalten.

»Fuck auf das Schlussmachen«, sagt er in meine Haare. »Es ist nicht mehr wichtig. Ich wünschte, du hättest es mir gesagt, Rox. Du hättest nicht davonlaufen, dich verstecken und den Test allein machen müssen. Du musst wissen, dass ich für dich da gewesen wäre.«

Ich schüttle den Kopf. »Ich dachte, es wäre dir egal. Was, wenn es anders ausgegangen wäre?«

»Das hätte keinen Unterschied gemacht!« Er hebt mein Gesicht und schaut mir tief in die Augen. »Ich wäre in jedem Fall für dich da gewesen. Das Schlussmachen war ein Riesenfehler. Alles, was ich gesagt habe, war Mist. Es bedeutet nichts, okay? Vergiss, dass es je passiert ist. Es zählt nichts mehr. Das Einzige, was zählt, ist, dass es dir gutgeht. Das ist alles, was mir wichtig ist. Ich hab mir so verdammte Sorgen um dich gemacht, das kannst du dir nicht vorstellen.«

Er drückt seine Lippen auf meine, und ich lasse mich in seine Arme sinken, spüre, wie etwas in mir wieder heilt.

»Ich dachte wirklich, es würde dir nichts mehr bedeuten«, flüstere ich mit erstickter Stimme und senke die Augen.

»O Rox.« Er lacht und streicht mir mit dem Daumen über die Wange. »Es bedeutet mir so viel mehr, als du denkst. Ich liebe dich.«

Was war das? Mein Blick schnellt nach oben. Ein leises Lächeln spielt um seine Lippen, sein Blick ist klar und fest.

»Wa…?«, ist alles, was ich hervorbringe.

»Ich liebe dich. *Ich* liebe dich. Ich liebe *dich*. Dein altes und dein neues Du. Alles an dir. Ich habe mich in die Person verliebt, die du jetzt bist, und ich würde es nicht anders haben wollen. Du musst dich nicht verändern, um so zu sein, wie ich es möchte. Weil du das schon bist. Du bist schon diese Person, die ich will.«

Ich schlucke, während seine Worte in mein Bewusstsein sickern. »Wirklich?«

»Yep.« Er nickt. »Ich. Liebe. Dich. Ist das jetzt klar?«

»Nicht ganz.« Ich komme auf ihn zu und lächle ihn an. »Wir vergessen etwas.«

»Tun wir?«

Ich fasse an seinen Nacken und ziehe sein Gesicht zu mir. Ich küsse ihn fest, und er bringt unsere Körper näher zusammen. Seine Arme schlingen sich um meine Taille, während ich meine um seinen Hals lege, bis kein bisschen Raum mehr zwischen uns ist.

»Kyle?«, hauche ich.

»Roxy?«

Ich öffne die Augen und schaue ihn einen Moment lang nur an. »Ich liebe dich auch.«

»Es tut mir wirklich leid mit letzter Woche.« Ich streiche ihm über den Arm.

»Mir auch«, erwidert er.

»Ich hätte auf dich hören sollen. Ich hätte nicht wütend werden dürfen, als du mich gefragt hast, ob ich etwas von Layla gekauft habe.«

»Ich hätte dich nicht fragen sollen, Rox. Ich hätte dir vertrauen sollen.«

»Ja, vielleicht, aber ich hätte dir vertrauen müssen, dass du nicht fragst, um mich zu ärgern.«

»Das wäre ein Erfolg gewesen, wenn das mein Ziel gewesen wäre«, murmelt er in meine Haare.

»Halt die Klappe.« Ich lächle. »Es tut mir auch leid, dass ich so eine Zicke war. Ich glaube, ich wollte dir nur was klarmachen.«

»Na, das hat funktioniert. Obwohl es nicht wirklich so gelaufen ist, wie wir es uns vorgestellt haben, oder?«

Ich schüttle den Kopf. »Ich hätte nicht gedacht, dass du tatsächlich weggehst an dem Abend.« Meine Stimme ist brüchig.

»Hey.« Kyle drückt mich fester an sich, und ich drehe das Gesicht, um ihn anzusehen. »Ich hab doch nur geblufft. Glaubst du wirklich, ich könnte dich so verlassen? Ich wollte immer zu dir zurückkommen. Immer.«

»Wieso hast du dann so lang gebraucht?«, necke ich ihn.

»Mir ist gerade erst gedämmert, wo du sein könntest. Ich war die letzten Tage bei deinen Eltern, hab mich um deine Mom gekümmert und mit den Mädels zusammen das Café geschmissen.«

»Um meine Mom gekümmert?«, frage ich mit zittriger Stimme.

»Sie ist völlig zusammengebrochen, als du verschwunden bist.«

Tränen brennen in meinen Augen. »Es tut mir so leid. Ich hätte nie weglaufen dürfen.«

Kyle zieht mich fester an sich. »Scheiße, Rox. Du hast mir echt 'ne Heidenangst eingejagt. Ich hab mich noch nie, nie so gefühlt, und ich hoffe, dass ich das so schnell auch nicht wieder tun werde. Ich hab mir so Scheißsorgen um dich gemacht.«

»Es tut mir leid«, wiederhole ich.

»Als mir aufgegangen ist, dass du nur hier sein kannst, bin ich aus dem Haus gerannt, als würde mein Arsch in Flammen stehen. Kannst du dir vorstellen, dass ich in weniger als zehn Minuten hier oben war?« Er zieht die Augenbrauen hoch und grinst schwach.

Ich erwidere sein Lächeln. »Wow, nicht schlecht. Hast du zum Frühstück Red Bull getrunken oder so?«

»Nö. Ich wollte einfach zu dir.«

Ich kuschle mich an ihn, spüre seinen Körper an meinem.

Nach allem, was passiert ist, sind wir hier. Und ich wünschte, wir könnten für immer so hier sitzen.

»Bitte, tu das nie wieder«, sagt er mit belegter Stimme, und ich drücke ihn fest.

»Ich verspreche es. Nie wieder.«

»Gut. Ich liebe dich zu sehr, als dass ich das noch mal ertragen könnte.«

»Wenn du mir versprichst, nie wieder einfach so wegzugehen.«

Er sieht mich an. »Ich verspreche es. Es gibt nur dich.«

»Immer nur dich.«

Unsere Lippen treffen sich in einem langen Kuss.

»Wir müssen jetzt los, oder?«, frage ich leise.

»Yep.« Er seufzt. »Ich schreibe deiner Mom schnell 'ne SMS, dass es dir gutgeht, aber sie wollen dich bestimmt so schnell wie möglich sehen. Sie hat sich solche Sorgen gemacht, Rox.«

Ich schlucke. Schuldgefühle überrollen mich. »Ich weiß. Ich hab ihnen Furchtbares angetan, ihr und Dad.«

»Ich sage es nur ungern, aber das stimmt. Das war wirklich furchtbar von dir.«

»Dir ist schon klar, dass ich wieder wütend auf dich werden kann.«

Kyle lacht und hilft mir beim Aufstehen. »Nur weil du gerade nicht mehr wütend auf mich bist, heißt das ja nicht, dass ich dir nicht mehr direkt sage, was ich denke. Außerdem bleibst du nie sehr lange wütend.«

Ich schiele zu ihm hoch. »Das kann sich auch noch ändern.«

Er legt mir von hinten die Arme um die Schultern. »Nein, das glaube ich nicht. Normalerweise sind wir *noch* enger, nachdem du sauer auf mich warst, also wird sich das nicht ändern.«

Verdammt, er hat recht.

»Und so ungern ich dich auch gehen lasse, du musst wirklich los und mit deiner Mom reden … Und mit der Polizei.«

Oh-oh. Hab ich es dieses Mal geschafft?

»Komm mit.« Ich drehe mich zu ihm um. »Bitte. Auch, wenn du einfach nur im Haus bist.«

»Das ist deine Sache, nicht meine.«

»Ich weiß.« Ich boxe ihn liebevoll und lege dann die Stirn an seine Brust. »Aber es wird wehtun, oder? Ich werde mich an alles erinnern müssen. Ich muss ihnen ehrlich sagen, wie schlecht es mir ging. Und … wir werden wohl auch über die Nacht sprechen, in der er gestorben ist.« Bei dem Gedanken wird mir übel. »Du bist der einzige Mensch, dem ich das bisher erzählt habe.«

Er streicht mir über den Rücken und atmet tief ein. »Okay, aber ich bleibe oben. Das Gespräch musst du mit deinen Eltern allein führen – ihr habt eine Menge zu klären. Ich bleibe nur da, weil ich weiß, dass du mich danach brauchen wirst.«

Ich muss an die Nacht denken, in der ich ihm von Cams Tod erzählt habe und in seinem Arm zusammengebrochen bin. Er denkt bestimmt das Gleiche.

»Danke«, flüstere ich.

Kyle küsst mich auf den Scheitel. »Komm, wir bringen dich mal nach Hause.«

Wir gehen Arm in Arm los. Ich habe furchtbare Angst vor dem Gespräch, das mir mit meinen Eltern bevorsteht. Das wird genauso schwer werden wie damals, als ich das Krankenhaus verlassen musste. Außer, dass ich dieses Mal nicht so betäubt bin.

Als ich aus dem Krankenhaus kam, war ich emotional total erschöpft. Ich hatte geweint, geschrien, gegen die Wand geschlagen. Ich hatte lauter geschrien und heftiger geweint als je zuvor in meinem Leben. Als Cam gestorben ist, war ich völlig leer. Ich hatte keine Gefühle mehr in mir.

Dieses Mal habe ich sie noch.

Ich spüre den Schmerz und die Wut. Die Trauer, die Schuldgefühle und die Reue.

Denn dieses Mal habe ich Kyle.

Ich frage mich, wie die letzten Monate gelaufen wären, wenn er schon zur Beerdigung nach Hause gekommen wäre. Dann hätten wir einander gehabt, so wie jetzt. Wenn er hier gewesen wäre, hätte ich vielleicht schon dieses Jahr aufs College gehen können.

»Bist du bereit?« Er drückt meine Schultern.

Ich nicke, und wir biegen um die letzte Ecke. Ich bin so bereit, wie ich es sein kann.

»Roxy!« Mom läuft auf mich zu, sobald Kyle die Tür geöffnet hat, und ich falle ihr um den Hals. Dad legt die Arme um uns beide, und wir weinen zusammen.

Jetzt in diesem Moment wird mir erst bewusst, wie egoistisch ich mich verhalten habe. Sie haben mich genauso sehr gebraucht, wie ich es gebraucht habe, Abstand zu gewinnen und zu vergessen. Aber ich habe nicht an sie gedacht. Ich konnte nur an mich selbst denken, an meinen eigenen Schmerz. Ich habe meinen Bruder verloren, aber sie haben ihren Sohn verloren.

An jenem Tag haben wir alle ein Familienmitglied verloren. Unseren besten Freund, unser Licht, unseren ewigen Spaßvogel. Unseren Star.

»Es tut mir leid«, schluchze ich an der Schulter meiner Mutter. »Es tut mir so unendlich leid.«

»Du bist ja jetzt hier.« Dad küsst mich auf die Schläfe. »Alle sind genau dort, wo sie sein sollen.«

30. Kapitel

Kyle

Roxys Zimmertür geht auf und sie kommt langsam herein. Ihre Augen sind rot umrandet, und sie lächelt traurig, was mir das Herz bricht. Ich breite die Arme aus, und sie läuft zu mir, setzt sich auf meinen Schoß und vergräbt das Gesicht an meinem Hals. Ich halte sie fest und küsse ihr den Hals. Ihr Körper bebt, als sie tief durchatmet.

»Alles okay?«, frage ich leise.

Sie nickt. »So okay, wie es eben geht, schätze ich. Wir haben geredet, haben alles rausgelassen, und es gab viele Entschuldigungen und viele Tränen. Sie sind gerade zum Café gegangen. Ich glaube, wir brauchen jetzt alle ein bisschen Zeit für uns.«

»Gut. Fühlst du dich besser?«

Sie nickt wortlos. Ich lege seufzend meine Wange auf ihren Kopf und halte sie fest. Lasse sie nicht mehr los.

»Danke«, flüstert sie nach einer Weile und sieht mich an.

Ich lächle schief. »Wofür?«

»Dafür, dass du da bist. Du warst zwar ein bisschen spät dran – sechs Monate, um genau zu sein –, aber ich meine mich zu erinnern, dass du nie der Pünktlichste warst.«

»Ich bin immer pünktlich«, murmele ich. »Ist ja nicht meine Schuld, wenn du immer zu früh bist.«

»Kyle!«, quietscht sie.

»Was?« Ich grinse sie an.

»Scherz beiseite. Da ist noch was …«

Ich reiße die Augen auf. »Roxy!«

Ihre Augen blitzen und sie zieht eine Schnute. »Was?«

»Du hast echt Glück, dass du mich abbekommen hast,

weißt du das eigentlich? Ich glaube, dass dich sonst niemand handhaben könnte.«

»Ich kann nichts dafür, dass ich Temperament habe.«

Ich schiebe meine Hand zwischen uns und umfasse ihre Brust. »Und ein sehr schönes Temperament noch dazu.«

Sie lacht, anstelle der Traurigkeit funkelt jetzt etwas Schelmisches in ihren Augen. »Ich bin nicht die Einzige mit Temperament, Daniels.« Ihre Hand fährt nach unten, und sie legt die Hand auf die Jeans und um meinen Schwanz. Ich zucke bei ihrer Berührung zusammen und werde sofort steif.

»Temperament?« Ich drücke sie auf den Rücken. »Ich glaube, du meinst eher einen Rassehengst, Roxanne.«

»Der manchmal zum Zuge kommt, wenn er Glück hat«, murmelt sie.

»Du hast wohl schon wieder alles vergessen, was?« Ich fahre mit der Nase an ihrem Kinn entlang, mein Atem ist heiß an ihrem Hals.

Sie schaudert. »Was denn vergessen?«

»Dass du mein Ego verletzt, zum Beispiel.« Ich küsse sie aufs Schlüsselbein.

»Davon hast du ja genug.« Sie fährt mit der Hand unter mein Shirt und lässt sie an meinem Rücken nach unten gleiten, bis an den Bund meiner Jeans. Ihre Hand wandert nach vorn.

Ich zittere leicht, als sie sich an den Knöpfen zu schaffen macht. »Für mein Ego kann ich nichts. Da gibt es dieses Mädchen, weißt du. Sie ist wundervoll, süß und verdammt schön. Und sie ist so unfassbar sexy, und sie will mich. Kannst du mir verübeln, dass ich ein großes Ego habe, wenn mich jeder Typ beneidet, der dich je zu Gesicht bekommen hat?« Meine Lippen schweben über ihrem Mund, und ich spüre ihr Lächeln.

»Dann bist du hier aber falsch. Hier gibt es kein süßes Mädchen.«

Ich lache. »Du bist süß und herzhaft, Roxy. Genau wie ich es mag.«

»Ach ja? Ich hab das Süße aber vor der Tür gelassen. Das Herzhafte ist hier.« Um ihre Worte zu unterstreichen, reißt sie mit einem Ruck meine Jeans auf und hakt die Finger in den Bund meiner Boxershorts.

»Find ich gut.«

Ich küsse sie, und sie seufzt an meinem Mund. Sie zieht mich runter, so dass unsere Hüften aneinanderstoßen. Sie wickelt die Beine um mich, weil ich dann noch dichter an sie gepresst werde. Mein Schwanz wird augenblicklich härter, als sie die Hüfte hochschiebt.

Ich fahre mit der Hand an ihrem Oberschenkel runter und muss mich extrem beherrschen, ihr nicht sofort die Kleider vom Leib zu reißen. Jede ihrer Bewegungen unter mir ist präzise und gezielt. Sie weiß genau, was sie tut – sie muss einfach spüren, wie hart mein Schwanz ist, obwohl unsere Kleider noch dazwischen sind. Jedes Durchbiegen ihres Rückens, jede Hüftbewegung ist beabsichtigt.

Sie löst den Kuss und gleitet mit den Lippen über mein Kinn bis zu meinem Ohr. »Sieht so aus, als würdest du heute zum Zug kommen.«

Ich lächle und lasse meine Hand in ihre Jeans gleiten, umfasse ihren nackten Po.

Sie soll mich mit Haut und Haaren haben.

»Dafür übernehm ich aber nicht die Verantwortung.« Ich schüttle den Kopf. »Das war allein Cams Idee.«

»Komm schon!«, meint Roxy ungläubig. »Du erwartest von mir, dass ich dir glaube, Cam hätte sich das allein ausgedacht? Bademantelgürtel zusammenzuknoten, um sie oben am Stockbett festzumachen und damit Bungee-Springen zu spielen?«

Ah, das war 'ne lustige Aktion. »Yep.«

»Das glaube ich nicht. Du hattest da bestimmt auch was mitzureden.«

»Er hatte die Idee, und ich hab gesagt, dass es lustig ist.« Ich grinse sie an und drücke ihre Hand. »Deinen Türrahmen mit Frischhaltefolie zuzukleben? Das war meine Idee, Baby.«

»War ja klar. Jeder blöde Streich, den ihr beide mir gespielt habt, ist auf deinem Mist gewachsen, oder?«

Da könnte sie recht haben. »Ich hab dir doch gesagt, ich wollte, dass du mich magst.« Ich zwinkere ihr zu.

»Ehrlich gesagt, hab ich dich gehasst, bis ich 14 war.«

»Und was war dann? Bist du eines Morgens aufgewacht und hast mich nicht mehr für ein Arschloch gehalten?

Sie kräuselt die Lippen. »Wer hat gesagt, dass ich das nicht mehr tue?«

»Treib es nicht zu weit, Hughes.«

»Vielleicht treib ich es ja gern zu weit mit dir, Daniels.« Sie schwingt unsere Hände zwischen uns. »Nein, ich hab nur irgendwann gemerkt, dass ich … dich irgendwie *mag*.«

Die Betonung des Wortes ›mag‹ entgeht mir nicht … Vielleicht hätte ich ihr auch mal das Tagebuch klauen sollen.

»Soso, du mochtest mich also?« Ich drehe mich zu ihr um und versperre den Weg. »Wie sehr mochtest du mich wirklich?«

Sie schürzt die Lippen.

»Roxy …« Ich grinse sie an. Ich bin froh, dass ihr blaues Auge endlich verblasst ist. »Warst du in mich verknallt, als du 14 warst?«

Sie fährt sich mit der Zunge über die Unterlippe und errötet unmerklich, aber genug, damit ich meine Antwort habe.

»Nein«, leugnet sie. »Du warst der idiotische beste Freund meines Bruders.«

»Du bist eine miese Lügnerin.« Ich gehe weiter und ziehe sie mit.

»Ich lüge gar nicht!«

»Tust du doch.«

Sie murmelt etwas in sich hinein. »Na gut. Ich war in dich verknallt mit 14. Zufrieden?«

»Und mit 15 und mit 16 und mit 17 und mit 18 …«, necke ich sie.

»Gott, ich weiß! Was hab ich mir nur gedacht?«

»Du hast etwas sehr Kluges gedacht.«

»Heißt das jetzt, dass ich ein Genie bin?«

Ich lächle und bleibe stehen, und es ist mir völlig egal, dass wir mitten auf dem Bürgersteig in Portland stehen. Ich ziehe sie an mich und schiebe ihr eine Haarsträhne aus dem Gesicht. »Wieso würde dich das zu einem Genie machen?«

»Du willst doch nur, dass ich es wiederhole, oder?«

»Vielleicht.«

»Du bist so ein Mädchen! Lechzt nach Komplimenten, pfff.«

»Pass ja auf.« Ich wende mich wieder zum Gehen. »Du würdest nicht wollen, dass die ganzen Leute hier sehen, wie sehr ich *kein* Mädchen bin.«

»Immer diese leeren Versprechungen.« Sie seufzt. »Hey, Kyle?«

»Ja, Roxy?«

Sie zieht mich an der Hand und stellt sich dann auf die Zehenspitzen, so dass ihr Mund ganz nah an meinem Ohr ist. »Ich liebe dich.«

Meine Lippen zucken. »Kluges Mädchen.«

Roxy boxt mich gegen die Schulter. »Arsch.«

Ich lasse ihre Hand los und ziehe sie in meine Arme. »Ich liebe dich auch.«

Ich werde nie müde werden, das zu hören oder es ihr zu sagen. Was soll's, dass es nicht mein Plan war, mich in sie zu verlieben? Irgendwie sind wir hier gelandet, und ich würde es für nichts auf der Welt ändern wollen. Vielleicht hat sie ja recht, dass ich ein bisschen ein Mädchen bin.

»Kluger Junge.« Sie kuschelt sich an mich.

»Unbestritten.«

»Es ist faszinierend, wie du so viel Arschloch-Dasein in ein Wort legen kannst.«

Ich grinse. »Ich will dir doch nur wieder an die Wäsche, Babe.«

»Und wenn ich keine trage?«

»Dann macht es mir die Sache noch leichter.«

Roxy grinst und fährt sich mit den Fingern durch die Haare. Ihre Augen leuchten amüsiert. »Du willst mich nur wegen meines Geschlechts.«

»Und wegen deiner Hände. Und wegen deines Mundes. Oh, und wegen deiner Brüste. Definitiv wegen deiner Brüste.«

Sie lacht wieder, lauter, und pikst mich in den Bauch. »Du bist verrückt.«

»Dazu würden mir eine Menge Erwiderungen einfallen, aber ich glaube, ich sage nur: ›Das fällt dir erst jetzt auf?‹«

Sie lacht, und ich lache mit ihr. Seit sie vor ein paar Tagen mit ihren Eltern gesprochen hat, ist es, als wäre eine riesige Last von ihr genommen. Das sieht man in allem, was sie tut; sie ist verspielter, lustiger. Sogar bei der Arbeit wirkt sie viel glücklicher.

Sie zu verlassen war das Beste, was ich hätte tun können. Es hat uns zwar beide umgebracht, aber jetzt ist sie wieder wie das Mädchen, an das ich mich erinnere. Natürlich ist sie älter, reifer und verdammt sexy. Aber so wie sie lacht und rumalbert, ist sie wieder die Roxy, mit der ich aufgewachsen bin.

Sie ist nicht perfekt. Sie kann echt stur sein und provoziert mich bei jeder Gelegenheit, aber ich bin ihr da irgendwie ähnlich. Ich hoffe nur, dass sie mich jetzt gleich nicht wieder provoziert.

»Lass uns was essen gehen.«

»Wo denn?«

»Wo du willst, Rox.«

»McDonald's.«

Ich halte inne. »Meinst du das jetzt ernst?«

Sie schaut zu mir hoch. »Wie?«

»Ich hab dir gerade angeboten, dass wir Abendessen gehen können, egal, wo du möchtest – und du sagst *McDonald's*?«

»Was ist denn verkehrt mit Mäcces?«

»Nichts. Es ist nur ...« Ich schüttle den Kopf. »Ach, egal.«

»Ich steh nicht so auf feine Restaurants. Ich ess lieber Burger und Pommes.«

»Okay, verrücktes Mädchen. Wenn du Fastfood willst, gehen wir halt zum Mäc.«

Wir biegen um eine Ecke und steuern den McDonald's an. Ich kann es nicht fassen, dass sie Fastfood gewählt hat. Nicht wirklich der Ort, den ich mir vorgestellt hatte, um sie zu fragen, ob sie mit mir nach Berkeley kommt. Ich hatte mir ein Restaurant mit richtigen Kellnern vorgestellt, nicht mit dem verdammten Ronald McDonald.

Wir bestellen das Essen, und Roxy sucht uns einen Tisch, während ich auf die Bestellung warte. Ich wusste nicht, dass Mädchen auch große Menüs bestellen, was ich ihr sage, als ich mich mit dem beladenen Tablett zu ihr setze.

»Pfff.« Sie schnaubt. »Ich bin doch kein Model. Wenn ich

Bock auf ungesundes Essen hab, dann ess ich es einfach. Von *einem* großen Burger mit Pommes werd ich wohl kaum fett werden, oder?«

Wenn ich nicht schon in sie verliebt wäre, hätte sie mich damit auf jeden Fall dazu gebracht.

»Ich muss nur ein bisschen mehr Sport machen.« Sie zuckt mit den Schultern, hält inne, zeigt dann mit einer Pommes auf mich. »Und ehe du was sagst, Mister, ja, diese Art Sport zählt auch.«

Yep. Ich liebe diese Frau. »Und ich hatte mir schon so viele Argumente zurechtgelegt, um dich zu überzeugen.« Ich seufze gespielt.

»Vielleicht brauche ich ja doch noch ein bisschen Überzeugungsarbeit.«

»Gleich hier?«

Sie wirft mit einer Pommes nach mir. »Du bist unersättlich, Daniels.«

»Vielleicht, vielleicht auch nicht.« Ich grinse. »Ich glaube nicht, dass ich von dir jemals genug bekommen kann. Das stimmt wohl.«

»Zu viel von mir ist nicht immer was Gutes.«

»Kommt drauf an, wen du fragst …« Ich grinse breit. Ich könnte ewig hier sitzen und mit ihr rumalbern. Ich werde ihrer schlagfertigen Kommentare nie überdrüssig, genauso wenig wie ihres Humors oder ihrer Neckereien. Und ich werde es immer lieben, genauso schlagfertig zurückzuschießen.

»Ich muss dich mal was fragen«, sage ich und werde ungewollt ernster.

»Oh-oh.« Roxy stellt ihren Milchshake ab. »Was hab ich dieses Mal angestellt?«

Ich lache. »Nichts. Ich muss dich nur was fragen.«

»Dann hör auf mit dem Gelaber, und frag mich halt.«

Ich stupse sie unter dem Tisch an, sie tritt zurück. »Hast du mal darüber nachgedacht, wie es weitergeht, wenn ich in ein paar Wochen zurück nach Kalifornien gehe?«

Das zarte Lächeln um ihre Lippen verschwindet, und sie senkt den Blick. »Nein.«

»Ich schon.«

Sie nickt still.

Ich hole tief Luft und starre sie an. »Ich will, dass du mit mir kommst.«

Sie hebt ruckartig den Kopf. Ihre Augen sind weit aufgerissen, der Mund leicht geöffnet. »Was?«

»Komm mit mir. Nach Kalifornien.«

»Du wohnst in einem Verbindungshaus, Kyle.«

Ich schüttle den Kopf. »Mom und Dad haben Geld für uns gespart, fürs College. Wir konnten wählen, ob wir davon unsere Studiengebühren oder eine Wohnung zahlen wollen. Wir haben uns beide für die Wohnung entschieden, auch wenn ich erst mal ins Verbindungshaus eingezogen bin, um die Leute vom Campus kennenzulernen. Und wir haben außerdem noch Treuhandfonds von unseren Großeltern – das ist zwar nicht so superviel, aber genug, um zurechtzukommen.«

»Und du hast davon noch nichts angerührt?«

»Nö. Als ich 18 war, hab ich von dem Fonds erfahren, und ich hab mich genauso entschieden wie Iz. Es macht mehr Sinn: Wir haben ein Dach über dem Kopf, und wenn wir mit dem College fertig sind, können wir dort bleiben. Und wenn wir weggehen, haben wir durch den Verkauf Geld, um eine neue Wohnung zu finden.«

Sie senkt wieder den Blick und tunkt ein paar Pommes in den Flecken Ketchup auf der Papierunterlage. »Klingt logisch. Also ziehst du in eine Wohnung, wenn du zurückgehst?«

»Yep.«

»Und du willst wirklich, dass ich mitkomme?«

»Du wolltest doch eh zur UCLA, oder? Leb mit mir in Berkeley, dann kannst du nächstes Jahr nach Südkalifornien oder woanders hinziehen. In Kalifornien gibt es etliche Unis, die dein Studium anbieten.« *Inklusive Berkeley. Aber ich werde ihr nicht sagen, dass ich das weiß … oder dass ich speziell in Berkeley nachgeschaut habe.*

»Ich weiß.« Sie hebt wieder den Kopf, unsere Blicke begegnen sich. »Berkeley zum Beispiel.«

Meine Mundwinkel zucken.

»Ich hab nur mal so geschaut … Keine Ahnung. Um meine Möglichkeiten abzuchecken, weißt du?«

Ich nicke und kann ein Lächeln nicht mehr unterdrücken. Ich bin mir nicht sicher, wen sie hier verarschen will.

»Es ist echt 'ne gute Uni«, meine ich, um zu testen, wie weit sie gehen wird.

»Stimmt. Und ich meine, ich will ja auf eine gute Uni.«

»Yep.«

»Und das Wetter wäre mal eine nette Abwechslung zu Oregon.«

»Definitiv.«

»Aber es gibt natürlich vieles zu bedenken.«

Ich nehme ihre Hand und halte sie mit wachsender Begeisterung. »Mit mir zusammenzuziehen hätte nur Vorteile. Du könntest dir schon mal die Uni und die Gegend anschauen und dich in Ruhe entscheiden, wo du hingehen möchtest.«

»Hm, klingt fast so. Aber hast du nicht eine Horde fanatischer Fans, die mich killen würden?«

Bei dem Gedanken muss ich laut lachen. »Mir fallen nur vier Mädels ein, die eine ähnliche Einstellung haben wie du, und keine davon gehört zu meinen vermeintlichen Fans. Also, ich denke, du hast nichts zu befürchten.«

Wir stehen auf und räumen unser Tablett weg.

»Gut zu wissen«, meint sie.

»Roxy.«

»Was?«

»Spann mich nicht so auf die Folter und beantworte meine Frage.«

»Sorry. Wie war noch mal die Frage?«

Unverbesserlich. Ich bleibe stehen und ziehe sie an mich. »Komm mit mir nach Berkeley.«

»Das ist ein Befehl, keine Frage.«

»Du machst es mir extra schwer, oder?«

Ihre Augen funkeln belustigt. »Vielleicht«, sagt sie leise.

»Willst du eine epische Liebeserklärung von mir? Dieses McDonald's-Dach sieht so aus, als könnte ich da ganz leicht draufklettern.« Ich tue so, als wollte ich zur Tat schreiten.

Sie quietscht auf und packt mich am Shirt. »Nein! Nein, ich brauche keine epische Liebeserklärung, danke.« Sie lacht. »Frag mich noch mal.«

»Na schön.« Ich schiebe ihr eine Haarsträhne hinters Ohr. »Roxy, willst du mit mir nach Berkeley kommen?«

Sie legt mir die Arme um den Hals und drückt mich. »Nur, wenn du versprichst, mir eine epische Liebeserklärung zu machen, wenn wir dort sind.«

Ich lächle in ihre Haare. »Ich glaube, das lässt sich einrichten.«

»Dann, ja. Ich komme mit. Aber nur, um mal die Lage zu checken«, fügt sie grinsend hinzu.

»Na klar.« Ich küsse sie zärtlich. Die Frage war das Risiko wert.

31. Kapitel

Roxy

Es ist schon komisch, wie sich die Dinge verändern.

Das Leben kann sich in einem Wimpernschlag verändern – zum Besseren oder zum Schlechteren –, und du kannst nichts dagegen tun. Man muss die Schläge des Schicksals nehmen, wie sie kommen, und das Beste daraus machen. Wenn es einen zu Boden wirft, muss man sich wieder aufrappeln, egal, wie hart man getroffen wurde. Vielleicht wählt man nicht immer den richtigen Weg, aber das ist okay. Niemand ist perfekt, und von niemandem kann erwartet werden, dass man alles gleich richtig macht. Fehler zu machen ist notwendig; man muss sie nur erkennen und versuchen, es beim nächsten Mal besser zu machen.

Ich wusste nicht, was mit Cam passieren würde. Ich musste mich einfach auf einmal damit abfinden. Einen Funken Schuldgefühl werde ich immer in mir haben, weil ich zugelassen habe, dass er bei Stu ins Auto steigt, aber ich muss mich immer erinnern, dass es *seine* Wahl war. Nicht meine. Wir hätten auch alle eine sichere Heimfahrt haben können und wären heil zu Hause angekommen. Ich hätte nicht wissen können, wie die Nacht enden würde.

Man kann nicht ändern, was man nicht wissen konnte.

Mein Leben, die Art und Weise, wie ich mit jener Nacht umgegangen bin – das ist etwas, das ich ändern kann. Ich kann aufhören, zu trinken, Drogen zu nehmen und mit den falschen Typen zu schlafen. Ich kann aufhören, zu Partys zu gehen, bis ich mich wieder selbst im Griff habe.

Ich habe mich meinen Fehlern gestellt, und ich habe mich

dafür entschuldigt. Ich kann nicht mehr tun, als sie in Zukunft zu vermeiden, und das ist wesentlich einfacher, wenn man jemanden an seiner Seite hat, der an einen glaubt. Wenn man jemanden hat, der einen versteht.

Kyle kennt meinen Schmerz, weil er ihn auch empfindet. Ich hasse es, dass es ausgerechnet Cams Tod sein musste, der uns zusammengebracht hat, aber das ist auch etwas, das ich nicht ändern kann.

Natürlich würde ich Kyle für Cam aufgeben, wenn ich die Wahl hätte, aber ich denke, wenn Cam die Wahl hätte, würde er es so wollen. Er würde mich lieber glücklich und verliebt sehen als unglücklich.

Ich tue mich immer noch schwer, ›war‹ zu sagen. In meinem Herzen ist er mein Bruder. Er wird immer mein Bruder sein, genau wie er immer Kyles bester Freund sein wird. Wir haben nicht aufgehört, ihn zu lieben, nur weil er tot ist. In uns lebt er weiter, und das ist das Einzige, was zählt.

Natürlich hätte ich den Rat meines Bruders vor allem letzten Freitag gebraucht, als Kyle mich verlassen hat. Ich hasse ihn dafür, aber es ist trotzdem das Beste, was er hätte tun können. Ich wusste selbst nicht, wie tief ich wirklich gesunken war. Als er gegangen ist, hat mich das härter getroffen, als ich es je für möglich gehalten hätte. Mir ist in dem Moment erst klargeworden, wie viel ich für ihn empfunden habe. Wie viel ich für ihn empfinde.

Und die Wahrheit ist, dass ich komplett, Hals über Kopf, mit Haut und Haar in ihn verliebt bin.

Er wusste, was ich brauche, als ich es nicht wusste. Er weiß, wann er mich halten muss, wann er mich necken kann, wann er über mich lachen kann, wann er mich an den Rand des Wahnsinns treiben kann und wann er mich beruhigen muss. Er weiß, wie ich meinen Kummer loslassen kann, und hält mich fest, wenn es wehtut. Er weiß, wie er mich berühren muss, damit ich weiß, dass er mich liebt.

Kyle sagt mir nicht einfach, dass er mich liebt. Er zeigt es mir. Er lässt es mich fühlen, in allem, was er tut. Und ich glaube ihm.

Die letzten Wochen waren eine Berg- und Talfahrt der Gefühle. Wir haben ungefähr jede Welle mitgenommen und haben mehr als nur ein paar Schiffe im Sturm versenkt. Wir haben uns gestritten und wieder versöhnt, und dann haben wir wieder gestritten. Aber wenn man sich wegen jeder Kleinigkeit streitet, weiß man, dass man wirklich verliebt ist. Es beweist, wie viel man sich bedeutet.

Wenn ich für den Rest meines Lebens jeden Tag mit ihm streiten muss, um ihm zu beweisen, dass ich ihn mit jeder Faser meines Körpers liebe, dann werde ich das verdammt nochmal auch tun.

»Du gehst nach Kalifornien? Mit meinem Bruder?« Iz starrt mich an, als wäre ich total verrückt geworden.

»Das hab ich gerade gesagt, ja.« Ich zupfe ein Blütenblatt von einem Gänseblümchen.

»Ich warn dich schon mal vor: Es ist ein Albtraum, mit ihm zusammenzuwohnen. Lässt seine Socken überall rumfliegen und regt sich dann auf, wenn er keine mehr zum Anziehen hat.«

»Er wird bald anfangen, sie zu waschen. Jede Socke, die ich auf dem Boden finde, werde ich in den Müll werfen.«

Iz lacht. »Das wird ihm nicht gefallen.«

»Ich werde ihm schon beibringen, sie aufzuheben«, erwidere ich und beobachte ihn, wie er mit den anderen Football spielt.

»Wann hast du das entschieden?«

»Hm? Ach so, letzte Woche.«

»Und du erzählst es mir erst jetzt?« Sie gibt mir einen Stups. »Ich bin echt sauer, Roxy. Du hast das eine Woche lang vor mir geheim gehalten?«

Ich zucke mit den Schultern. »Wir mussten erst mit unseren Eltern reden. Mom war sich nicht sicher, aber Dad hat es von Anfang an verstanden und geholfen, sie zu überzeugen. Sie hat es mir erst heute Morgen gesagt, dass sie einverstanden ist. Sie hat beschlossen, sich mehr darauf zu konzentrieren, dass ich dann sehr nah an vielversprechenden Unis bin, als darauf, dass ich mit einem *Mann* zusammenwohne.«

Wir lachen beide und Iz seufzt. »Ich kann nicht fassen, dass meine beste Freundin mit meinem Bruder zusammenzieht. Und ihr seid auch noch beide jünger als ich! Was soll das denn, bitte?«

Ich schaue zu Si rüber. »Ich kenne da einen Typ, der bestimmt nichts dagegen hätte, dir nachts Gesellschaft zu leisten.«

Sie beißt sich auf die Unterlippe. »Ein Kuss, Roxy. Wir haben uns einmal geküsst, und du tust so, als wären wir *das* Liebespaar. An der Uni sehe ich ihn fast nie. Es ist eh total der Zufall, dass er auch in Miami gelandet ist. Und da er im Footballteam ist, hat er ungefähr tausend kleine Fan-Mädchen, die jede Woche von ihm vernascht werden.«

Ich schlage mir die Hand vor den Mund. »Das nenn ich mal Stehvermögen.«

Iz vergräbt das Gesicht in den Armen. »Okay, ich gebe ja zu, ich würde sein Stehvermögen auch gern mal testen. Ich meine, schau ihn dir doch an.« Sie macht eine Handbewegung in seine Richtung. »Er besteht nur aus Muskeln, und wie ich Kyle schon gesagt habe, er fickt bestimmt wie ein Pornostar.«

»Das hast du zu Kyle gesagt? Echt jetzt?«

Sie seufzt selig. »Bester Moment meines Lebens.«

Ich muss grinsen. »Dann verführ ihn doch. Der Sommer hat noch zwei Wochen. Tu es einfach, und wenn du ihn das nächste Mal bei einem Spiel anfeuerst, lass es ihn nicht vergessen.«

Wir brechen in Gelächter aus.

»Was gibt es denn hier zu kichern?« Kyle setzt sich hinter mich und legt mir die Arme um die Schultern.

»Nichts, was du gern hören würdest«, entgegnet Iz schnell. »Außerdem sind wir mit dem Gespräch eh fertig, oder Roxy?«

»Ja, Iz.« Ich senke den Kopf, so dass mein Mund hinter Kyles Arm versteckt ist. »Fürs Erste.«

»Ich hab echt Mitleid mit dir, Roxy«, meint Si, als er sich zu uns setzt. »Dass du mit diesem Arsch zusammenziehst.«

»Ach, komm schon, Si. Das wird bestimmt halb so schlimm«, erwidere ich. »Immerhin kann ich jederzeit Sex haben.«

Kyle prustet in meinem Rücken, während Si nur dümmlich grinst.

Yep. Das mit den Sexkommentaren ist eben nicht nur was für Männer.

»Touché, was?«, meint Kyle. »Denk daran, wenn du das nächste Mal wieder versuchst, irgendein armes Ding aufzureißen, um es zu vögeln. Alles, was ich in Zukunft tun muss, ist nach Hause gehen.«

Ich schaue Iz an und ziehe die Augenbrauen hoch. Sie funkelt mich warnend an. Ich grinse. Unser Blickwechsel bleibt von den Jungs völlig unbemerkt. Kein Wunder.

»… nicht sooo viele Mädchen«, antwortet Si gerade.

»Dass ich nicht lache!«, ruft Iz und schaltet sich wieder in das Gespräch ein. »Du vergisst wohl, Si Jason, dass ich bei jedem einzelnen eurer Heimspiele dabei bin, und du verlässt die Party nach dem Spiel nie ohne eine aufgetakelte Blondine am Arm.«

Si dreht sich zu ihr um und grinst. »Wundert mich, dass dir das aufgefallen ist. Bist du nicht normalerweise mit dem Rest des Teams beschäftigt?«

»Yep. Was soll ich sagen? Von denen könntest du noch was lernen, was den Frauengeschmack angeht.«

»Bäm!«, raunt mir Kyle ins Ohr.

»Ich weiß so einiges über Frauengeschmack, Iz. Jede schmeckt anders, um genau zu sein.«

»Uuuh«, flüstere ich zurück.

»Ach ja? So wie die dich umschwirren, bin ich doch sehr überrascht, dass du überhaupt einen Geschmack vom anderen unterscheiden kannst. Schmecken die nicht alle nach Schlampe?«

»Sie gewinnt«, sagen Kyle und ich wie aus einem Mund und prusten los.

»Was, wenn ich den Geschmack von Schlampen mag?«

»Gib auf, Mann.« Kyle lacht und sieht Si achselzuckend an. »Du kannst eh nicht gewinnen. Und wir wollten doch weiterspielen, oder?«

Die beiden stehen auf, um zum Spiel zurückzukehren. Si beugt sich zu Iz runter und flüstert ihr etwas ins Ohr. Dann grinst er breit und läuft davon. Ihr Mund bleibt offen stehen.

»Okay, was hat er gesagt?«, frage ich ungeduldig, als sie sich wieder etwas gefangen hat.

Sie schluckt. »Er hat gesagt, ich sollte mich daran erinnern, wie wir uns geküsst haben, und falls ich es vergessen hätte, wäre er gern dazu bereit, mir eine Auffrischung zu geben, die ich nicht so schnell vergessen werde.«

Ich lächle amüsiert und seufze dann. »Wieso musstet ihr beide ausgerechnet nach Miami auf die Uni gehen? Das würde ich zu gern sehen.«

»Er ist einfach … warte«, murmelt sie, als Kyle zu uns zurückgelaufen kommt.

»Was ist denn?« Ich runzle die Stirn, als er meine Hand nimmt. »Was machst du?«

»Du spielst Football.« Er zieht mich auf die Füße.

Ich stemme mich gegen ihn, Iz lacht sich schief.

»Ich tue was?«

»Du spielst Football.«

»Weiß nicht, was es da zu lachen gibt«, sagt Si zu Iz und zieht sie ebenfalls hoch. »Du spielst nämlich auch mit.«

»Fuck, nein. Ich bin Cheerleader, kein Spieler!« Sie versucht, sich gegen seinen Griff zu wehren.

Er lacht nur und schleppt sie aufs Spielfeld. »Wirklich, Iz? Meinst du, du kannst dich gegen mich wehren?«

»Wenn wir zurück sind, kannst du es vergessen, dass ich dich noch einmal anfeuere, du Schwein.« Sie schnaubt, und er lässt sie los.

»Komm schon«, Kyle zieht mich an der Hand. »Spiel mit.«

»Ich spiele aber kein Football.«

»Jetzt schon.«

Widerwillig lasse ich mich von ihm zu den anderen führen. Erstens, weil ich eh keine Chance gegen ihn hätte – er ist viel stärker als ich –, aber andererseits will ich auch sehen, wie Iz versucht zu spielen. Sie hebt gerade den Ball auf und sieht Si trotzig an.

»Was mache ich jetzt damit?«

»Du wirfst ihn …« Er grinst.

Sie wirft und trifft Si seitlich am Kopf.

»Fuck!« Si fasst sich an den Kopf.

Ein zufriedenes Lächeln breitet sich auf Iz' Gesicht aus. »Wisst ihr, da ich ein Ziel habe, könnte ich echt ganz gut sein.«

»Vielleicht, wenn dein Ziel nicht mein Kopf wäre.«

»Hey, unterschätz mich nicht. Ich kann offenbar einen Ball werfen, außerdem bin ich schnell, stark und wendig. Ich überrasche euch noch alle!«

»Du bist doch kein Rennpferd, Iz«, ruft Kyle ihr zu.

»Kennst du ein Rennpferd, das einen Ball werfen kann?«

»Natürlich nicht.«

»Dann halt die Klappe, bevor ich dir auch noch einen Ball an den Kopf werfen muss.« Sie stemmt die Hände in die Hüfte. »Okay, ihr habt uns hier rausgeschleift, was sollen wir jetzt hier?«

Kyles Hand legt sich auf meine Schultern, und er steuert mich über den Rasen, Si macht dasselbe mit Iz.

»Stell dich hier hin. Wenn du den Ball fängst, wirf ihn weiter«, erklärt Kyle.

»Und zu wem werf ich ihn?«

»Entweder zu Mark oder zu Ben, okay?«

»Äh, okay. Ehrlich gesagt, wäre es mir am liebsten, wenn mir niemand den Ball zuwerfen würde.«

Er lacht und geht auf seine eigene Position. Iz und ich wechseln einen zweifelnden Blick. *Was zur Hölle tun wir hier?* Der Ball fliegt durch die Luft, und wir bleiben beide wie angewurzelt auf unserem Platz stehen.

Immerhin wurden wir quasi dazu gezwungen.

Und ich hab keine Ahnung, was die Jungs machen oder ob wir überhaupt irgendwas tun sollen.

»Roxy!«, ruft Ben, und ehe ich mich versehe, kommt der Ball direkt auf mich zugeflogen. Genau wie Kyle.

Kyle springt nach dem Ball und wirft mich dabei zu Boden.

»Uff!« Ich bekomme erst mal keine Luft und haue ihm auf den Arm. »Was tust du denn da?«

»Es ist meine Aufgabe, das Mädchen zu tackeln, das nur dasteht und hübsch aussieht.«

Klar. »Ich glaube nicht, dass das so in den Regeln steht.«

»Vielleicht nicht ganz so.« Er legt mir eine Hand in den Nacken und küsst mich zärtlich.

»Mhmm, das ist gut. Können wir die Regel vielleicht doch einführen?«

»Definitiv«, erwidert er und küsst mich wieder.

Definitiv das beste Footballspiel, das ich je gespielt habe.

Epilog

Kyle

Roxy geht durch die Wohnung, mustert alles eingehend. Es ist nicht sehr groß, aber genau richtig für zwei Leute. Sie hat sich noch von Oregon aus einen Job in einem Café in der Innenstadt besorgt. Ich hab ihr zwar gesagt, dass wir bis Weihnachten von unseren Ersparnissen leben könnten, aber sie hat darauf bestanden, arbeiten zu gehen. Sie sagte, sie würde sonst verrückt werden, wenn sie nur rumsitzt. Es ist vielleicht auch deshalb gut für sie, weil sie auf die Art hier bestimmt ein paar Leute kennenlernt.

Hier.

Ich kann es immer noch nicht glauben, dass sie hier ist. In Kalifornien. Mit mir.

Als meine Freundin.

»Ich denke, wir müssen streichen, aber ansonsten ist es ganz cool«

Ich gehe zu ihr und lege ihr die Arme um die Taille. »Ist das deine Expertenmeinung dazu?«

Sie nickt lächelnd. »Die Farbe hier an den Wänden passt nicht zu den Möbeln, und das Schlafzimmer könnte auch mal neu gestrichen werden. Und im Bad fände ich ein bisschen Farbe schön. Weiß ist so langweilig.«

»Ist das so?«

»Yep. Ein paar Fotos wären auch nett und ein paar andere Sachen. Dann wäre es perfekt.«

»Du klingst so, als planst du, länger hierzubleiben.«

»Woher weißt du denn, dass es nicht so ist?« Sie zieht die Augenbrauen hoch und legt mir die Hände an die Brust.

Ich beuge mein Gesicht zu ihr runter. »Ich hatte den Eindruck, du wolltest nächstes Jahr nach L.A. ziehen.«

»Tu doch nicht so«, murmelt sie. »Wir wissen doch beide, dass ich in Berkeley bleibe. Irgendjemand muss doch deine Socken waschen.«

»Und jemand muss auf deinen süßen Arsch aufpassen.«

»Bisher gefällt mir die Art, wie du das machst.«

Ich küsse sie und lächle. Meine Hände gleiten nach unten, umfassen ihren Po, und ich drücke meine Hüfte an sie. »Ich glaube, jetzt gerade sollte ich das besonders tun. In unserem Schlafzimmer.«

Sie lacht und erwidert meinen Kuss, ihre Lippen fühlen sich so weich an. Ich gehe rückwärts, ziehe sie mit und küsse sie tiefer. Ihre Zunge gleitet in meinen Mund, und sie knabbert an meiner Unterlippe, was mich sofort steif werden lässt. Ich will sie gerade hochheben, als …

Die verdammte Türklingel.

Ich seufze und drücke auf den Knopf an der Sprechanlage. »Ja?«

»Lass uns rein!«, ruft Megan aus dem Lautsprecher.

Roxy zieht eine Augenbraue hoch.

»Wer ist uns?«

»Ich und Maddie!«

»Muss es jetzt sein? Könnt ihr nicht ein bisschen später wiederkommen?«

»Wir wollen aber deine Freundin kennenlernen!«, ruft Maddie. »Lass uns rein, Kyle, oder wir drücken auf alle Klingeln, bis uns jemand aufmacht!«

»Das trau ich euch zu«, murmele ich zähneknirschend. »Na gut, kommt hoch.«

Ich lasse den Knopf los und schaue Roxy an.

»Fanatische Fans?«, fragt sie.

»Zwei der Mädchen, die eine ähnliche Einstellung haben wie du. Das wird bestimmt lustig«, kann ich gerade noch antworten, da klopft es schon an der Tür. Ich mache auf. »Roxy, das sind Megan und Maddie.«

»Äh, hi?«, meint Roxy unsicher.

»Sie ist wirklich hübsch«, stellt Megan fest.

»Ja.« Maddie sieht mich an. »Wie hast du das denn hinbekommen, Kyle?«

Jetzt geht's los. »Sie ist auch sehr klug.«

»Das bezweifle ich nicht«, entgegnet Maddie. »Ich frage mich nur, was sie mit dir will. Bei dir ist da ja eher gähnende Leere, wo die Intelligenz sein sollte.«

Ich stupse sie mit dem Ellenbogen an. »Seid nett, ihr zwei.«

»Zu ihr sind wir bestimmt nett.« Megan grinst. »Bei dir ist das was anderes.«

Roxy lächelt sie an und lehnt sich an die Wand. »Das passiert wohl öfter, was?«

Ich lege ihr den Arm um die Schultern. »Ja, ihr Frauen seid immer gemein zu mir. Besonders du.« Ich pikse Roxy in die Seite, und sie gibt mir einen Klaps auf den Bauch.

»Du machst es einem zu einfach«, erwidert sie. »Einem Kleinkind die Süßigkeiten zu klauen ist schwieriger.«

»Ich mag sie!«, verkündet Maddie. »Mit ihr werden wir Spaß haben.«

»Hey, gehst du hier auf die Uni?«, fragt Megan.

»Nächstes Jahr«, antwortet Roxy. »Kyle hat mich schon dieses Jahr mit hierhergeschleppt. Ich hatte mich ja auf ein weiteres Jahr Ruhe eingestellt, ehe ich mich wieder mit ihm abgeben muss … aber Pustekuchen.«

»Oh, ihr zwei kennt euch von früher?« Megan schaut zwischen uns hin und her.

»Ja, sie war schon mit 14 in mich verknallt.«

»Nicht, dass das etwas zu bedeuten hat«, fügt Roxy hinzu. »Er war immerhin in sich selbst verknallt, seit er ungefähr zehn war.«

Meine Mundwinkel zucken. *Verdammte Frau.*

»Weißt du, ich hatte ja erst Bedenken, deine Freundin ins Verbindungshaus mitzunehmen«, gesteht Maddie, »aber jetzt glaube ich, dass sie wunderbar zurechtkommen wird.«

»Also, wenn sie mit Kyle klarkommt, sind unsere Jungs bestimmt auch kein Problem für sie.« Megan grinst.

»Ich bin ja wohl nicht annähernd so schlimm wie Braden und Aston!«, protestiere ich. Die beiden schauen mich zweifelnd an. »Na gut, nur samstags.«

»Und heute ist Samstag«, erinnert mich Megan. »Also, Klappe! Hey, wieso kommt ihr nicht heute Abend ins Verbindungshaus?«

»Ich weiß nicht ...«

»Komm schon. Uns glaubt doch sonst keiner, dass du eine Freundin hast«, neckt mich Maddie.

»Oh, haha.«

»Wieso eigentlich nicht?« Roxy sieht zu mir hoch. »Wir haben doch sonst nichts vor.«

Mir würden da so einige Dinge einfallen, die wir tun könnten. »Sicher?« Ich ziehe den Arm um sie enger. Sie nickt. »Wir müssen ja nicht zu lang bleiben. Wir müssen schließlich jede Menge Sachen auspacken und so.«

»Hey! Ich hab 'ne Idee.« Maddie Augen funkeln unternehmungslustig.

O Mann. Ich kenne ihre Ideen.

»Wir gehen mit Roxy 'nen Kaffee trinken, und du kannst weiter auspacken!«

»Ich hoffe, du magst Starbucks«, murmele ich Roxy zu

und küsse sie schnell, bevor die Mädels sie mir entreißen können.

»Sehr sogar«, erwidert sie. »Sei brav und pack für mich aus.«

»Das hatte ich eigentlich anders geplant, aber was soll's.« Ich küsse sie wieder, und Megan nimmt sie am Arm.

»Wir bringen sie dir auch heil wieder!«, ruft Maddie über ihre Schulter.

»Und mit einer neuen Sichtweise auf dich!« Megan kichert.

Roxy lächelt mich achselzuckend an und folgt den anderen durch die Haustür.

Ich schaue ihr nach und muss ebenfalls lächeln. Wenn sie mir schon von jemandem weggenommen wird, dann sollten es die zwei sein. Sie sind zwar ziemlich verrückt, aber sie haben ein gutes Herz. Und obwohl ich befürchte, dass sie ihr alles erzählen werden, was sie über mich wissen, kümmert es mich nicht.

Ich will nur, dass sie hier glücklich ist.

Ich gehe am Badezimmer vorbei und sehe unsere beiden Zahnbürsten nebeneinander im Becher stehen. Ich muss unwillkürlich grinsen. Yep. Sie wird hier glücklich sein – und wenn es nur deshalb ist, weil ich alles dafür tun werde.

Mein Blick fällt auf das Foto von ihr, Cam und mir nach dem Footballspiel, und ich nicke ihm zu. »Hab dir doch versprochen, dass ich auf sie aufpasse.«